'*Tsjik* heeft me ingepakt, en wel helemaal. Een leeservaring die mij herinnert aan de gretigheid waarmee ik op mijn twintigste *De vanger in het koren* van J.D. Salinger heb gelezen. Herrndorf schrijft heel filmisch en met pit en humor. Hij verrast met prachtige beelden, die hij haast achteloos tussen het eigenwijze taalgebruik van Maik laat vallen.' – Bart Moeyaert

'Herrndorf zet uitermate geloofwaardig de gedachtenwereld van veertienjarigen neer, zonder te vervallen in het overmatig gebruik van jeugdtaal of grofheid. Zijn stijl is fris en mede door de korte hoofdstukken heeft het boek veel vaart.' – Nu.nl *****

'*Tsjik* leest als een achtbaan; de auteur gooit je als lezer middenin het verhaal en vertelt het met zo'n vaart, dat je hem amper bijbenen kan. Wolfgang Herrndorf weet twee uiterst geloofwaardige veertienjarigen neer te zetten met al de onzekerheden die de leeftijd met zich meebrengt. En ondanks hun excentriciteiten sluit je Maik en Tsjik meteen in je hart.' – Young-Adults.nl *****

'Een roadnovel van de allerbeste soort. Met een enorme vaart reis je mee met tegenpolen Maik Klingenberg en Andrej Tsjichatsjow, alias Tsjik, in een oude Lada, richting oost, de horizon tegemoet. De meest onwaarschijnlijke, hilarische avonturen volgen elkaar in korte flitsende hoofdstukken op. En ondertussen groeit een bijzondere jongensvriendschap, die dankzij de sterke psychologische karakterisering compleet aannemelijk wordt gemaakt.' – Jury Dioraphte Jongerenliteratuurprijs

'Liefhebbers van *Joe Speedboot* en *Boven is het stil* opgelet! Herrndorf schrijft in een uptempo jongerentaal die nergens ongeloofwaardig wordt. De gedetailleerde observaties van de tiener zijn origineel, komisch en ontroerend. In al zijn eenvoud is *Tsjik* gewoon erg goed gelukt.' – *VPRO Gids*

'Herrndorf betrapt je met dit puberperspectief op heel wat vooroordelen, en neemt ze zo weg. Dat maakt lezen van dit boek bijna louterend.' – *De Morgen*

'Wat de geestig beschreven voorvallen en de karikaturen van de onvermijdelijke gezagsdragers in de ontknoping naar een literair niveau tilt, is de genuanceerd vertelde ontwikkeling van Maik. Van een bange scholier die zichzelf als loser betitelde is hij uitgegroeid tot iemand die voor zijn gevoelens durft uit te komen.' – 8weekly.nl

'Bij het lezen van *Tsjik* schiet je geregeld in de lach, maar even vaak raak je ontroerd, soms zelfs in tranen. *Tsjik* is een boek waarvan je als volwassene heel blij wordt, terwijl het ook een geweldig cadeau is voor de leeftijdgenoten van de hoofdpersoon.' – *Süddeutsche Zeitung*

'In al zijn ongecompliceerdheid een hartverwarmend boek.' – *Het Parool*

'Zijn lofzang op jong zijn, vriendschap, liefde en het leven getuigt tevens van grote weemoed en droefenis, en dat maakt dat deze roman van buitengewoon hoog niveau is.' – *Die Zeit*

'Een doldwaas avontuur met veel bizarre ontmoetingen, maar ook met veel zintuiglijke ontmoetingen. Het boek is heel filmisch en geschreven in korte zinnen en korte hoofdstukken. Dat geeft het enorm veel vaart.' – Mieke van der Weij in *NCRV Gids* ***

'De kernachtige taal van Herrndorf wordt nergens sentimenteel of juist overdreven grof. Een euforische avonturenroman, vol onweerstaanbare komische momenten.' – *De Pers*

'Een perfecte leeservaring voor de jeugd van acht tot tachtig!' – Boekhandel Den Boer

'Een geweldige ervaring om dit boek te lezen.' – Hein van Kemenade, Boekhandel van Kemenade en Hollaers

'Een lief en geweldig verhaal om te koesteren.' – Bilthovense Boekhandel

'Ook over vijftig jaar zullen we deze roman nog steeds willen lezen. Maar het is beter er meteen aan te beginnen.' – *Nürnberger Nachrichten*

'Je zou als lezer heel lang over deze roman willen doen om te voorkomen dat je het boek ooit uit krijgt. Het brengt je terug naar die zomer toen je zelf veertien was.' – *Frankfurter Allgemeine Zeitung*

'Dit is literatuur die blijft.'– Jury Clemens Brentano Preis 2011

'Laat je door *Tsjik* vertederen, opvrolijken, gelukkig maken.' – *Die Welt*

'Hilarisch en ontroerend.' – JongerenLiteratuurplein.nl

Wolfgang Herrndorf

Tsjik

Roman

Vertaling Pauline de Bok

Cossee
Amsterdam

Wolfgang Herrndorf bij Uitgeverij Cossee

Leven met het pistool op tafel. Een Berlijns dagboek

De vertaler ontving voor deze vertaling
een werkbeurs van het Nederlands Letterenfonds.

Deze uitgave is mede tot stand gekomen
dankzij een subsidie van het Goethe-Institut.

Eerste druk 2011
Derde druk 2016

Oorspronkelijke titel *Tschick*
© 2010 Wolfgang Herrndorf
en Rowohlt Verlag GmbH, Berlijn
Nederlandse vertaling © 2011 Pauline de Bok
en Uitgeverij Cossee bv, Amsterdam
Omslagillustratie © Kevin Fitzgerald, Stone / Getty Images
Boekomslag Marry van Baar
Foto auteur Mathias Mainholz
Typografie binnenwerk Aard Bakker
Druk Ten Brink, Meppel

isbn 978 90 5936 462 2 | nur 302
e-isbn 978 90 5936 384 7

Voor mijn vrienden

Dawn Wiener: I was fighting back.
Mrs. Wiener: Who ever told you to fight back?

Todd Solondz, Welcome to the Dollhouse

1

Eerst is er de geur van bloed en koffie. De koffiemachine staat op tafel en het bloed zit in mijn schoenen. Om eerlijk te zijn, het is niet alleen bloed. Toen de oudste 'veertien' zei, heb ik in m'n broek gepist. Ik heb de hele tijd scheef op de kruk gehangen en me niet verroerd. Ik was duizelig. Ik probeerde eruit te zien zoals ik dacht dat Tsjik er waarschijnlijk uit zou zien als iemand 'veertien' tegen hem zei, en toen heb ik uit angst in m'n broek gepist. Maik Klingenberg, de held. Daarbij heb ik geen idee waarom ineens die paniek. 't Was toch de hele tijd duidelijk dat het zo ging aflopen. Tsjik heeft gegarandeerd niet in z'n broek gepist.

Waar is Tsjik trouwens? Op de snelweg zag ik nog hoe hij op één been de bosjes in hinkte, maar ik schat dat ze hem ook te pakken hebben gekregen. Op één been kom je niet ver. Ik kan het de agenten natuurlijk niet vragen. Want, als ze hem niet hebben gezien, dan is het, logisch, beter er helemaal niet over te beginnen. Misschien hebben ze hem wel niet gezien. En van mij zullen ze het zeker niet horen. Al martelen ze me. Hoewel de Duitse politie, geloof ik, niemand mag martelen. Dat mogen ze alleen op tv en in Turkije.

Maar volgezeken en bebloed op het bureau van de snelwegpolitie zitten en vragen over je ouders beantwoorden is ook niet bepaald een doorslaand succes. Misschien zou martelen wel heel aangenaam zijn, dan had ik op z'n minst een reden voor mijn paniek.

Het beste is mond dicht, zei Tsjik. En dat zie ik precies zo. Tenminste, nou het toch allemaal niks meer uitmaakt. En mij maakt het allemaal niks meer uit. Nou ja, bijna allemaal. Tatjana Cosic bijvoorbeeld maakt me natuurlijk wel uit. Hoewel ik nu al behoorlijk lang niet meer aan haar gedacht heb. Maar nu ik hier op die kruk zit en buiten de snelweg voorbijraast en de oudste agent al vijf minuten achter bij de koffiemachine staat, water bijvult, het er weer uitkiept, op het knopje drukt en het apparaat vanonder bekijkt, terwijl elke imbeciel kan zien dat de stekker van het verlengsnoer er niet in zit, nu moet ik weer aan Tatjana denken. Want om precies te zijn was ik hier niet geweest als Tatjana er niet geweest was. Hoewel ze met de hele zaak niks te maken heeft. Is het onduidelijk wat ik hier zeg? Ja, jammer dan. Ik probeer het later nog een keer. Tatjana komt in het hele verhaal überhaupt niet voor. Het mooiste meisje ter wereld komt er niet in voor. Op de hele reis stelde ik me steeds voor dat ze ons kon zien. Hoe we boven het korenveld uit keken. Hoe we met de stapel slangen op de vuilnisbelt stonden als de grootste idioten... Ik beeldde me steeds in dat Tatjana achter ons stond en zag wat wij zagen, en blij was als wij blij waren. Maar nu ben ik blij dat ik het me alleen maar heb ingebeeld.

De agent trekt een groene papieren handdoek uit een handdoekenhouder en geeft die aan mij. Wat moet ik daarmee?

De vloer dweilen? Hij pakt met twee vingers zijn neus vast en kijkt me aan. Aha. Neus snuiten. Ik snuit m'n neus, hij glimlacht vriendelijk. Dat met die marteling kan ik wel uit m'n kop zetten. Maar waar moet ik nu met die zakdoek heen? Ik kijk zoekend de vloer rond. Het hele bureau is met grijs linoleum bedekt, net zoals de gangen naar onze gymzaal. Het ruikt ook een beetje zo. Pis, zweet en linoleum. Ik zie Wolkow, onze gymleraar, in trainingspak door de gangen veren, zeventig jaar, afgetraind: omhoog, jongens! Hop hop! Het geluid van zijn zuigende stappen op de vloer, in de verte gegiechel uit de meisjeskleedkamer en Wolkows blik die kant op. Ik zie de hoge ramen, de banken, de ringen aan het plafond, die we nooit gebruikten. Ik zie Natalie en Lena en Kimberley door de zijingang van de zaal komen. En Tatjana in haar groene trainingspak. Ik zie haar wazige spiegelbeeld op de vloer van de zaal, de glitterbroeken die de meisjes tegenwoordig altijd dragen, de bovenstukjes. En dat de laatste tijd de helft in dikke wollen truien gymt, en minstens drie hebben altijd een doktersverklaring. Hagecius Lyceum Berlijn, tweede klas.

'Ik dacht vijftien?' zeg ik en de agent schudt zijn hoofd.

'Nee, veertien. Veertien. Hoe staat het met de koffie, Horst?'

'Koffie is kapot,' zegt Horst.

Ik wil mijn advocaat spreken.

Dat was de zin die ik nu waarschijnlijk moest zeggen. Dat is de juiste zin in de juiste situatie, zoals iedereen weet van de tv. Maar dat is zo makkelijk gezegd: ik wil mijn advocaat spreken. Dan lachten ze zich waarschijnlijk dood. Het probleem is: ik heb geen idee wat die zin betekent. Als ik zeg, ik wil mijn advocaat spreken en ze vragen: 'Wíe wil je spreken? Je advocáát?' – wat moet ik dan antwoorden? Ik heb m'n hele leven nog geen advocaat gezien, en ik weet ook niet waarvoor ik er een nodig heb. Ik weet niet eens of verdediger hetzelfde is als advocaat, of officier van justitie. Iets als een rechter, neem ik aan, behalve dat hij aan mijn kant staat en meer benul van wetten heeft dan ik. Maar meer benul van wetten dan ik heeft eigenlijk iedereen hier in deze ruimte. Elke politieagent met name. En die zou ik het natuurlijk kunnen vragen. Maar ik wed dat als ik de jongste vraag of ik nu iets als een advocaat nodig heb, hij zich dan tot z'n collega wendt en roept: 'Hé, Horst! Horstje! Kom eens hier! Onze held hier wil weten of hij een advocaat nodig heeft! Kijk nou toch. Kliedert de hele vloer onder het bloed, pist in z'n broek als een wereldkampioen én – wil zíjn advocáát spreken!' Hahaha. Dan lachen ze zich natuurlijk kapot. En ik vind dat het al slecht genoeg met me gaat, ik hoef mezelf niet ook nog voor paal te zetten. Wat gebeurd is, is gebeurd. Meer niet. Daar kan ook een advocaat niks meer aan veranderen. Want, dát we er een klerezooi van hebben gemaakt, kan alleen een gek proberen te ontkennen. Wat moet ik zeggen? Dat ik de hele week thuis aan het zwembad heb gelegen, vraag het de werkster maar? Dat die stukken varken als regen uit de hemel zijn komen vallen? Veel kan ik nu echt niet meer doen. Ik zou nog richting Mekka kunnen bidden en in m'n broek kunnen schijten, verder staan er niet veel opties meer open.

De jongste, die er eigenlijk heel aardig uitziet, schudt zijn hoofd en herhaalt: 'Vijftien is onzin. Veertien. Met veertien ben je strafrechtelijk aansprakelijk.'

Waarschijnlijk moet ik nu een schuldgevoel hebben en berouw en alles, maar eerlijk gezegd, ik voel helemaal niks. Ik ben alleen maar waanzinnig duizelig. Ik krab onder aan m'n kuit. Alleen, daar waar vroeger mijn kuit zat, is nu niks meer. Een paarse streep slijm blijft aan m'n hand kleven. Dat is niet míjn bloed, heb ik eerder gezegd, toen ze me ondervroegen. Er lag toch genoeg ander slijm op straat waarover ze zich druk konden maken en ik dacht echt dat het mijn bloed niet was. Maar als het niet mijn bloed is, waar is dan nu mijn kuit, vraag ik me af.

Ik trek m'n broekspijp op en kijk eronder. Dan heb ik nog net een seconde om me te verbazen. Als ik dat in een film zou zien, zou ik zeker onpasselijk worden, denk ik, en inderdaad word ik nu onpasselijk, op dit bureau van de snelwegpolitie, wat ergens ook wel geruststellend is. Eén moment zie ik mijn spiegelbeeld in het linoleum nog op me afkomen, en dan een smak, en ik ben weg.

2

De dokter doet zijn mond open en dicht als een karper. Het duurt even voor er woorden uitkomen. De dokter schreeuwt. Waarom schreeuwt de dokter nou? Hij schreeuwt tegen de kleine vrouw. Dan bemoeit eentje in uniform zich ermee, een blauw uniform. Een politieagent die ik nog niet ken. Hij wijst de dokter terecht. Hoezo weet ik trouwens dat het een dokter is? Hij draagt een witte jas. Zou dus ook een bakker kunnen zijn. Maar in de zak van zijn jas heeft hij een metalen zaklampje en een luisterding. Wat moet een bakker met een luisterding, broodjes afluisteren? 't Zal vast een dokter zijn. En die dokter wijst nu op mijn hoofd en brult. Ik tast onder de deken in het rond naar mijn benen. Ze zijn bloot. Voelen ook niet meer volgezeken of bebloed aan. Waar ben ik hier?

Ik lig op m'n rug. Boven is alles geel. Blik opzij: grote donkere ramen. Andere kant: wit plastic gordijn. Ziekenhuis, zou ik zeggen. Dat klopt trouwens ook met de dokter. Ja natuurlijk, de kleine vrouw draagt ook een witte jas en een schrijfblok. En welk ziekenhuis, misschien de Charité? Nee, geen idee. Ik ben immers niet in Berlijn. Eens vragen, denk ik, maar niemand let op mij. Want het bevalt de agent namelijk niet hoe de dokter hem toeschreeuwt en hij schreeuwt terug, maar dan schreeuwt de dokter nog harder – en dan merk je, heel interessant, wie hier de baas is. De baas is namelijk overduidelijk de dokter en niet de agent, en ik ben zo uitgeput en ergens ook gelukkig en moe, ik lijk vanbinnen wel met geluk bekleed en slaap weer in zonder een woord te zeggen. Het geluk heet valium, blijkt later. Het wordt met grote spuiten toegediend.

Als ik de volgende keer wakker word is alles licht. Door de grote ramen schijnt de zon. Er wordt aan mijn voetzolen gekrabd. O, alweer een dokter, een andere dit keer, en een verpleegster heeft hij ook weer bij zich. Geen politieagent. Alleen dat de dokter zo aan mijn voeten krabt, is niet prettig. Waarom krabt hij toch zo?

'Hij is wakker,' merkt de verpleegster op. Niet bijzonder spits.

'Ah, aha.' De dokter kijkt me aan. 'Hoe voel je je?'

Ik wil iets zeggen maar uit mijn mond komt alleen maar: 'Pfff.'

'Hoe voel je je? Weet je hoe je heet?'

'Pfff-feh?'

Wat is dat nou voor vraag? Denken ze dat ik mesjogge ben? Ik kijk de dokter aan, hij kijkt mij aan en dan buigt hij zich over me heen en schijnt met een zaklamp in m'n ogen. Is dit een verhoor? Moet ik mijn naam zeggen of wat? Is dit hier een martelziekenhuis? En zo ja, kan hij dan alsjeblieft even ophouden m'n oogleden omhoog te trekken, of in elk geval doen alsof mijn antwoord hem interesseert? Overigens antwoord ik helemaal niet. Want terwijl ik nog overweeg of ik Maik Klingenberg moet zeggen of alleen maar Maik of Klinge of Attila de Hun – dat zegt m'n vader altijd als hij stress heeft, als hij de hele dag weer alleen maar jobstijdingen heeft gehad, dan drinkt hij twee Jägermeister en neemt de telefoon op met Attila de Hun – ik bedoel, terwijl ik nog overweeg of ik überhaupt iets moet zeggen of dat je dat jezelf in zo'n situatie niet beter kunt besparen, zegt de dokter al iets van 'vier hiervan' en 'drie daarvan', en slaap ik weer in.

3

Van ziekenhuizen kun je veel zeggen, maar niet dat het er niet fijn is. Ik lig altijd waanzinnig graag in het ziekenhuis. Je doet de hele dag niks en dan komen de verpleegsters. De plegen zijn allemaal superjong en supervriendelijk. En ze hebben van die dunne witte jassen aan, die ik zo te gek vind, omdat je altijd meteen ziet wat voor ondergoed ze aan hebben. Waarom ik dat zo te gek vind, weet ik trouwens ook niet. Want, als iemand met zo'n jas op straat rondliep, zou ik dat maf vinden. Maar in het ziekenhuis is het fantastisch. Mijn idee. Het is een beetje zoals in maffiafilms, waar gangsters je altijd een minuut lang zwijgend aankijken, voor ze antwoord geven. 'Hé!' Een minuut zwijgen. 'Kijk me aan!' Vijf minuten zwijgen. In het echte leven is dat maf. Maar als je bij de maffia bent nu eenmaal niet.

M'n lievelingsverpleegster komt uit Libanon en heet Hanna. Hanna heeft kort zwart haar en heeft normáál ondergoed. En dat is mooi: normaal ondergoed. Dat andere ondergoed ziet er altijd een beetje treurig uit. Bij de meesten. Als je niet precies het figuur van Megan Fox hebt, kan het er behoorlijk twijfelachtig uitzien. Ik weet niet. Misschien ben ik wel pervers: ik ben gek op normáál ondergoed.

Hanna is eigenlijk ook nog maar leerling-verpleegster, dus in opleiding ofzo, en als ze op mijn kamer komt, steekt ze altijd eerst haar hoofd om de deur en klopt dan met twee vingers op de deurpost, dat vind ik heel, heel beleefd, en ze bedenkt elke dag een nieuwe naam voor mij. Eerst heette ik Maik, toen Maiki, toen Maikipaiki, waarbij ik al dacht: allejezus. Maar dat was nog niet alles. Toen heette ik Michael Schumacher, toen Attila de Hun, toen varkensmoordenaar en ten slotte zelfs 'de zieke haas'. Alleen daarom zou ik het liefst nog een jaar in dit ziekenhuis blijven.

Hanna verwisselt elke dag mijn verband. Dat doet behoorlijk pijn en het doet Hanna ook pijn, dat kun je aan haar gezicht zien.

'Hoofdzaak is, jij hebt er lol in,' zegt ze dan altijd als ze klaar is, en ik zeg dan altijd dat ik later waarschijnlijk met haar ga trouwen of zoiets. Maar helaas heeft ze al een vriend. Soms komt ze ook zomaar op m'n bed zitten, omdat ik verder eigenlijk geen bezoek krijg, en het zijn echt goeie gesprekken die we dan hebben. Echte volwassenengesprekken. Met vrouwen als Hanna is het altijd oneindig veel makkelijker praten dan met meisjes van mijn leeftijd. Als iemand kan verklaren waarom dat zo is, dan mag-ie me gerust bellen, want, ik kan het zelf namelijk niet verklaren.

4

De dokter is minder spraakzaam. 'Het is maar een stuk vlees,' zegt hij, 'spieren,' zegt hij, 'het is niet erg, dat groeit weer aan. Blijft misschien 'n deukje of litteken over,' zegt hij, 'dat ziet er dan sexy uit,' en dat zegt hij elke dag. Elke dag kijkt hij naar het verband en vertelt precies hetzelfde, dat er 'n litteken blijft, dat dat niet erg is, dat dat er later uit zal zien alsof ik in de oorlog heb gevochten. 'Alsof je in de oorlog hebt gevochten, jongeman, daar zijn de vrouwen gek op,' en het zal ergens wel diep zijn, maar ik begrijp die diepere zin niet, en dan knipoogt hij naar me en meestal knipoog ik terug, hoewel ik 't niet begrijp. Tenslotte heeft die man me geholpen en dus help ik hem ook.

Later worden onze gesprekken beter, vooral omdat ze serieuzer worden. Of liever gezegd, het is eigenlijk maar één gesprek. Als ik weer kan strompelen, laat hij me op zijn kamer komen, waar nu eens geen medische apparatuur staat maar een bureau, en daar zitten we dan tegenover elkaar als bedrijfsleiders die de volgende deal verpakken. Op tafel staat een menselijk bovenlijf van plastic, waar je de organen uit kunt halen. De dikke darm ziet eruit als hersens en van de maag bladdert de kleur af.

'Ik moet eens met je praten,' zegt de dokter, en dat is, nogal logisch, het stomste begin dat ik ken. En dan wacht ik tot hij begint te praten, maar dat hoort helaas bij zo'n begin, dat je zegt, ik moet eens met je praten en dan eerst niks zegt. De dokter staart me dus aan, laat zijn blik dan zakken en slaat een groene ordner open. Of slaat hem niet open, maar doet hem open zoals ik denk dat hij de buikwand van een patiënt opensnijdt. Heel omzichtig, heel gecompliceerd, heel serieus. De man is chirurg. Gefeliciteerd.

Wat daarna komt is al minder interessant. In feite wil hij alleen weten hoe ik aan die hoofdwond kom, rechtsvoor. Ook hoe ik aan die andere wonden kom – van de snelweg, zoals gezegd, oké, dat wist hij al – maar die hoofdwond, ik ben van de stoel gevallen, op het bureau van de snelwegpolitie.

De dokter zet zijn vingertoppen tegen elkaar. Ja, zo stond het ook in het verslag: van de stoel gevallen. Op het politiebureau.

Hij knikt. Ja.

Ik knik ook.

'We zijn hier onder elkaar,' zegt hij na een tijdje.

'Duidelijk,' zeg ik als de grootste sukkel en knipoog eerst naar de dokter en dan voor de zekerheid ook nog naar het plastic bovenlijf.

'Je kunt hier over alles praten. Ik ben je arts, en dat betekent in dit geval: ik heb zwijgplicht.'

'Ja, goed,' zeg ik. Een paar dagen geleden heeft hij ook al een keer op iets dergelijks gezinspeeld, onderhand heb ik het begrepen. De man heeft zwijgplicht en verwacht nu dat ik hem iets vertel, zodat hij erover kan zwijgen. Maar wat? Hoe extreem geil het is uit angst in je broek te pissen?

'Het gaat immers niet alleen om hun handelwijze. Het

is een schending van de toezichtplicht. Ze hadden niet alleen op jouw verklaring mogen afgaan, snap je? Ze hadden die moeten controleren en vooral meteen een arts moeten roepen. Weet je hoe kritiek het was? En jij zegt dat je van de stoel bent gevállen?'

'Ja.'

'Het spijt me, maar wij artsen zijn wantrouwige mensen. Ik bedoel, ze moesten toch wat van je. En ik als je behandelend arts...'

Ja, ja. Top. Zwijgplicht. 't Is duidelijk. Maar wat wil hij nu dan weten? Hoe je van de stoel valt? Zijdelings eraf en dan boem? Hij schudt eerst lang zijn hoofd, dan maakt hij een lichte beweging met zijn hand – en dan pas snap ik waar hij heen wil. Mijn god, ben ik traag van begrip. Altijd die kloterige pijnlijkheden. Waarom spreekt hij geheimtaal?

'Nee, nee!' roep ik en wapper met m'n handen door de lucht alsof ik een reusachtige zwerm vliegen van me af sla. 'Alles correct! Ik zat op de stoel en trok mijn broekspijp op en toen zag ik 't en werd misselijk en pats. Geen "invloed van buitenaf".' Goeie uitdrukking. Ken ik van *Tatort*.

'Zeker weten?'

'Zeker. Ja. En die agenten, superaardig. Ik heb zelfs water gekregen en een zakdoek. Gewoon alleen duizeligheid en dan zijdelings op de grond.' Ik richt me op boven het bureau en laat me twee keer als een hoogbegaafde acteur half naar rechts vallen.

'Goed,' zegt de dokter langzaam.

Hij krabbelt wat op papier.

'Wilde ik alleen maar weten. Het blijft onverantwoord. Bloedverlies... dat zou je echt... ziet er ook niet zo uit.'

Hij klapt de groene ordner dicht en kijkt me lang aan. 'Ik weet niet hoor, gaat me misschien ook niets aan – maar dat zou me nu nog interesseren. Je hoeft niet te antwoorden als je niet wil. Maar – wat wilden jullie daar eigenlijk? Of waarheen?'

'Geen idee.'

'Zoals gezegd, je hoeft het niet te zeggen. Ik vraag het alleen maar uit belangstelling.'

'Ik zou het u wel willen zeggen. Maar als ik het zeg, gelooft u het toch niet. Geloof ik.'

'Ik geloof alles van je.' Hij lacht vriendelijk. Kameraad-schappelijk.

'Het is krankjorum.'

'Wat is er dan wel krankjorum?'

'Het is... nou ja. We wilden naar Walachije,* snapt u. Ziet u wel, u vindt het krankjorum.'

'Ik vind het niet krankjorum, ik snap het alleen niet. Waarheen?'

'Naar Walachije.'

'Waar mag dat dan wel niet zijn?' Hij kijkt me belangstellend aan en ik merk dat ik rood word. We gaan er niet verder op in. Ten slotte geven we elkaar als volwassen mensen nog een hand en ik ben ergens blij dat ik zijn zwijgplicht niet te veel op de proef heb hoeven stellen.

* Walachije staat in het dagelijks spraakgebruik in Duitsland voor een fictief afgelegen gebied (vert.)

5

Ik heb nooit een bijnaam gehad. Ik bedoel, op school. Maar
ook verder niet. Mijn naam is Maik Klingenberg. Maik. Niet
Maiki, niet Klinge, en ook al die andere onzin niet, altijd
alleen maar Maik. Behalve in de eerste, daar heette ik korte
tijd Psycho. Dat is ook niet echt top, als je Psycho heet.
Maar dat duurde niet lang, en toen heette ik weer Maik.

Als je geen bijnaam hebt, kan dat twee redenen hebben.
Of je bent waanzinnig saai en krijgt er daarom geen, of je
hebt geen vrienden. Als ik een van de twee moest kiezen,
had ik eerlijk gezegd liever geen vrienden dan waanzinnig
saai te zijn. Want, als je saai bent, heb je automatisch geen
vrienden, of alleen vrienden die nog saaier zijn dan jij.

Maar er is ook nog een derde mogelijkheid. Het kan zijn
dat je saai bent én geen vrienden hebt. En ik vrees dat dat
mijn probleem is. In elk geval sinds Paul verhuisd is. Paul
was mijn vriend sinds de kleuterschool en we zagen elkaar
haast elke dag, tot zijn totaal geschifte moeder besloot dat
ze liever buiten wilde wonen.

Dat was ongeveer in de tijd dat ik naar het lyceum ging en
dat maakte het allemaal niet makkelijker. Ik heb Paul toen

bijna nooit meer gezien. Het was altijd een halve wereldreis met de S-Bahn de stad uit en dan nog zes kilometer met de fiets. Bovendien was Paul veranderd daarbuiten. Zijn ouders waren gescheiden en toen is hij nogal zonderling geworden. Ik bedoel echt zonderling. Paul woont nu in feite in het bos met zijn moeder en stompt af. Hij had altijd al de neiging af te stompen. Je moest hem altijd opjutten. Maar daarbuiten jutte niemand hem meer op en stompte hij compleet af. Als ik het me goed herinner, heb ik hem hooguit drie keer opgezocht. Het was elke keer zo deprimerend dat ik er niet meer naartoe wou. Paul liet me het huis zien en de tuin en het bos en een jachtkansel in het bos, waar hij altijd op zat om dieren te observeren. Behalve dat daar natuurlijk helemaal geen dieren waren. Eens in de twee uur vloog er een mus langs. En dat hield hij ook nog bij in een boek. Dat was in het voorjaar, toen net GTA IV uitkwam, maar dat interesseerde Paul totaal niet meer. Alleen nog die beesten. Een hele dag lang moest ik met hem op zijn kansel zitten en toen werd het zelfs mij te stom. Ik heb ook een keer stiekem zijn boek doorge-bladerd om te kijken wat daar verder nog in stond, want er stond nog behoorlijk wat andere flauwekul in. Dingen over zijn moeder stonden erin en dingen in geheimschrift, en dan tekeningen van blote vrouwen, heel erge tekenin-gen. Niks tegen blote vrouwen, hoor, blote vrouwen zijn geweldig. Maar die tekeningen waren niet geweldig, die waren alleen maar totaal geschift, en daartussen telkens in schoonschrift observaties van dieren en van het weer. Op het laatst had Paul everzwijnen en lynxen en wolven gezien, wolven met een vraagteken, en ik zei: 'Het is hier de stadsrand van Berlijn – lynxen en wólven, weet je het echt zeker?' En hij griste me het boek uit handen en keek me aan alsof ík de getikte was. En daarna hebben we elkaar niet meer zo vaak gezien. Drie jaar geleden is dat. Dat was ooit m'n beste vriend.

Op het lyceum heb ik toen aanvankelijk niemand leren kennen. Ik ben niet waanzinnig goed in leren kennen. En dat vond ik ook nooit zo'n groot probleem. Tot Tatjana Cosic kwam. Of tot ik haar opmerkte. Want Tatjana zat natuurlijk altijd al bij mij in de klas. Maar ik merkte haar pas op in het begin van de tweede. Waarom weet ik niet. Maar in het begin van de tweede had ik haar ineens vol in beeld, toen begon de hele ellende. En ik moet nu waarschijnlijk lang- zamerhand eens beginnen Tatjana te beschrijven. Omdat alles wat erna komt anders niet te begrijpen is.

Tatjana heet met haar voornaam Tatjana en met haar achternaam Cosic. Ze is veertien en 1,65 m lang, en haar ouders heten met hun achternaam ook Cosic. Hoe ze met hun voornaam heten weet ik niet. Ze komen uit Servië of Kroatië, in elk geval komt de naam daarvandaan, en ze wonen in een wit huurhuis met veel ramen – badabim, badaboem. Het is al duidelijk: ik kan er nog lang omheen lullen, maar het rare is dat ik helemaal niet weet over wie ik het heb. Ik ken Tatjana namelijk helemaal niet. Ik weet wat iedereen weet die bij haar in de klas zit. Ik weet hoe ze eruitziet, hoe ze heet en dat ze goed is in gym en Engels. Enzovoort. Dat ze 1,65 m lang is weet ik sinds de dag dat de schoolarts er was. Waar ze woont weet ik uit de telefoongids en meer weet ik eigenlijk niet. En ik zou, logisch, haar ui- terlijk nog heel precies kunnen beschrijven en haar stem en haar haren en alles. Maar ik geloof dat dat overbodig is. Want, iedereen kan zich wel voorstellen hoe ze eruitziet: ze ziet er super uit. Haar stem is ook super. Ze is gewoon alles bij elkaar super. Zo moet je je dat voorstellen.

6

En nu heb ik nog steeds niet uitgelegd waarom ze me Psycho noemden. Want, zoals gezegd, een tijdje noemden ze me Psycho. Geen idee waar dat op sloeg. Of nou ja, duidelijk: dat moest betekenen dat ik ze niet allemaal op een rijtje had. Maar dan hadden een paar anderen naar mijn idee nog beter zo kunnen heten. Frank had zo kunnen heten, of Stöbcke met zijn aansteker, die zijn in elk geval gestoorder dan ik. Of de Nazi. Maar de Nazi heette al Nazi, die had geen naam meer nodig. En natuurlijk had het ook een speciale reden dat uitgerekend ik zo heette. Die reden was een opstel Duits bij Schürmann, in de eerste klas. Onderwerp trefwoordverhaal. Voor het geval iemand niet weet wat dat is, een trefwoordverhaal gaat zo: je krijgt vier woorden, bijvoorbeeld 'dierentuin', 'aap', 'oppasser' en 'muts', en dan moet je een verhaal schrijven waarin een dierentuin, een aap, een oppasser en een muts voorkomen. Waanzinnig origineel. Je reinste zwakzinnigheid. De woorden die Schürmann bedacht had, waren 'vakantie', 'water', 'redding' en 'god'. Wat al weer duidelijk moeilijker was dan met de dierentuin en de aap, en de ergste moeilijkheid zat 'm natuurlijk in god. Wij hadden alleen maar ethiek, en in de klas zaten zes atheïsten, ik incluis, en ook nog een paar die protestant waren, die geloofden niet echt in god. Geloof ik. In elk geval niet zoals mensen geloven die écht in god geloven, die geen mier kwaad kunnen doen of die enorm blij zijn als er iemand doodgaat omdat hij dan in de hemel komt. Of die met een vliegtuig het World Trade Center binnendenderen. Díe geloven echt in god. En daarom was dat opstel behoorlijk moeilijk. De meesten hebben zich eerst aan het woord vakantie vastgeklampt. Dan roeit het gezinnetje rond aan de Côte d'Azur en dan raken ze volkomen onverwachts in een helse storm verzeild en roepen 'o god' en worden gered enzo. En zoiets had ik natuurlijk ook kunnen schrijven. Maar toen ik boven dat opstel zat, schoot me als eerste te binnen dat we de afgelopen drie jaar al niet meer op vakantie waren geweest, omdat m'n vader de hele tijd zijn faillissement aan het voorbereiden was. Wat me nooit heeft gestoord, zo graag ging ik nu ook weer niet met m'n ouders op vakantie.

In plaats daarvan heb ik de hele vorige zomer in de kelder gezeten en uit hout boemerangs gemaakt. Een leraar van de basisschool had me dat geleerd. Dat was een complete vakman op boemeranggebied. Bretfeld heette hij, Wilhelm Bretfeld. Hij had er zelfs een boek over geschreven. Twee boeken zelfs. Maar daar kwam ik pas achter toen ik al van de basisschool af was. Toen heb ik de oude Bretfeld nog een keer op een weiland getroffen. Hij stond zo ongeveer meteen achter ons huis op de koeienwei en wierp zijn boemerangs, zelfgemaakte boemerangs, en dat was ook weer zo'n ding waarvan ik niet wist dat het echt werkte. Waarvan ik dacht, dat bestaat alleen in de film, dat ze naar je terugkomen. Maar Bretfeld was een volslagen profi en die heeft het me toen laten zien. Ik vond het waanzinnig indrukwekkend. Ook dat hij zijn boemerangs allemaal zelf had gemaakt en beschilderd. 'Alles wat van voren rond is en van achteren spits, vliegt,' zei Bretfeld en toen keek hij me over zijn bril aan en vroeg: 'Hoe heet jij ook weer? Ik kan me je niet herinneren.' Maar wat me het meest frappeerde was die langeafstandsboemerang. Dat was een door hemzelf ontwikkelde boemerang die minutenlang kon vliegen, en die had híj uitgevonden. Als nu waar ook ter wereld iemand een langeafstandsboemerang werpt en die blijft vijf minuten in de lucht, dan wordt er een foto gemaakt en dan staat erbij: naar een ontwerp van Wilhelm Bretfeld. Die is dus eigenlijk over de hele wereld bekend, die Bretfeld. En die staat vorige zomer op de koeienwei achter ons huis en laat me dat zien. Echt een goeie leraar. Dat had ik op de basisschool helemaal niet in de gaten.

In elk geval heb ik de hele zomer in de kelder met hout zitten werken. En dat was een te gekke zomervakantie, veel beter dan op vakantie gaan. M'n ouders waren haast nooit thuis. M'n vader reed van schuldeiser naar schuld-eiser en m'n moeder zat op de beautyfarm. En daar heb ik toen ook maar mijn opstel over geschreven: 'Moeder en de beautyfarm'. Trefwoordverhaal van Maik Klingenberg.

In de volgende les mocht ik het voorlezen. Of moest. Ik wou namelijk niet. Svenja was eerst aan de beurt, en die las die lulkoek met de Côte d'Azur voor, die Schürmann waanzinnig mooi vond, en toen las Kevin nog eens het-zelfde voor, behalve dat de Côte d'Azur nu de Noordzee was, en toen kwam ik. Moeder op de schoonheidsfarm. Wat helemaal geen echte schoonheidsfarm was. Hoewel m'n moeder er inderdaad altijd iets beter uitzag als ze ervan terugkwam. Maar eigenlijk is het een kliniek. Ze is namelijk alcoholist. Ze drinkt alcohol zo lang ik me kan herinneren, maar het verschil is dat het vroeger vrolijker was. Normaal wordt iedereen vrolijk van alcohol, maar wanneer dat een bepaalde grens overschrijdt, worden de mensen moe of agressief, en toen m'n moeder weer eens met het keukenmes door het huis liep, stond ik met m'n vader boven aan de trap en m'n vader vroeg: 'Wat denk je, wordt het niet weer eens tijd voor de beautyfarm?' En zo begon de zomer toen ik in de eerste zat.

Ik hou van m'n moeder. Dat moet ik erbij zeggen, omdat wat nu komt misschien geen supergoed licht op haar werpt. Maar ik heb altijd van haar gehouden en ik hou nog van haar. Ze is niet als andere moeders. Daar hield ik altijd het meest van. Ze kan bijvoorbeeld heel grappig zijn, dat kun je van de meeste moeders natuurlijk niet bepaald beweren. En dat het een schoonheidsfarm heette, dat was gewoon ook zo'n grap van m'n moeder.

Vroeger speelde m'n moeder veel tennis. M'n vader ook, maar niet zo goed. De echte crack in de familie was m'n moeder. Toen ze nog fit was, won ze elk jaar de clubkampioenschappen. En ook met een fles wodka te veel op won ze die nog, maar dat is een ander verhaal. In elk geval was ik als kind altijd al met haar op de baan. M'n moeder zat op het clubterras en dronk cocktails met mevrouw Weber en mevrouw Osterthun en meneer Schuback en de rest. En ik zat onder de tafel en speelde met autootjes en de zon scheen. In mijn herinnering schijnt de zon altijd op de tennisclub. Ik kijk naar het rode stof op vijf paar witte tennisschoenen, ik zie het ondergoed onder de krappe tennisrokjes en ik verzamel de kroonkurken die van boven op de grond vallen en waar je met een balpen in kunt tekenen. Ik mag vijf ijsjes op een dag eten en tien cola drinken en alles bij de barman laten opschrijven. En dan zegt mevrouw Weber boven mij: 'Volgende week weer om zeven, mevrouw Klingenberg?'

En m'n moeder: 'Goed.'

En mevrouw Weber: 'Dan breng ik dit keer de ballen mee.'

En m'n moeder: 'Goed.'

En zo verder en zo verder. Altijd precies hetzelfde gesprek. Waarbij de grap was dat mevrouw Weber nooit ballen meebracht, daar was ze te gierig voor.

Af en toe was er ook een ander gesprek, dat ging zo:

'Volgende week zaterdag weer, mevrouw Klingenberg?'

'Kan ik niet, dan ga ik weg.'

'Maar heeft uw man geen seizoenswedstrijd?'

'Ja, hij gaat toch ook niet weg. Ik ga weg.'

'O, waar gaat u dan heen?'

'Naar de beautyfarm.'

En dan kwam steeds, steeds, steeds van de een of ander aan tafel die het nog niet kende, de waanzinnig spitse opmerking: 'Dat heeft u toch helemaal niet nodig, mevrouw Klingenberg!'

En m'n moeder sloeg haar Brandy Alexander achterover en zei: 'Was een grapje, meneer Schuback. 't Is een ontwenningskliniek.'

Dan liepen we hand in hand van de tennisbaan naar huis, omdat m'n moeder niet meer kon rijden. Ik droeg haar zware sporttas en ze zei tegen me: 'Je kunt niet veel van je moeder leren. Maar dit kun je van je moeder leren. Ten eerste, je kunt overal over praten. En ten tweede, wat de mensen denken doet er geen bal toe.' Dat overtuigde me meteen. Over alles praten. En schijt aan de mensen.

Twijfels kwamen pas later. Geen twijfel aan het principe. Maar twijfel of het m'n moeder werkelijk geen bal kon schelen.

In elk geval – die beautyfarm. Hoe dat daar precies toeging, weet ik niet. Omdat ik nooit bij m'n moeder op bezoek mocht, dat wou ze niet. Maar als ze ervan terugkwam, vertelde ze altijd krankzinnige dingen. De therapie bestond blijkbaar alleen uit geen alcohol en praten. En pootjebaden. Soms ook gymmen. Maar gymmen konden er niet veel meer. Meestal praatten ze alleen maar en gooiden een knot wol rond. Want, altijd alleen degene die de knot wol had mocht praten. Ik moest vijf keer vragen of ik het goed verstaan had of dat het een geintje was met die knot wol. Maar het was geen geintje. M'n moeder vond het ook helemaal niet zo grappig of spannend, maar ik vond het eerlijk gezegd waanzinnig spannend. Stel je dat eens voor: tien volwassen mensen zitten in een kring en gooien een knot wol rond. Naderhand lag het hele vertrek vol wol, maar daar ging het helemaal niet om, ook al zou je dat eerst wel denken. Het ging erom dat er een gespréksvlechtwerk ontstond. Waaruit al op te maken valt dat m'n moeder in deze inrichting niet de gekste was. Er moeten nog aanmerkelijk gekkeren zijn geweest.

En als nu iemand denkt dat die knot wol niet te overtreffen is, dan heeft hij nog nooit van de kartonnen doos gehoord. Iedereen in de kliniek had namelijk ook een doos op zijn kamer. Die hing vlak onder het plafond, met de opening naar boven, en in die doos moest je altijd briefjes gooien, zoals in een basketbalnet. Briefjes waarop je eerst je verlangens, wensen, voornemens, gebeden of zoiets geschreven had. Altijd wanneer m'n moeder wensen had of voornemens, of wanneer ze zichzelf verwijten maakte, schreef ze die op een briefje, vouwde het op en dan ongeveer als Dirk Nowitzki: *dunking*. En het krankzinnige eraan was, dat nóóit iemand die briefjes las. Dat was de bedoeling niet. De bedoeling was dat je het een keer opschreef en dat het er dan was en dat je het kon zien: daar hangen mijn wensen en verlangens en de hele shit, in die doos daarboven. En omdat die dozen zo belangrijk waren, moest je ze ook een naam geven. Die werd met viltstift op de doos geschreven, en zo had in feite elke drinker een doos op zijn kamer hangen die 'God' heette en waar zijn verlangens in zaten. Want, de meesten hadden hun doos 'God' genoemd. Dat was het voorstel van de therapeut geweest, dat je die God kon noemen. Maar je mocht hem noemen hoe je wilde. Een oudere vrouw had hem zelfs 'Osiris' genoemd en iemand anders 'Grote Geest'.

De doos van m'n moeder heette 'Karl-Heinz' en toen was de therapeut naar haar toe gekomen en had aan haar kop gezeurd. Eerst wilde hij weten of dat haar vader was. 'Wie?' vroeg mijn moeder en de therapeut wees op de doos. Mijn moeder schudde haar hoofd. En toen vroeg de therapeut wie het dan wel mocht zijn, die Karl-Heinz, en m'n moeder zei: 'Dat kartonnen doosje daar.' En toen wou de therapeut weten hoe de vader van m'n moeder heette. 'Gottlieb,' zei m'n moeder en de therapeut zei 'aha!' en dit 'aha' moet geklonken hebben alsof de therapeut nu precies wist hoe het zat. Gottlieb – aha! Maar m'n moeder wist niet waarvan de therapeut wist hoe het zat en hij heeft het ook niet gezegd. En zo moet dat steeds gegaan zijn. Allemaal hebben ze er altijd compleet uitgezien alsof ze wisten hoe het zat, maar ze zouden het je nooit verklappen. Toen m'n vader dat hoorde, dat met die doos, viel hij bijna van zijn stoel van het lachen. Hij zei altijd: 'Mijn god, wat treurig,' en dan lachte hij toch en ik moest ook de hele tijd lachen, en m'n moeder vond het sowieso al grappig, in elk geval achteraf.

En dat heb ik allemaal in mijn opstel geschreven. Om het woord 'redding' kwijt te kunnen heb ik nog de episode met het keukenmes toegevoegd, en omdat ik zo lekker op dreef was ook nog dat ze 's ochtends de trap af kwam en mij met m'n vader verwarde. Het was het langste opstel dat ik ooit geschreven had, minstens acht kantjes, en ik had waarschijnlijk ook nog deel twee en deel drie en deel vier kunnen schrijven als ik gewild had, maar, zoals toen bleek, was deel één meer dan genoeg.

De klas stond bij het voorlezen van enthousiasme op z'n kop. Schürmann verzocht om stilte en zei: 'Goed dan, nou goed. Hoe lang is het nog? O, zo lang nog? Het is om te beginnen genoeg, zou ik zeggen.' Toen hoefde ik de rest helemaal niet meer te lezen. In de pauze liet Schürmann me nablijven om het schrift ongestoord in te kijken, en ik stond waanzinnig trots naast hem, omdat het zo'n doorslaand succes was geweest en omdat Schürmann het opstel nu zelfs nog persoonlijk uit wou lezen. Maik Klingenberg, de schrijver. En toen sloeg Schürmann het schrift dicht en keek me hoofdschuddend aan, en ik dacht, dat is een goedkeurend hoofdschudden, onder het motto: hoe kan een eersteklasser zulke retegoeie opstellen schrijven? Maar toen zei hij: 'Waarom lach je nou zo stom? Vind je het nog grappig ook?' En toen werd me langzaam duidelijk dat het ook weer niet zó'n doorslaand succes was. In elk geval niet bij Schürmann.

Hij stond op van zijn lessenaar, liep naar het raam en keek naar buiten, naar het schoolplein. 'Maik,' zei hij en toen draaide hij zich weer naar mij om. 'Het gaat om je móeder. Heb je daar weleens over nagedacht?'

Blijkbaar had ik een enorme fout gemaakt. Ik wist weliswaar niet welke, maar het was makkelijk aan Schürmann te zien dat ik met dit verhaal absoluut een enorme fout had begaan. En dat hij het 't gênantste opstel ter wereld vond, was ook wel duidelijk. Alleen waarom dat zo was, wist ik niet, dat verklapte hij me niet en ik weet het eerlijk gezegd tot op de dag van vandaag niet. Hij herhaalde alleen maar steeds dat het mijn móeder was, en ik zei dat me dat duidelijk was, dat mijn moeder m'n moeder was en toen verhief hij plotseling zijn stem en zei dat dit opstel het weerzinwekkendste en walgelijkste en meest schaamteloze was wat hem in vijftien jaar leraarschap onder ogen was gekomen en zo verder, en ik moest meteen deze tien bladzijden uit mijn schrift scheuren, ik was totaal in zak en as en greep natuurlijk meteen als de grootste sukkel naar m'n schrift om de bladzijden eruit te scheuren, maar Schürmann hield m'n hand vast en schreeuwde: 'Je hoeft het er niet écht uit te scheuren. Snap je dan helemaal niets? Je moet nádenken. Denk na!' Ik dacht een minuut na en, eerlijk gezegd, ik snapte het niet. Ik snap het tot op heden niet. Ik bedoel, ik had toch niks verzonnen ofzo.

7

En daarna heette ik dus Psycho. Bijna een jaar lang noemden ze me allemaal zo. Zelfs onder de les. Zelfs als de leraren erbij waren. 'Kom Psycho, speel door! Je redt het, Psycho! De bal mooi laag houden!' En dat hield pas weer op toen André in onze klas kwam. André Langin. Mooie André.

André was blijven zitten. Hij had de eerste dag al een vriendinnetje bij ons, en toen had hij elke week een ander, en nu is hij net met een Turkse uit de parallelklas die eruitziet als Salma Hayek. Ook aan Tatjana heeft hij een keer even gefriemeld, daar werd ik echt niet goed van. Een paar dagen hebben die twee onafgebroken met elkaar gepraat, in de gangen, voor de school, op het plein. Maar echt samen waren ze uiteindelijk toch niet, geloof ik. Dat zou me kapot hebben gemaakt. Op een gegeven moment praatten ze ook niet meer met elkaar en vlak daarna hoorde ik dat André Patrick had uitgelegd waarom mannen en vrouwen niet bij elkaar pasten, waanzinnig wetenschappelijke theorieën over de steentijd, over sabeltandtijgers en kinderen krijgen en alles. En ook daarom had ik de pest aan hem. Ik had vanaf het eerste ogenblik waanzinnig de pest aan hem, maar echt makkelijk was dat niet. Want, André is niet bepaald een licht, maar hij is ook niet totaal stompzinnig. Hij kan heel aardig zijn en hij heeft iets nonchalants, en hij ziet er, zoals gezegd, behoorlijk goed uit. Maar toch is het een eikel. Alsof dat nog niet genoeg is woont hij maar één straat bij ons vandaan, in de Waldstraße 15. Waar overigens alleen maar eikels wonen. De Langins hebben daar een kast van een huis. Zijn vader is politicus, wethouder of zoiets. Natuurlijk. En mijn vader zegt: groot man, die Langin! Omdat hij nu ook bij de FDP is. Daar ga ik toch wel zo van over m'n nek. Het spijt me.

Maar ik wou eigenlijk wat anders vertellen. Toen André nog helemaal nieuw was, zijn we een keer een wandeltocht gaan maken, ergens ten zuiden van Berlijn. Het gebruikelijke uitstapje naar het bos. Ik liep op grote afstand achter iedereen aan en bekeek de natuur. Want, het was in de tijd dat we net een herbarium hadden aangelegd en ik interesseerde me een poosje voor de natuur. Voor bómen. Ik wilde misschien wetenschapper of zoiets worden. Maar dat duurde niet lang, en dat had waarschijnlijk ook weer met dat uitstapje te maken waar ik mijlenver achter iedereen aan liep om in alle rust de bladstand en de habitus te bekijken. Toen viel me namelijk op dat bladstand en habitus me geen reet interesseerden. Vooraan werd gelachen en ik kon het lachen van Tatjana Cosic onderscheiden, en tweehonderd meter daarachter slentert Maik Klingenberg door het bos en bekijkt die klotebladstand in de natuur. Die zelfs niet eens echte natuur was, maar een armetierig bosje, waar om de tien meter drie richtingwijzers stonden. De hel.

Op een gegeven moment zijn we gestopt bij een driehonderd jaar oude haagbeuk die ene Frederik de Grote daar in de aarde had geplant, en de leraar vroeg wie wist wat voor boom dat was. En niemand wist het. Behalve ik natuurlijk. Maar ik was niet zo achterlijk dat ik tegenover iedereen ging toegeven dat ik wist dat het een haagbeuk was. Dan had ik net zo goed meteen kunnen zeggen: mijn naam is Psycho en ik heb een probleem. Alleen, dat we nu met z'n allen om die boom stonden en niemand wist wat het was, dat was ook weer deprimerend. En nu kom ik langzaam ter zake. Onder die haagbeuk had Frederik de Grote namelijk nog een paar banken neergezet, zodat je daar kon gaan zitten en kon picknicken, en precies dat hebben we dan ook gedaan. Ik zat toevallig aan het tafeltje van Tatjana Cosic. Schuin tegenover me André, mooie André, met beide armen, links en rechts om de schouders van Laura en Marie geslagen. Alsof hij dik bevriend met ze was, terwijl hij helemaal niet bevriend met ze was. Hij zat pas hooguit een week in onze klas. Maar die twee hadden er ook niets tegen. Integendeel, ze zaten er versteend van geluk bij en bewogen geen millimeter, alsof ze bang waren Andrés armen als schuwe vogels van hun schouders te verjagen. En André zei de hele tijd niks, keek alleen maar met zijn slaapkamerblik slaapkamerachtig om zich heen, en toen keek hij ook een keer naar mij en zei na lang na-denken in een bepaalde richting, maar gegarandeerd niet de mijne: 'Hoezo heet hij eigenlijk Psycho? Dat is toch totaal melig.' Laura en Marie kwamen niet meer bij van die supergrap, en omdat het zo'n succes was, herhaalde André die zin meteen nog een keer: 'Nee, echt, waarom heet die slaappil eigenlijk Psycho?' En sindsdien heet ik weer Maik. En is het nog erger dan vroeger.

8

Er zijn veel dingen die ik niet kan. Maar als ik íets kan, dan is het hoogspringen. Ik bedoel, ik ben geen crack van olympische klasse ofzo, maar met hoogspringen en verspringen ben ik bijna niet te verslaan. Hoewel ik een van de kleinsten ben, kom ik net zo hoog als Olaf, die een meter negentig is. In het voorjaar heb ik in de middenklasse een schoolrecord gevestigd en was waanzinnig trots. Wij stonden op de hoogspringbaan en de meisjes zaten ernaast in het gras, waar mevrouw Beilcke ze toesprak. Dat is bij hun gymnastiek: mevrouw Beilcke spreekt ze toe en de meisjes zitten om haar heen hun enkels te krabben. Ze lopen ook niet steeds rondjes om het veld zoals bij Wolkow.

Wolkow is onze gymleraar en natuurlijk spreekt hij ons ook graag toe. Alle gymleraren die ik tot nu toe heb gehad, hebben ongelooflijk veel tekst. Bij Wolkow is het 's maandags altijd de Bundesliga, dinsdags meestal ook nog de Bundesliga, 's woensdags de Champions League en vrijdags verheugt hij zich alweer op de Bundesliga en de analyses. 's Zomers wil Wolkow ook nog weleens zijn mening over de Tour de France geven, maar dat loopt via het thema doping altijd weer snel uit op het veel belangrijkere thema, waarom bij voetbal – en hoe mooi is dat – doping niet voorkomt. Omdat het daar namelijk géén zín heeft. Dat is Wolkows eerlijke mening. En dat heeft verder nog nooit iemand iets geïnteresseerd, maar het probleem is: Wolkow doet niks dan praten, terwijl wij om het veld joggen. Hij heeft een waanzinnige conditie, hij is gegarandeerd al zeventig ofzo, maar sjokt altijd fris voorop en lult aan één stuk door. En dan zegt hij altijd: 'Mannen!' En vervolgens zegt hij tien meter niks en dan: 'Dortmund.' Tien meter. 'Haalt het niet.' Tien meter. 'De score bij de thuiswedstrijden. Klopt dat of heb ik gelijk?' Twintig meter. 'En Van Gaal, die ouwe vos! Dat wordt geen makkie.' Parampampam. 'Wat vinden jullie ervan?' Honderd meter. En natuurlijk zegt niemand wat, omdat we al twintig kilometer gelopen hebben en alleen Hans, de Nazi, de voetbalsukkel, die zwetend achter op het veld naar adem loopt te snakken, schreeuwt soms: 'Ha-ho-hé! Hertha BSC!' En dan wordt het zelfs Wolkow te veel, lulhanneswolkow, en hij maakt een extra lus zodat Hans weer kan aansluiten, en dan zwaait hij met zijn wijsvinger en roept met trillende stem: 'Simunic! Joe Simunic! Kardinale fout,' en Hans roept vanachteren: 'Weet ik, weet ik!' en Wolkow verhoogt het tempo weer en mompelt: 'Simunic, mijn god! Het bastion. Nooit verkopen. Afgang. Simunic.'

En alleen daarom al kun je waanzinnig blij zijn met hoogspringen. Misschien hadden we trouwens alleen maar hoogspringen die dag omdat Wolkow een extreem hevige keelontsteking had en sowieso niet tegelijk kon joggen en lullen, maar alleen joggen. Als Wolkow een gewone keelontsteking heeft, lult-ie iets minder. Als Wolkow dood is, valt de les uit. Maar wanneer hij een extreem hevige keelontsteking heeft, jogt hij gewoon zwijgend om het veld.

Bij het hoogspringen schreef-ie de hele tijd onze prestaties in een zwart notitieblokje, vergeleek ze met de gegevens van vorig jaar en kraste ons steeds toe dat we vorig jaar nog vijf centimeter hoger kwamen. Naast de hoogspringbaan zaten de meisjes, zoals gezegd, naar mevrouw Beilcke te luisteren. In werkelijkheid luisterden ze natuurlijk niet, maar keken naar ons.

Tatjana zat met haar beste vriendin Natalie helemaal aan de rand. Ze zaten daar te smoezen. En ik zat op hete kolen. Ik wou per se aan de beurt zijn voordat mevrouw Beilcke klaar was met haar preek. 't Was mazzel dat Wolkow er ook meteen een wedstrijd van maakte: één twintig hoog, wie er niet overheen kwam, lag eruit. Dan vijf centimeter hoger en zo verder. Op één twintig liep alleen Heckel stuk. Heckel heeft wat je noemt een pens, had-ie in de eerste al, en daarbij luciferbenen. Het is geen verrassing dat hij nog geen centimeter van de grond komt. Eigenlijk is hij in geen enkel vak bijzonder goed, maar in sport is hij bijzonder belabberd. Hij is bijvoorbeeld ook dyslecticus, wat betekent dat zijn spelling bij Duits niet meetelt. Dus kan hij zoveel fouten maken als hij wil. Alleen de inhoud en stijl tellen, omdat het een ziekte is en hij er niks aan kan doen. Maar dan vraag ik me meteen af wat hij dan aan die luciferbenen kan doen. Zijn vader is buschauffeur en ziet er exact zo uit: een ton op twee stelten. In feite is Heckel dus ook hoogspring-dyslecticus, en niet hoe hoog hij komt zou moeten tellen maar de stijl. Maar dat is nu eenmaal geen erkende ziekte, dus blijft het bij een drie voor gym, en alle meisjes giechelen als de vetzak met beide handen naar voren de lat afweert en krijsend op z'n gezicht valt. Arme sukkel, enerzijds. Anderzijds moet ik toegeven dat het er echt komisch uitziet. Want zelfs als bij Heckel de hoogte niet zou tellen, de stijl is altijd nog een drie plus.

Bij één veertig dunde de rij langzaam uit. Bij één vijftig waren alleen Kevin en Patrick nog van de partij, André met veel moeite en ik natuurlijk. Olaf was ziek. Toen André zich over de lat had weten te werken, klonk gejuich van de meisjes, en mevrouw Beilcke keek streng. Bij één vijfenvijftig riep Natalie: 'Je haalt het, André!' Een extreem stomme aanmoediging, want hij haalde het natuurlijk niet. Integendeel, hij schoot net onder de lat door, zoals vaak bij hoogspringen als je jezelf overschat. Hij smakte achter over de rand en probeerde zich er toen met een grap uit te redden door te doen alsof hij de lat uit frustratie als een speer weg wilde werpen. Maar de grap was oud. Niemand lachte. Vervolgens moedigden ze Kevin aan. Wiskundegenie Kevin. Maar één zestig, daar kwam ook hij niet overheen. En toen was alleen ik er nog. Wolkow liet één vijfenzestig neerleggen en ik merkte al bij de aanloop: dit is mijn dag. Het was de dag van Maik Klingenberg. Ik had dat gevoel van triomf al toen ik afzette. Ik sprong helemaal niet, ik zeilde over de opstelling als een vliegtuig, ik stond in de lucht, ik zweefde. Maik Klingenberg, de grote atleet. Ik denk, als ik mezelf een bijnaam had gegeven, dan was het Aeroflot geweest ofzo. Of Air Klingenberg. De Condor van Marzahn. Maar helaas, je mag jezelf geen bijnamen geven. Toen m'n rug in de zachte mat zakte, hoorde ik dat aan de kant van de jongens voorzichtig geklapt werd. Aan de kant van de meisjes hoorde ik niks. Toen de mat me weer terugveerde, keek ik als eerste naar Tatjana, en Tatjana keek naar mevrouw Beilcke. Natalie keek ook naar mevrouw Beilcke. Ze hadden mijn sprong niet eens gezien, die stomme koeien. Geen van de meisjes had mijn sprong

gezien. Het interesséérde ze niet wat die psychotische slaappil daar bij elkaar sprong. Aeroflot m'n reet.

Dat zat me nog de hele dag dwars, hoewel het mezelf
niet eens interesseerde. Alsof dat klotehoogspringen me
ook maar één seconde zou interesseren! Maar als André
over één vijfenzestig was gekomen, of wanneer bij André
alleen maar één vijfenzestig néérgelegd was, dan waren
de meisjes met wuivende pompons over de tartanbaan
gestoven. En bij mij kéék zelfs niemand. Niemand was in
mij geïnteresseerd. Als ík in iets geïnteresseerd was, dan
alleen in de vraag: waarom kijkt niemand als Air Klingenberg een schoolrecord vestigt, en waarom kijken ze wel als
een meelzak onder de lat door roetsjt. Maar zo zat het nu
eenmaal. Zo zat het met die kutschool, en zo zat het met
dat klotethema meisjes, en er was geen uitweg. Dacht ik
tenminste altijd, tot ik Tsjik leerde kennen. Toen veranderde
er het een en ander. En dat vertel ik nu.

9

Ik kon Tsjik vanaf het begin niet uitstaan. Niemand kon hem uitstaan. Tsjik was een aso en precies zo zag hij er ook uit. Wagenbach sleepte hem na Pasen de klas binnen, en als ik zeg, hij sléépte hem de klas binnen, dan bedoel ik dat ook zo. Eerste uur na de paasvakantie: geschiedenis. Iedereen zat vastgeniet op z'n stoel, want, als iemand een autoritaire klootzak is, dan is het Wagenbach. Waarbij klootzak in dit geval een overdrijving is, eigenlijk is Wagenbach helemaal oké. Hij geeft oké les en is tenminste niet zo dom als de meeste anderen, zoals Wolkow bijvoorbeeld. Bij Wagenbach kost het geen moeite je te concentreren. En dat kun je ook maar beter doen, want, Wagenbach kan mensen echt fileren. Dat weet iedereen. Zelfs degenen die hem nog nooit hebben gehad. Voordat een eersteklasser het Hagecius Lyceum voor het eerst betreedt, weet hij al: Wagenbach, uitkijken! Daar is het muisstil. Bij Schürmann gaat altijd minimaal vijfmaal per les een mobiel af. Patrick heeft het zelfs een keer gepresteerd bij Schürmann zijn ringtone opnieuw in te stellen – zes, zeven, acht tonen achter elkaar tot Schürmann om 'een beetje meer stilte' verzocht. En ook toen durfde hij Patrick niet scherp aan te kijken. Als bij Wagenbach een mobiel afgaat, kan diegene er zeker van zijn dat hij de middagpauze niet levend haalt. Het gerucht gaat zelfs dat Wagenbach vroeger een keer een hamer bij zich had om mobieltjes stuk te slaan. Ik weet niet of dat klopt.

Wagenbach kwam dus zoals altijd binnen in zijn slechte pak en met zijn bruine poeptas onder z'n arm, en achter hem aan sukkelde die jongen, die de indruk wekte of hij op het punt stond in coma te raken ofzo. Wagenbach smeet zijn tas op zijn lessenaar en draaide zich om. Hij wachtte met opgetrokken wenkbrauwen tot de jongen langzaam was komen aansloffen en zei toen: 'We hebben hier een nieuwe medeleerling. Zijn naam is Andrej –'

En toen keek hij op zijn memoblaadje en toen keek hij de jongen weer aan. Blijkbaar moest die zijn achternaam zelf zeggen. Maar de jongen keek met z'n beide spleetogen door de middengang in het niks en zei ook niks.

En misschien is het niet belangrijk te vermelden wat ik dacht op het moment dat ik Tsjik voor het eerst zag, maar ik wil het toch een keer zeggen. Het maakte namelijk een extreem rottige indruk, hoe hij daar naast Wagenbach opdook. Twee klootzakken bij elkaar, dacht ik, hoewel ik hem helemaal niet kende en niet wist of hij een klootzak was. Hij was een Rus, bleek toen. Hij was grofweg middellang, droeg een goor wit hemd, dat een knoop miste, een tien-euro-jeans van textieldiscount KiK en bruine vormeloze schoenen die op dode ratten leken. Bovendien had hij extreem hoge jukbeenderen en in plaats van ogen spleten. Die spleten waren het eerste wat aan hem opviel. Hij zag eruit als een Mongool en je wist nooit waar hij naar keek. Zijn mond stond aan één kant een beetje open, alsof er in die opening een onzichtbare sigaret stak. Zijn onderarmen waren sterk, op de ene zat een groot litteken. Zijn benen relatief dun, zijn schedel hoekig.

Niemand giechelde. Bij Wagenbach giechelde sowieso niemand. Maar ik had de indruk dat ook zonder Wagenbach niemand gegiecheld zou hebben. De Rus stond er gewoon en keek uit zijn Mongolenogen ergens heen. En hij negeerde Wagenbach compleet. Dat was meteen ook zijn verdienste, Wagenbach negeren. Dat was eigenlijk onmogelijk.

'Andrej,' zei Wagenbach, tuurde op zijn briefje en bewoog geluidloos zijn lippen. 'Andrej Tsj... Tsjicha... tsjorov.'

De Rus mompelde iets.

'Pardon?'

'Tsjichatsjov,' zei de Rus zonder Wagenbach aan te kijken.

Wagenbach snoof door één neusgat lucht naar binnen. Dat was zo'n tic van hem. Lucht door één neusgat.

'Mooi. Tsjisjarov. Andrej. Wil je ons misschien kort iets over jezelf vertellen? Waar je vandaan komt, op welke school je tot nu toe zat?'

Dat was standaard. Als er een nieuwe in de klas kwam, moest-ie vertellen waar hij vandaan kwam enzo. En nu voltrok zich de eerste verandering in Tsjik. Hij draaide zijn hoofd een heel klein beetje opzij, alsof hij Wagenbach nu pas opmerkte. Hij krabde zijn hals, wendde zich weer naar de klas en zei: 'Nee.' Ergens viel een speld op de grond.

Wagenbach knikte ernstig en zei: 'Je wilt niet vertellen waar je vandaan komt?'

'Nee,' zei Tsjik. 'Boeit me niet.'

'Nou goed. Dan vertel ik gewoon wat over je, Andrej. Uit beleefdheid moet ik je tenslotte aan de klas voorstellen.'

Hij keek naar Tsjik. Tsjik keek naar de klas.

'Ik vat je zwijgen op als toestemming,' zei Wagenbach. En hij zei het met ironie, zoals alle leraren wanneer ze zoiets zeggen.

Tsjik antwoordde niet.

'Of heb je daar iets tegen?'

'Begint u maar,' zei Tsjik en gebaarde met zijn hand.

Ergens in de meisjeshoek werd nu toch gegiecheld. 'Begint u maar!' Waanzin. Hij beklemtoonde elke lettergreep apart, met een heel vreemd accent. En hij staarde nog steeds naar de achterwand. Misschien had hij zelfs zijn ogen dicht. Moeilijk te zeggen. Wagenbach trok een gezicht dat tot stilte maande. Terwijl het al absoluut stil was.

'Dus,' zei hij. 'Andrej Tsjicha... sjov heet onze nieuwe medeleerling en zoals we aan zijn naam al makkelijk kunnen zien komt onze gast van ver weg, om precies te zijn uit de onafzienbare Russische vlakten, die Napoleon in het laatste lesuur voor Pasen heeft veroverd – en waaruit hij vandaag, zoals we zullen zien, ook weer verdreven zal worden. Zoals voor hem Karel xii. En na hem Hitler.'

Wagenbach snoof de lucht weer door één neusgat naar binnen. De inleiding maakte geen indruk op Tsjik. Hij verroerde geen vin.

'In elk geval is Andrej vier jaar geleden met zijn broer naar Duitsland gekomen en – wil je dat niet liever zelf vertellen?'

De Rus maakte een soort geluid.

'Andrej, ik praat met je,' zei Wagenbach.

'Nee,' zei Tsjik. 'Nee, in de zin van ik wil het liever niet vertellen.'

Onderdrukt gegiechel. Wagenbach knikte onbeholpen.

'Nou goed, dan zal ík het vertellen als je er niets op tegen hebt, het is per slot van rekening heel ongewoon.'

Tsjik schudde zijn hoofd.

'Het is niet ongewoon?'

'Nee.'

'Goed, ík vind het ongewoon,' hield Wagenbach vol. 'En ook bewonderenswaardig. Maar om het kort te houden – korten we het hier even in. Onze vriend Andrej stamt uit een familie van Duitse komaf, maar zijn moedertaal is Russisch. Hij is een groot formuleerder, zoals we zien, maar hij heeft de Duitse taal pas in Duitsland geleerd en verdient dus onze consideratie op bepaalde... nou ja, terreinen. Vier jaar geleden bezocht hij voor het eerst het speciaal onderwijs. Daarna werd hij overgeplaatst naar het voorbereidend beroepsonderwijs, omdat zijn prestaties dat mogelijk maakten, maar daar hield hij het ook niet lang uit. Vervolgens een jaar havo, en nu is hij bij ons en dat allemaal in slechts vier jaar. Klopt het zover?'

Tsjik wreef met de rug van zijn hand over zijn neus, toen bekeek hij zijn hand. 'Negentig procent,' zei hij.

Wagenbach wachtte even of er nog meer kwam. Maar er kwam niets meer. De overige tien procent bleven onopgehelderd.

'Nou goed,' zei Wagenbach verrassend vriendelijk. 'En nu zijn we natuurlijk allemaal heel benieuwd wat er nog komt... Helaas kun je niet eeuwig hiervoor blijven staan, hoe aangenaam het ook is om met je te praten. Ik stel daarom voor dat je daarachter aan dat lege tafeltje plaatsneemt, want dat is nu eenmaal het enige tafeltje dat leeg is. Nietwaar?'

Tsjik slofte als een robot door de middengang. Iedereen keek hem na. Tatjana en Natalie staken hun hoofden bij elkaar.

'Napoleon!' zei Wagenbach en laste een kunstmatige pauze in om een pakje papieren zakdoekjes uit zijn aktetas te trekken en uitvoerig zijn neus te snuiten.

Tsjik was inmiddels achter aangekomen en van de gang waar hij doorheen gelopen was, kwam een geur overwaaien die me bijna onderuit deed gaan. Een alcoholkegel. Ik zat drie plaatsen van de gang en had zijn dranklijst van de afgelopen vierentwintig uur kunnen opmaken. Zo rook m'n moeder als ze een slechte dag had en ik vroeg me af of dat misschien de reden was dat hij Wagenbach de hele tijd niet had aangekeken en zijn mond niet open had gedaan, vanwege die kegel. Maar Wagenbach was verkouden. Die rook sowieso niks.

Tsjik ging aan het laatste lege tafeltje helemaal achterin zitten. Aan dat tafeltje had Kallenbach aan het begin van het schooljaar gezeten, de sukkel van de klas. Maar omdat bekend was dat Kallenbach zonder ophouden de les stoorde, had mevrouw Pechstein hem nog dezelfde dag daar weggehaald en op de eerste rij gezet, zodat ze hem onder controle had. En nu zat in plaats daarvan die Rus aan het achterste tafeltje en vermoedelijk was ik niet de enige die de indruk had dat het vanuit mevrouw Pechsteins oogpunt geen goed idee was daar in plaats van Kallenbach de Rus te hebben zitten. Die was van een heel ander kaliber dan Kallenbach, dat was duidelijk, daarom draaide iedereen zich ook de hele tijd naar hem om. Na het optreden met Wagenbach wist je gewoon: er gaat nog wat gebeuren, het wordt nu echt spannend.

Maar er gebeurde de hele dag helemaal niks. Tsjik werd door elke leraar opnieuw begroet en moest in elke les zijn naam spellen, maar verder was het rustig. Ook de volgende dagen bleef het rustig, het was echt een teleurstelling. Tsjik kwam altijd in hetzelfde vod van een hemd naar school, deed niet mee met de les, zei steeds 'ja' of 'nee' of 'weet niet' als hij aangesproken werd en stoorde de les niet. Hij sloot met niemand vriendschap en deed zelfs geen poging met iemand vriendschap te sluiten. Naar alcohol stonk hij de volgende dagen niet meer en toch had je altijd als je naar de achterste rij keek de indruk dat hij er op een of andere manier met zijn hoofd niet bij was. Zo ineengezakt zat hij erbij met zijn spleetogen, je wist gewoon niet: slaapt-ie, is-ie straalbezopen of is-ie gewoon alleen maar heel nonchalant.

Zo ongeveer eenmaal per week stonk het dan toch weer. Niet zo erg als op de eerste dag, maar toch. Er waren ook in onze klas mensen die al een keer compleet lazarus waren geweest – ik hoorde daar niet bij – maar dat iemand 's ochtends bezopen op school kwam, was nieuw. Tsjik kauwde dan op stinkende pepermuntkauwgum, daaraan kon je altijd merken hoe het ervoor stond.

Verder wist je niet veel over hem. Dat iemand van het speciaal onderwijs op het lyceum terechtkwam was al absurd genoeg. En dan nog die kleren. Maar er waren ook mensen die hem verdedigden, die vonden dat hij in werkelijkheid helemaal niet dom was. 'In elk geval gegarandeerd niet zo dom als Kallenbach,' beweerde ik een keer, want ik was een van die mensen. Maar ik verdedigde hem, eerlijk gezegd, ook alleen maar omdat Kallenbach, die me op m'n zenuwen werkte, er net bij stond. Uit wat Tsjik aan het gesprek bijdroeg kon je werkelijk niet opmaken of hij dom of slim was of iets daartussenin.

En natuurlijk waren er ook geruchten over hem en zijn afkomst. Tsjetsjenië, Siberië, Moskou – het kwam allemaal langs. Kevin dacht dat Tsjik met zijn broer ergens achter Hellersdorf in een caravan woonde en dat die broer een wapensmokkelaar was. Iemand anders wist dat hij een vrouwenhandelaar was, en er was sprake van een villa met veertig kamers waar de Russische maffia orgiën hield, en weer iemand anders beweerde dat Tsjik in een van die flats in de buurt van de Müggelsee woonde. Maar, eerlijk gezegd, dat was allemaal geklets, en dat ontstond alleen omdat Tsjik zelf bijna met niemand praatte. En zo raakte hij langzaam weer in de vergetelheid. Of in elk geval zozeer in de vergetelheid als je kunt raken wanneer je dagelijks in hetzelfde foute hemd en een goedkope jeans verschijnt en op de plaats van de sukkel van de klas zit. De schoenen van dode dieren werden op een dag toch nog voor witte Adidas verruild, waarvan ook meteen weer iemand wist dat ze vers gejat waren. En misschien waren ze ook vers gejat. Maar de hoeveelheid geruchten nam niet verder toe. Ze verzonnen alleen nog de bijnaam Tsjik, en voor iedereen die dat te simpel vond, heette hij 'de achterstandsscholier', en toen was het Russische thema voorlopig van de baan. In elk geval in onze klas.

Op de parkeerplaats duurde het wat langer. Op die parkeerplaats voor de school stonden 's morgens de bovenbouwers, een paar hadden al een auto en die vonden die Mongool waanzinnig interessant. Types die vijf keer waren blijven zitten en op het open portier van hun auto leunden, zodat iedereen kon zien dat zij de eigenaar van deze opgevoerde roestbakken waren, en die maakten zich vrolijk om Tsjik. 'Weer straalbezopen, Ivan?' En dat elke morgen. Met name een type met een gele Ford Fiësta. Ik wist lange tijd niet of Tsjik in de gaten had dat ze hem bedoelden en dat ze om hem lachten, maar op een dag bleef hij een keer staan. Ik was net bezig mijn fiets op slot te zetten en hoorde ze luidruchtig weddenschappen afsluiten of Tsjik de deur van het schoolgebouw zou weten te vinden, zo liep hij te slingeren – ze zeiden: hoe die kutmongool slingert – en toen bleef Tsjik staan en liep terug naar de parkeerplaats op de jongens af. Die allemaal een kop groter en een paar jaar ouder waren dan hij en die waanzinnig stonden te grijnzen om hoe die Rus daar nu aan kwam zetten – en langs ze heen liep. Hij koerste meteen op dat type met de Ford af, die de luidruchtigste van allemaal was, legde zijn hand op het portier en praatte met hem, zo zachtjes dat niemand anders hem kon horen, en toen verdween langzaam de grijns van het gezicht van dat Ford-type, en Tsjik draaide zich om en verdween in de school. Vanaf die dag riepen ze hem niets meer na.

Ik was natuurlijk niet de enige die ernaar had staan kijken, en daarna verstomden de geruchten niet meer dat Tsjiks familie echt Russische maffia was of zoiets, want, anders kon niemand zich voorstellen hoe hij het voor elkaar had gekregen die Ford-idioot met drie zinnen compleet de mond te snoeren. Maar, logisch, was dat kul. Maffia, totale flauwekul. Dat dacht ik in elk geval.

10

Twee weken later kregen we het eerste proefwerk wiskunde terug. Strahl tekende op het bord altijd eerst een klassentabel om ons bang te maken. Dit keer was er een tien bij, dat was ongewoon. Strahls favoriete zin was: alleen Onze Lieve Heer krijgt tienen. Stuitend. Maar Strahl was nu eenmaal wiskundeleraar en finaal gestoord. Er waren twee achten, een hele hoop zevens en zessen, geen vijf. En een nul. Ik hoopte stiekem op de tien, wiskunde was het enige vak waarin ik af en toe een voltreffer had. Maar ik had een acht min. Evengoed. Bij Strahl was een acht min bijna een tien. Ik draaide me onopvallend om, waar de juichkreet vanwege de tien vandaan zou komen. Maar niemand juichte. Noch Lukas, noch Kevin, noch die andere wiskundecracks. In plaats daarvan pakte Strahl het laatste schrift in zijn hand en bracht het persoonlijk naar Tsjichatsjov in de achterste rij. Tsjik zat daar als een gek op zijn pepermuntkauwgum te kauwen. Hij keek Strahl niet aan en hield alleen op met kauwen en ademen. Strahl boog zich voorover, maakte zijn lippen nat en zei: 'Andrej.'

Hij reageerde bijna niet. Een minieme draai met zijn

hoofd zoals een gangster in een film die achter zich het overhalen van een trekker hoort.

'Je proefwerk. Ik weet niet wat het is,' zei Strahl met zijn hand op Tsjiks tafeltje steunend. 'Ik bedoel, als jullie dit nog niet gehad hebben op je oude school – je moet het inhalen. Je hebt dus helemaal niet – je hebt het niet eens geprobeerd. Wat daar staat,' Strahl sloeg het schrift open en liet zijn stem dalen, maar je kon hem toch nog verstaan, 'die grappen – ik bedoel, als jullie de stof niet hebben gehad, dat merk ik natuurlijk. Ik moest er een nul onder schrijven, maar die staat zogezegd tussen haakjes. Ik zou zeggen, je gaat een keer naar Kevin of Lukas. Vraag hun schrift. De stof van de laatste twee maanden. En ook als je vragen hebt. Want, zo wordt het hier anders niets.'

Tsjik knikte. Hij knikte waanzinnig begrijpend en toen gebeurde het. Hij viel van zijn stoel, pal voor Strahls voeten. Strahl kromp ineen, en Patrick en Julia sprongen op. Tsjik lag voor lijk op de grond.

Wij hadden die Rus allemaal wel tot het een en ander in staat geacht, maar niet dat hij uit overgevoeligheid van zijn stoel valt vanwege een nul voor wiskunde. Zoals al snel bleek, was het ook helemaal geen overgevoeligheid. Hij had de hele ochtend niks gegeten en dat met de alcohol was duidelijk. Op het secretariaat kotste Tsjik de wastafel nog vol en toen werd hij onder begeleiding naar huis gestuurd.

Zijn reputatie verbeterde daardoor niet echt. Wat het voor grappen waren die hij in plaats van wiskunde in zijn schrift had gezet, bleef onduidelijk, en wie die tien had, weet ik ook niet meer. Maar wat ik nog altijd weet en waarschijnlijk nooit meer zal vergeten, was Strahls gezicht toen die Rus voor zijn voeten op de grond viel. Jezus christus.

Maar het verwarrende aan die hele geschiedenis was

niet dat Tsjik van zijn stoel viel of dat hij een nul had. Het verwarrende was dat hij drie weken later een acht had. En daarna weer een drie, en daarna weer een acht. Strahl draaide haast door. Hij zei iets als 'stof goed ingehaald' en 'nu niet opgeven', maar een blinde kon zien dat die achten niets te maken hadden met het feit dat Tsjik de stof had ingehaald. Het had er gewoon mee te maken dat hij soms straalbezopen was en soms niet.

Geleidelijk kregen de leraren dat natuurlijk ook mee en Tsjik werd een paar keer gewaarschuwd en naar huis gestuurd. Achter de coulissen vonden ook gesprekken met hem plaats, maar de school ondernam aanvankelijk niet veel. In elk geval was het lot Tsjik niet gunstig gezind geweest of zoiets, en omdat na de PISA-test sowieso iedereen wilde bewijzen dat ook asociale, bezopen Russen op het Duitse lyceum een kans hebben, kreeg hij geen echte straf. Na een bepaalde tijd kwam de situatie tot rust. Wat er met Tsjik aan de hand was, wist weliswaar nog steeds niemand. Maar hij kon in de meeste vakken wel zo'n beetje meekomen. Hij kauwde steeds minder pepermuntkauwgum onder de les. En hij stoorde de les nauwelijks meer. Als hij niet af en toe zijn black-outs had gehad, zou je misschien zelfs vergeten dat hij er was.

11

'*Een man, die meneer K. lang niet had gezien, begroette hem met de woorden: "U bent volkomen onveranderd." – "O!" zei meneer K. en verbleekte.* Dat was pas eens een aangenaam kort verhaal.' Kaltwasser klapte in het voorbijgaan het bord open, trok zijn jasje uit en gooide het over z'n stoel. Kaltwasser was onze leraar Duits en hij kwam altijd zonder te groeten de klas binnen, of in elk geval hoorde je de begroeting niet, omdat hij al met de les begon als hij de deur nog niet eens binnen was. Ik moet toegeven dat ik Kaltwasser niet helemaal begreep. Kaltwasser is met Wagenbach de enige die oké lesgeeft, maar terwijl Wagenbach een klootzak is, menselijk dus, krijg je van Kaltwasser geen hoogte. Of ik krijg geen hoogte van hem. Die komt binnen als een machine en begint te praten en dan gaat het er vijfenveertig minuten supercorrect aan toe en dan gaat Kaltwasser weer weg, en je weet niet wat je ervan moet vinden. Ik zou niet kunnen zeggen hoe hij bijvoorbeeld privé is. Ik kan zelfs niet zeggen of ik hem aardig vind of niet. Alle anderen zijn het erover eens dat Kaltwasser ongeveer zo aardig is als een bevroren hoop stront, maar ik weet het niet. Ik zou me zelfs kunnen voorstellen dat hij op zijn manier helemaal oké is, buiten school.

'Aangenaam kort,' herhaalde Kaltwasser. 'En dus hebben sommigen vast gedacht, zo kort kan ik ook de interpretatie houden. Maar dan mag wel duidelijk zijn geworden: zo makkelijk is dat niet. Of vond iemand het gemakkelijk? Wie wil een keer? Vrijwilligers? Nou, kom op. De achterste rij lacht me toe.' We volgden Kaltwassers blik naar de achterste rij. Daar lag Tsjik met zijn hoofd op tafel, en je kon niet precies uitmaken of hij in zijn boek keek of sliep. Het was het zesde uur.

'Meneer Tsjichatsjov, mag ik u verzoeken?'

'Wat?' Tsjiks hoofd kwam langzaam overeind. Dat ironische u, dan ging het waarschuwingslampje in elk geval al branden.

'Meneer Tsjichatsjov, bent u er?'

'Bij de les.'

'Hebt u het huiswerk gemaakt?'

'Vanzelfsprekend.'

'Wilt u zo goed zijn dat voor te lezen?'

'Eh, ja.' Tsjik keek even op zijn tafeltje rond, ontdekte toen zijn plastic tas op de grond, tilde die op en zocht naar het schrift. Zoals altijd had hij voor de les niets uitgepakt. Hij trok er meerdere schriften uit en leek moeite te hebben het juiste te identificeren.

'Als je geen huiswerk hebt gemaakt, zeg het dan.'

'Ik heb huiswerk, maar waar? Maar waar?' Hij legde een schrift op tafel, stak de andere weer weg en bladerde erdoor.

'Daar, daar is het. Moet ik voorlezen?'

'Dat vráág ik u.'

'Goed, dan begin ik nu. Het huiswerk was het verhaal van meneer K. Ik begin. Interpretatie van het verhaal van meneer K. De eerste vraag die je hebt als je Prechts verhaal leest, is, logisch –'

'Brecht,' zei Kaltwasser, 'Bert Brecht.'

'O.' Tsjik viste een balpen uit z'n plastic tas en krabbelde in z'n schrift. Hij stak de balpen terug in de plastic tas.

'Interpretatie van het verhaal van meneer K. De eerste vraag die in je opkomt als je Brechts verhaal leest, is logisch wie zich achter de raadselachtige letter K. verstopt. Zonder overdrijven kun je zeggen dat het een man is die het licht van de openbaarheid schuwt. Hij verstopt zich achter een letter en wel de letter K. Dat is de elfde letter van het alfabet. Waarom verstopt hij zich? In feite is meneer K. van beroep wapensmokkelaar. Samen met andere duistere figuren (meneer L. en meneer F.) heeft hij een misdaadorganisatie opgezet waarvoor de Geneefse Conventies slechts een treurige grap zijn. Hij heeft tanks en vliegtuigen verkocht en miljarden gemaakt en hij maakt allang zijn handen niet meer vuil. Liever doorkruist hij op zijn jacht de Middellandse Zee, waar de CIA achter hem aan zat. Daarop vloog meneer K. naar Zuid-Amerika en liet zijn gezicht bij de beroemde dokter M. chirurgisch verbouwen en hij is nu perplex dat iemand hem op straat herkent: hij verbleekt. Het spreekt vanzelf dat de man die hem op straat herkende net als de gezichtschirurg vlak daarna met een betonblok aan z'n voeten in akelig diep water stond. Klaar.'

Ik keek Tatjana aan. Ze had haar voorhoofd gefronst en een potlood in haar mond. Toen keek ik Kaltwasser aan. Aan Kaltwassers gezicht was absoluut niets te zien. Kaltwasser leek licht gespannen, maar meer geïnteresseerd-gespannen. Niet meer en niet minder. Een punt gaf hij niet. Aansluitend las Anja de goede interpretatie voor, zoals die ook bij Google staat, toen was er nog een eindeloze discussie over of Brecht communist was geweest en toen was de les voorbij. En dat was al vlak voor de zomervakantie.

12

Maar nu moet ik eerst over Tatjana's verjaardag vertellen. Tatjana is midden in de zomervakantie jarig en er zou een gigantisch feest komen. Tatjana had dat allang van tevoren aangekondigd. Er werd gezegd dat ze haar veertiende verjaardag in Werder bij Potsdam zou vieren en dat iedereen daar uitgenodigd was met overnachting enzo. Ze had haar beste vriendinnen al gevraagd, omdat ze er zeker van wou zijn dat die ook konden, en omdat Natalie al op de derde dag van de schoolvakantie met haar ouders op vakantie ging, moest de verjaarspartij twee dagen vervroegd worden, en daarom werd het allemaal ook zo vroeg bekend.

Dat huis in Werder was van een oom van Tatjana en lag direct aan het meer, en die oom wilde het huis zo ongeveer aan Tatjana overlaten, er zouden buiten hem geen volwassenen zijn, er zou tot in de kleine uurtjes gefeest worden en iedereen moest een slaapzak meebrengen.

Dat was natuurlijk een groot thema in de klas, weken voordien al, en ik begon me in gedachten met die oom bezig te houden. Ik weet niet meer waarom die me zo fascineerde, maar ik dacht dat het een behoorlijk interessant figuur moest zijn, dat hij Tatjana gewoon zijn huis afstond en dat hij ook nog familie van haar was, en ik verheugde me er waanzinnig op hem te leren kennen. Ik zag me al de hele tijd met hem in zijn woonkamer bij de open haard staan en superbeschaafd met hem converseren. Terwijl ik helemaal niet wist of dat huis een open haard had. Maar ik was niet de enige die opgewonden was vanwege dat feest. Julia en Natalie dachten er al lang van tevoren over na wat ze Tatjana zouden geven, dat kon je lezen op de briefjes die onder de les via de banken werden doorgegeven. Dat wil zeggen, ik kon het lezen omdat ik in de directe verbindingslijn tussen Julia en Natalie zat, en ik was natuurlijk als geëlektrificeerd door het cadeau-idee en dacht zelfs nergens anders meer aan dan aan wat ik Tatjana op haar verjaardag kon geven. Julia en Natalie, dat was al wel duidelijk, zouden haar de nieuwe Beyoncé-cd geven. Julia had Natalie een lijstje gestuurd om aan te kruisen, het zag er ongeveer zo uit:

Beyoncé
Pink
de ketting met de [onleesbaar]
liever nog even afwachten

En Natalie had helemaal bovenaan haar kruisje gezet. Het was algemeen bekend, Tatjana vond Beyoncé te gek. Wat ik aanvankelijk een beetje problematisch vond, omdat ik Beyoncé kut vond, in elk geval de muziek. Maar ze zag er wel fantastisch uit, ze leek zelfs een beetje op Tatjana, en op een dag vond ik Beyoncé toen ook niet meer zo kut. Integendeel, ik begon Beyoncé te mogen, en ook haar muziek mocht ik ineens. Nee, dat klopt niet. Ik vond de muziek súper. Ik had de laatste twee cd's gekocht en zette ze op de *repeat*-stand, terwijl ik aan Tatjana dacht en aan het cadeau waarmee ik op het feestje zou komen aanzetten. Iets van Beyoncé kon ik haar in geen geval geven. Op dat idee waren behalve Julia en Natalie waarschijnlijk nog dertig anderen gekomen, en dan kreeg Tatjana voor haar verjaardag dertig Beyoncé-cd's en kon ze er negenentwintig ruilen. Ik wou haar iets bijzonders geven, maar er viel me niets in, en pas toen dat aankruisbriefje langskwam, schoot het me te binnen.

Ik ging naar Karstadt, kocht een behoorlijk duur mode-tijdschrift met het gezicht van Beyoncé erop en begon te tekenen. Met een liniaal trok ik horizontaal en verticaal potloodstrepen over haar gezicht, op regelmatige afstanden, tot de hele foto vol kleine vierkantjes was. Toen nam ik een enorm blad papier en tekende daar vijfmaal zo grote vierkanten op. Dat is een methode die ik uit een boek ken. *Oude meesters* ofzo. Daarmee kun je van een kleine afbeelding een behoorlijk grote afbeelding maken. Je brengt gewoon vierkantje voor vierkantje over. Je kon het natuurlijk ook onder een kopieerapparaat leggen. Maar ik wou dat het getekend was. Waarschijnlijk wou ik dat te zien was dat ik me had uitgesloofd. Want, als je dat ziet, dan kun je de rest ook wel bedenken. Wekenlang werkte ik elke dag aan die tekening. Ik werkte echt hard. Alleen met potlood, en ik werd steeds opgefokter omdat ik onder het tekenen aan niks anders meer kon denken dan aan Tatjana en haar verjaardag en haar supersympathieke oom, met wie ik bij de open haard ongelooflijk intelligente gesprekken voerde.

En ook al kan ik niet veel, tekenen kan ik. Ongeveer zoals hoogspringen. Als Beyoncé-tekenen en hoogspringen de belangrijkste disciplines ter wereld waren, was ik bij de eersten. Serieus. Helaas is geen mens in hoogspringen geïnteresseerd, en bij dat tekenen begon ik langzamerhand ook te twijfelen. Nadat ik vier weken hard had gewerkt, zag Beyoncé er haast als een foto uit, een gigantisch grote potlood-Beyoncé met Tatjana's ogen, en ik was waarschijnlijk de gelukkigste mens van het universum geweest als ik ook nog een uitnodiging voor Tatjana's feest had gekregen. Maar ik kreeg er geen.

Het was de laatste schooldag en ik was een beetje nerveus omdat het denken over dat feest nog steeds niet van de baan was, allemaal hadden ze het voortdurend over Werder bij Potsdam, maar er waren nog geen uitnodigingen, of ik had er geen gezien. En je had geen idee waar het precies moest zijn, zo klein is Werder nu ook weer niet. Ik had de plattegrond allang in mijn hoofd. En daarom dacht ik dat Tatjana dat op de laatste schooldag op een of andere manier bekend zou maken. Maar dat was niet zo.

In plaats daarvan zag ik in het etui van Arndt, die twee rijen voor me zat, een klein groen kaartje. Dat was bij wiskunde. Ik zag dat Arndt het groene kaartje aan Kallenbach liet zien en Kallenbach fronste zijn voorhoofd, en ik kon zien dat midden op het kaartje een kleine plattegrond stond. En toen merkte ik dat iedereen die kleine groene kaartjes had. Bijna iedereen. Kallenbach had er ook geen, zo onnozel als hij keek, al keek hij weliswaar altijd zo onnozel. Hij wás dan ook onnozel. Dat was waarschijnlijk ook de reden dat hij niet was uitgenodigd. Kallenbach boog diep over zijn schrift, hij was bijziend en zette om de een of andere reden nooit zijn bril op, en Arndt nam het ding weer van hem af en stopte het terug in z'n etui. Zoals later bleek waren Kallenbach en ik niet de enigen zonder uitnodiging. De Nazi had er ook geen en Tsjichatsjov niet, en dan nog een of twee. Logisch. De saaiste lullen en de aso's waren niet uitgenodigd, Russen, nazi's en idioten. En ik hoefde er niet lang over na te denken wat ik in Tatjana's ogen waarschijnlijk was. Want, ik was Rus noch nazi.

Maar verder was vrijwel de hele klas uitgenodigd en dan nog de halve parallelklas en gegarandeerd nog honderd mensen, en ik was niet uitgenodigd.

Tot in de laatste les en tot na de rapportuitreiking bleef ik hopen. Ik hoopte dat het allemaal een vergissing was, dat Tatjana na de bel naar me toe zou komen en zou zeggen: 'Psycho, man, ik ben je helemaal vergeten! Hier is het groene kaartje! Ik hoop dat je tijd hebt, het zou me doodongelukkig maken als uitgerekend jij niet kon komen – en hopelijk heb je aan mijn cadeautje gedacht? Ja, van jou kun je op aan! Bijna was ik je vergeten, mijn god!' Toen ging de bel en iedereen ging naar huis. Ik pakte lang en omstandig mijn spullen bij elkaar om Tatjana de laatste gelegenheid te geven haar fout te ontdekken.

Op de gangen stonden alleen nog de dikzakken en nerds en praatten over hun rapporten en weet ik wat voor bullshit, en bij de uitgang – twintig meter achter de uitgang – sloeg iemand me op de schouder en zei: 'Overdreven geil jack.' Het was Tsjik. Als hij grijnsde, zag je twee grote rijen tanden en de spleetogen waren nog smaller dan anders. 'Dat koop ik van je. Dat jack. Blijf eens staan.'

Ik bleef niet staan, maar ik hoorde dat hij achter me aan liep.

'Favoriete jack,' zei ik. 'Niet te koop.' Ik had het jack bij Humana gevonden en voor vijf euro gekocht, en het was echt mijn favoriete jack. Zo'n ding uit China, op de borst een wit drakenpatroon dat er waanzinnig goedkoop uitzag. Maar ook waanzinnig goed. In feite het ideale jack voor aso's. En daarom hield ik er ook zo van, zo zag je niet meteen op het eerste gezicht dat ik precies het tegendeel van een aso was: rijk, laf en weerloos.

'Waar heb je dat dan vandaan? Hé, stop toch eens even! Waar ga je heen?' Hij schreeuwde over het hele schoolplein en vond dat blijkbaar grappig. Het klonk alsof ze hem behalve alcohol nog iets hadden gegeven. Ik sloeg de Weidengasse in.

'Ben je blijven zitten?'

'Wat loop je toch te schreeuwen?'

'Ben je blijven zitten?'

'Nee.'

'Je kijkt zo.'

'Hoe kijk ik?'

'Alsof je bent blijven zitten.'

Wat wou hij toch van mij? Ik betrapte me op de gedachte dat ik het goed vond dat Tatjana hem niet had uitgenodigd.

'Maar een hoop vijven,' zei hij.

'Geen idee.'

'Hoezo, geen idee? Als ik je op de zenuwen werk, laat het weten.'

Ik moest laten weten dat hij me op de zenuwen werkte? En dan kreeg ik een klap op m'n bek, of wat?

'Weet ik niet.'

'Je weet niet of ik je op de zenuwen werk?'

'Of ik vijven heb.'

'Serieus?'

'Ik heb er nog niet naar gekeken.'

'Naar je rapport?'

'Nee.'

'Je hebt nog niet naar je rapport gekeken?'

'Nee.'

'Echt? Je hebt je rapport gekregen en er niet naar gekeken? Dat is pas cool.' Hij bleef naast me lopen en maakte
onder het praten weidse gebaren, tot mijn verbazing was
hij niet groter dan ik. Alleen breder.

'En je verkoopt het jack dus niet?'

'Nee.'

'En wat ga je nu doen?'

'Naar huis.'

'En daarna?'

'Niks.'

'En dan?'

'Gaat je geen moer aan.' Nu ik had begrepen dat hij me
niet wilde rippen, werd ik meteen moediger. Dat gaat helaas altijd zo. Zolang mensen onvriendelijk zijn, ben ik
zo gespannen dat ik nauwelijks kan lopen. Maar als ze
ook maar een beetje vriendelijk worden, begin ik ze altijd
meteen te beledigen.

Een paar honderd meter liep Tsjik zwijgend naast me
voort, toen trok hij aan m'n mouw, herhaalde dat het een
overdreven geil jack was en sloeg rechtsaf de bosjes in. Ik
zag hem door het weiland naar de flats stappen, de plastic
zak die zijn schooltas was over de rechterschouder.

13

Na een tijdje bleef ik staan en liet me op de stoep zakken. Ik had geen zin om naar huis te gaan. Ik wou niet dat het een dag als alle andere was. Het was een bijzondere dag. Een bijzondere kutdag. Ik deed er eeuwen over.

Toen ik de deur opendeed was er niemand. Er lag een briefje op tafel: *Eten in de koelkast*. Ik pakte m'n spullen uit, keek even in m'n rapport, zette de Beyoncé-cd op en kroop onder de dekens. Ik kon niet besluiten of de muziek me troostte of nog gedeprimeerder maakte. Ik geloof dat hij me nog gedeprimeerder maakte.

Een paar uur later ging ik terug naar school om mijn fiets te halen. Serieus, ik had m'n fiets vergeten. De weg naar school was twee kilometer en soms, als ik zin had, ging ik lopen, maar die dag was ik niet gaan lopen. Ik was zo in gedachten verzonken geweest toen Tsjik me aansprak dat ik mijn fiets van het slot had gehaald en weer op slot had gezet en was gaan lopen. Het was echt waardeloos.

Voor de derde keer die dag leidde de weg me langs de grote zandberg en langs de speelplaats waar het braakland begint. Daar ging ik op de indianentoren zitten. Een gigantische houten toren, die ze daar samen met een half fort gebouwd hebben, zodat kleine kinderen cowboytje en indiaantje kunnen spelen, mochten er ergens kleine kinderen zijn. Maar ik heb daar nog nooit een kind gezien. Ook geen jongeren of volwassenen. Er overnachten zelfs geen junkies. Alleen ik zit soms boven op de toren, waar niemand me kan zien als ik me klote voel. In het oosten zie je de flats van Hellersdorf, in het noorden loopt achter de struiken de Weidengasse, en iets daarachter ligt nog een klein volkstuinencomplex. Maar rond de speelplaats is niks, een enorm braakland, dat oorspronkelijk bouwgrond was. Daar zouden ooit eengezinswoningen komen, zoals je nog kunt lezen op een groot verweerd bord, dat omgevallen aan de straat ligt. Witte kubussen met een rood dak, keurig ronde bomen en daarnaast het opschrift: HIER KOMEN 96 EENGEZINSWONINGEN. Verder naar beneden is sprake van zeer winstgevende nieuwbouwcomplexen en helemaal onderaan staat ook ergens ONROEREND GOED KLINGENBERG.

Maar op een dag werden in het weiland drie uitgestorven insecten, een kikker en een zeldzame grashalm ontdekt en sindsdien procederen de natuurbeschermers tegen de bouwondernemers en de bouwondernemers tegen de natuurbeschermers en de grond ligt braak. De processen lopen nu tien jaar en als je m'n vader moet geloven zullen ze nog wel tien jaar doorgaan, omdat tegen die ecofascisten geen kruid gewassen is. Ecofascisten is een term van mijn vader. Inmiddels laat hij dat eco ook wel weg, omdat die processen hem hebben geruïneerd. Een vierde van die bouwgrond was namelijk van hem en met die grond heeft hij zich in de shit geprocedeerd. Als bij ons 's middags aan tafel ooit een buitenstaander had meegeluisterd, dan had die er geen woord van gesnapt. Jarenlang had m'n vader het altijd alleen over shit, rukkers en fascisten. Hoeveel verlies hij met die zaak had geleden en wat dat voor ons betekende, was me lange tijd niet duidelijk. Ik dacht altijd dat m'n vader zich met het proces ook wel weer uit die zaak zou redden, en misschien had hij dat zelf ook gedacht, in het begin. Maar toen heeft hij de handdoek in de ring gegooid en zijn deel verkocht. Toen heeft hij nog eens gigantische verliezen geleden, maar hij dacht dat de verliezen nog gigantischer zouden zijn geworden als hij doorgeprocedeerd had, en daarom had hij alles ver beneden de prijs aan die 'rukkers' verkocht. Waarbij dat in dit geval het woord voor zijn collega's is. De rukkers die doorgeprocedeerd hebben. Dat was anderhalf jaar geleden. En sinds een jaar is duidelijk dat dat het begin van het einde was. Om de verliezen van de Weidengasse op te vangen heeft mijn vader met aandelen gespeculeerd en nu zijn we pleite, de vakantie is geschrapt, en het huis, dat van ons is, is waarschijnlijk allang niet meer van ons. Zegt m'n vader. En dat alles vanwege drie rupsen en een grashalm.

Het enige wat van de hele onderneming over is, is de speelplaats, die meteen in het begin is aangelegd om de kindvriendelijkheid van Marzahn te laten zien. Tevergeefs, helaas.

En oké, ik geef toe dat er nog een andere reden is waarom ik over die speelplaats ben begonnen. Omdat je vandaar, van boven op de toren, in werkelijkheid ook twee witte huurhuizen kunt zien. Die huurhuizen staan achter het volkstuinencomplex, ergens achter de bomen, en in een daarvan woont Tatjana. Ik wist weliswaar niet waar precies, maar er is een klein raampje boven links, waar in de schemering altijd een groen licht aangaat en om de een of andere reden heb ik me ingebeeld dat dat Tatjana's kamer is. En daarom zit ik soms op de indianentoren en wacht op het groene licht. Als ik van de voetbaltraining kom of laat uit ben van school. Dan kijk ik tussen de latten door en kras met m'n voordeursleutel letters in het hout en als het licht aanspringt krijg ik het helemaal warm om m'n hart, en als het niet aanspringt is dat elke keer een gigantische teleurstelling.

Maar die dag was het nog te vroeg en ik wachtte niet, maar liep de weg naar school. Daar stond m'n fiets eenzaam en alleen in de kilometerslange fietsenrekken. De vlag hing slap aan de vlaggenmast en in het hele gebouw was niemand meer. Alleen de conciërge trok verder naar achteren twee vuilcontainers naar de straat. Een cabrio met Turkse hiphop gleed langs. En zo zou het verder de rest van de zomer blijven. Zes weken geen school. Zes weken geen Tatjana. Ik zag mezelf al aan een strop aan de indianentoren bungelen.

Weer thuis wist ik niet wat ik moest doen. Ik probeerde het licht van m'n fiets te repareren, dat al lang kapot was, maar ik had geen reserveonderdelen. Ik zette *Survivor* op en begon de meubels in mijn kamer te verschuiven. Ik zette het bed naar voren en het bureau naar achteren. Toen ging ik weer naar beneden en probeerde nog een keer het licht te fiksen, maar het was uitzichtloos, en toen gooide ik het gereedschap tussen de bloemen, liep weer naar boven en wierp mezelf op bed en huilde. Het was de eerste dag van de vakantie en ik was al zo ongeveer aan het doordraaien. Op een gegeven moment haalde ik de Beyoncé-tekening tevoorschijn. Ik keek er lang naar, hield hem met twee handen voor me en begon hem heel langzaam te verscheuren. Toen de scheur bij Beyoncés voorhoofd was, hield ik op en huilde. Wat er toen gebeurde, weet ik niet meer. Ik weet nog dat ik op een gegeven moment het huis uit rende, het bos in en de heuvel op, en toen begon ik te joggen. Ik jogde niet echt, ik had geen sportkleren aan, maar ik haalde ongeveer twintig joggers per minuut in. Ik rende gewoon door het bos en huilde, en alle anderen die door het bos renden, werkten me waanzinnig op m'n zenuwen, omdat ze me hóórden, en toen ook nog eentje me tegemoet kwam die met skistokken aan het wandelen was, scheelde het echt maar een haar of ik had hem zijn skistokken in z'n reet getrapt.

Thuis stond ik uren onder de douche. Daarna voelde ik me wat beter, ongeveer zoals een schipbreukeling, die wekenlang op de Atlantische oceaan drijft en dan vaart er een cruiseschip langs en iemand gooit een blikje Red Bull omlaag en het schip vaart verder – zo ongeveer.

Beneden hoorde ik de voordeur.

'Wat slingert daar buiten rond?' schreeuwde m'n vader.

Ik probeerde hem te negeren maar dat was moeilijk.

'Moet dat daar blijven liggen?'

Hij bedoelde het gereedschap. Dus ik ging weer naar beneden, nadat ik in de spiegel had gekeken of m'n ogen nog rood waren en toen ik beneden kwam stond voor de deur een taxichauffeur in zijn kruis te krabben.

'Ga boven je moeder roepen,' zei m'n vader. 'Heb je überhaupt al afscheid genomen? Je hebt er niet eens aan gedacht, hè? Vooruit! Ga!'

Hij duwde me de trap op. Ik was kwaad. Maar helaas had m'n vader gelijk. Ik was dat met m'n moeder compleet vergeten. De afgelopen dagen wist ik het steeds nog, maar in de opwinding van vandaag was ik het vergeten. M'n moeder moest weer voor vier weken naar de kliniek.

Ze zat op haar slaapkamer in haar bontjas voor de spiegel en had zich nog een keer flink volgetankt. Want in de kliniek was er niks. Ik hielp haar overeind en droeg haar koffer naar beneden. M'n vader droeg de koffer naar de taxi, en amper was de taxi weg of hij belde haar al achterna alsof hij zich waanzinnig zorgen om haar maakte. Maar dat was niet het geval, zoals snel bleek. M'n moeder was nog geen halfuur weg en toen kwam m'n vader op mijn kamer en hij had dat teckelgezicht, en dat teckelgezicht betekende: ik ben je vader. En ik moet over iets belangrijks met je praten. Wat niet alleen jij vervelend vindt, maar ik ook.

Zo had hij me een paar jaar geleden aangekeken, toen hij vond dat hij met mij over seks moest praten. Zo keek hij toen hij vanwege een soort kattenhaarallergie niet alleen onze kat, maar ook mijn twee konijnen uit de tuin en de schildpad ergens verdronk. En zo keek hij ook nu.

'Ik hoor net dat ik een zakenafspraak heb,' zei hij alsof dat hemzelf het meest verwarde. Diepe teckelrimpels op z'n voorhoofd. Hij praatte er een beetje omheen maar de kwestie was heel eenvoudig. De kwestie was, dat hij mij veertien dagen alleen wilde laten.

Ik trok een gezicht dat moest zeggen dat ik er ontiegelijk diep over na moest denken of ik deze jobstijding aankon. Kon ik dat aan? Veertien dagen alleen in die vijandelijke omgeving van zwembad, airco, pizzadienst en beamer? Ja, dat gaat, knikte ik treurig, ik kon het proberen, ja ik zou het waarschijnlijk wel overleven.

Het teckelgezicht ontspande zich maar even. Ik had het vast lichtelijk overdreven.

'En dat je er geen zooitje van maakt! Denk niet dat je er een zooitje van kunt maken. Ik laat tweehonderd euro achter, die liggen al beneden in de schaal, en als er wat is, bel je meteen.'

'Naar je zakenafspraak.'

'Ja, naar mijn zákenafspraak.' Hij keek me woedend aan.

Aan het eind van de middag pleegde hij weer nepbezorgde telefoontjes naar m'n moeder, en toen hij nog met haar aan het bellen was, kwam zijn assistente hem afhalen. Ik liep meteen naar beneden om te kijken of het nog steeds dezelfde was. Die assistente ziet er namelijk extreem goed uit en ze is maar een paar jaar ouder dan ik, dus hooguit negentien. En ze lacht altijd. Ze lacht waanzinnig veel. Ik heb haar twee jaar geleden voor het eerst gezien, toen ik het kantoor van m'n vader bezocht, en toen had ze me meteen door m'n haren gewoeld en gelachen, terwijl ik mijn rechter- en linkergezichtshelft, mijn handen en mijn blote voeten een voor een op het kopieerapparaat legde. Dat deed ze nu jammer genoeg niet meer, me door m'n haren woelen.

Ze stapte met alleen shorts en een superstrak truitje aan uit de auto en het was volkomen duidelijk wat voor soort zakenreis dat zou worden. Het truitje zat zo strak dat je vrijwel alle details kon zien. Ik vond het in elk geval oké dat m'n vader helemaal niet eerst nog probeerde een hoop theater te maken. Was ook eigenlijk niet nodig. Tussen m'n ouders was in zoverre alles duidelijk. M'n moeder wist wat m'n vader deed. En m'n vader wist ook wat m'n moeder deed. En als ze alleen waren, schreeuwden ze tegen elkaar.

Wat ik lange tijd niet begreep, was waarom ze niet gingen scheiden. Een tijdje beeldde ik me in dat ik de reden daarvoor was. Of het geld. Maar op een gegeven moment kwam ik tot de conclusie dat ze graag tegen elkaar schreeuwden. Dat ze graag ongelukkig waren. Dat had ik ergens in een magazine gelezen: dat er mensen zijn die graag ongelukkig zijn. Dus die gelukkig zijn als ze ongelukkig zijn. Waarbij ik moet toegeven dat ik dat niet helemaal begreep. Iets eraan snapte ik meteen. Maar iets snapte ik ook niet.

En een betere verklaring voor m'n ouders is nog niet in me opgekomen. Ik heb er echt veel over nagedacht, ik kreeg op het laatst gewoon hoofdpijn van het nadenken. Het was als 3D-films kijken, waarbij je naar zo'n patroon moet turen en plotseling zie je iets onzichtbaars. Andere mensen konden dat altijd beter dan ik, bij mij lukt dat bijna helemaal niet, en altijd precies op het moment dat ik het onzichtbare zie, wat meestal een bloem is of een ree of zoiets, verdwijnt het meteen weer en krijg ik hoofdpijn. En precies zo is dat bij het nadenken over m'n ouders ook, en ik krijg er hoofdpijn van. En daarom denk ik er niet meer over na.

Terwijl m'n vader zijn koffer pakte, stond ik beneden met Mona een praatje te maken. Ze heet namelijk Mona, de assistente, en het eerste wat ze tegen me zei, was dat het zo warm was geworden en hoeveel warmer het de komende dagen nog zou worden. Het gebruikelijke. Maar toen ze hoorde dat ik mijn vakantie nu alleen moest doorbrengen, keek ze me meteen zo droevig aan dat ik bijna in tranen raakte over m'n eigen gruwelijke lot. Verlaten door m'n ouders en god en de wereld! Ik overwoog haar te vragen me nog een keer door m'n haar te woelen zoals toen bij het kopieerapparaat. Maar ik durfde niet. In plaats daarvan tuurde ik de hele tijd haarscherp langs haar superstrakke truitje het landschap in en hoorde Mona zeggen wat voor verantwoordelijk man m'n vader was en zo verder. Het had niet alleen voordelen ouder te worden.

Ik was nog diep verzonken in m'n landschapsobservatie toen m'n vader met zijn koffer de trap af kwam.

'Heb vooral geen medelijden met hem,' zei hij. Hij gaf me nog eens dezelfde raad die hij me eerder al had gegeven, vertelde voor de derde keer waar hij die tweehonderd euro had verstopt, legde toen z'n arm om Mona's middel en liep met haar naar de auto. Dat had-ie wel kunnen laten. Z'n arm om haar middel leggen, bedoel ik. Ik vond het goed dat ze er geen enorm stiekem gedoe van maakten. Maar zolang ze op ons terrein waren, hoefde hij niet z'n arm om haar middel te leggen. Zo denk ik erover. Ik knalde de deur dicht, sloot m'n ogen en stond een minuut volkomen stil. Toen wierp ik mezelf op de tegels en snikte.

'Mona!' riep ik. En het snoerde me de keel dicht. 'Ik moet je iets bekennen!' In de lege vestibule had m'n stem een beangstigende galm, en Mona, die het al aangevoeld leek te hebben dat ik iets moest bekennen, hield ontzet haar hand voor haar mond. Haar truitje ging opgewonden op en neer.

'O god, o god!' riep ze.

'Je moet het niet verkeerd begrijpen,' snikte ik, 'ik zou toch nooit vrijwillig voor de CIA werken! Maar ze zijn ons de baas – begrijp je?' En natuurlijk begreep ze dat. Huilend zakte ze naast mij in elkaar. 'Maar wat moeten we dan doen?' riep ze wanhopig.

'We kunnen niks doen!' reageerde ik. 'We kunnen alleen hun spel meespelen. Het belangrijkste is de façade overeind te houden. Je moet beseffen dat ik nu een twéédeklasser ben en eruítzie als een tweedeklasser en dat we gewoon ons leven voortzetten, minstens nog één, twee jaar, alsof we elkaar helemaal niet kennen!'

'O god, o god!' riep Mona en omklemde snikkend mijn hals. 'Hoe kon ik toch aan je twijfelen?'

'O god, o god!' riep ik, drukte m'n voorhoofd op de koude tegels, kronkelde over de vloer en huilde nog ongeveer een halfuur lang. Daarna ging het beter met me.

14

In elk geval tot de Vietnamese kwam. Die komt normaal drie keer per week. De Vietnamese is al behoorlijk oud, zestig schat ik, en van praten is ze niet zo. Zonder een woord glipte ze plotseling langs me heen en toen meteen de keuken in en met de stofzuiger er weer uit. Ik heb het een tijdje aangekeken, uiteindelijk ben ik naar haar toe gegaan om te zeggen dat ze de komende twee weken niet meer hoefde te komen. Ik wilde gewoon alleen zijn. Ik legde haar uit dat m'n ouders zo lang weg zijn en dat het genoeg is als ze dinsdag over veertien dagen een keer komt om het huis in orde te brengen. Maar het was behoorlijk lastig haar dat duidelijk te maken. Ik had gedacht dat ze van blijdschap meteen de stofzuiger uit handen zou laten vallen, maar dat was niet zo. Ze geloofde me namelijk eerst niet. Dus heb ik haar binnen de lijst laten zien en wat m'n vader nog voor mij had ingeslagen en op de kalender de roodomcirkelde woensdag waarop hij terug zou komen, en omdat ze me toen nog steeds niet geloofde, liet ik haar zelfs de tweehonderd euro zien die hij achter had gelaten. En toen pas kwam in me op waarom ze zich zo hardnekkig aan haar stofzuiger vastklemde. Omdat ze namelijk dacht dat ze ook geen geld zou krijgen als ze niet werkte, en ik moest haar uitleggen dat ze haar geld natuurlijk gewoon kreeg. Waanzinnig gênant. Merkt toch niemand, zei ik. Maar ze begreep het pas met de grootste moeite, ze kan geen Duits, en op een gegeven moment is ze toen werkelijk gegaan, nadat we allebei op de keukenkalender nog uitgebreid op dinsdag over twee weken hadden gewezen en elkaar daarbij al knikkend diep in de ogen hadden gekeken, en daarna was ik kapot. Ik weet nooit hoe ik met die mensen moet praten. We hadden ook ooit een Indiër voor de tuin, die is nu uit kostenoverwegingen geschrapt, maar met hem was het precies zo. Gênant. Ik wil die mensen altijd heel gewoon behandelen, maar ze gedragen zich als bedienden die de rotzooi voor je opruimen, en precies dat zijn ze immers ook, maar ik ben toch pas veertien. M'n ouders hebben er geen moeite mee. En als m'n ouders erbij zijn is het voor mij ook geen probleem. Maar met de Vietnamese alleen in één ruimte voel ik me als Hitler. Ik wil haar altijd meteen de stofdoek uit handen grissen en zelf gaan poetsen.

Ik heb haar nog uitgelaten en het liefst had ik haar ook nog wat gegeven, maar ik wist niet wat en daarom heb ik haar gewoon als een idioot uitgezwaaid en ik was waanzinnig blij dat ik eindelijk alleen was. Ik ruimde het gereedschap op dat nog steeds overal rondslingerde en toen stond ik in de warme avondlucht en haalde diep adem.

Schuin tegenover waren de Dyckerhoffs aan het barbecueën. De oudste zoon zwaaide met de barbecuetang naar me en omdat hij een gigantische klootzak is zoals al onze buren, keek ik snel de andere kant op en daar kwam piepend een fiets de straat afgerold. Waarbij 'gerold' overdreven is. En fiets is ook overdreven. Het was het frame van een oude damesfiets, met voor en achter andere banden en in het midden een leren zadel dat aan flarden hing. Het enige losse onderdeel was een zwiepende handrem die als een omgedraaide antenne loodrecht aan de kabel omlaag hing. Achter een platte band. En erbovenop Tsjichatsjov. Dat was na m'n vader zo ongeveer de laatste persoon die ik wou zien. Waarbij buiten Tatjana nu eigenlijk iedereen de laatste persoon was die ik wou zien. Maar de uitdrukking op het Mongolengezicht maakte meteen duidelijk dat dat niet op wederkerigheid berustte.

'Kawok!' zei Tsjik en stuurde stralend bij ons de stoep op. 'Stel je voor wat er gebeurt: rijd ik ginds achter, gaat het kawok. Hier woon je? Hé, is dat voor fietsenreparatie? Wat geil, geef 'ns hier.'

Ik had geen zin in discussie. Daarom gaf ik hem al het gereedschap en zei dat hij het straks gewoon weer daar terug moest leggen. Ik had geen tijd, ik moest weg. Toen ging ik meteen het huis binnen en luisterde nog een tijdje aan de gesloten deur of er buiten iets gebeurde, of hij er misschien met het gereedschap vandoor ging, en uiteindelijk ging ik weer in m'n kamer op bed liggen en probeerde aan iets anders te denken. Maar dat was niet zo makkelijk. Beneden was steeds het geluid van gereedschap te horen, een gazon werd gemaaid, en iemand zong in het Russisch. Zong slecht in het Russisch. En toen het eindelijk rustig was geworden om het huis, maakte me dat nog ongeruster. Ik keek uit het raam en zag iemand door onze tuin lopen. Tsjik wandelde een keer om het zwembad, bleef hoofd-schuddend bij het aluminium trapje staan en krabde met een schroevendraaier zijn rug. Ik deed het raam open.

'Geil zwembad!' riep Tsjik en keek stralend omhoog.

'Ja, geil zwembad. Geil jack, geil zwembad. En nu?'

Hij bleef gewoon daar staan. Dus ging ik naar beneden en we kletsten wat. Tsjik was grenzeloos enthousiast over het zwembad, hij wou weten waarmee m'n vader z'n geld verdiende en ik legde het hem uit en toen wou ik van hem weten hoe hij dat type van die Ford in drie zinnen de mond had gesnoerd en hij haalde z'n schouders op. 'Russische maffia.' Hij grijnsde en toen wist ik definitief dat hij niets met de maffia te maken had. Maar ik kwam er ook niet achter waarmee hij wel te maken had, hoewel ik het nog een tijdje probeerde. We kletsten maar wat en uiteindelijk liep het zoals het moest lopen en belandden we achter de PlayStation en speelden GTA. Dat kende Tsjik nog niet en we hadden niet veel succes, maar ik dacht: altijd nog beter dan huilend in de hoek liggen.

'En je bent echt niet blijven zitten?' vroeg hij op een gegeven moment. 'Ik bedoel, heb je er nu naar gekeken? Dat snap ik niet. Je hebt vrij, man, je gaat waarschijnlijk op vakantie, je kunt naar dat feest, en je hebt een heerlijk –'

'Naar welk feest?'

'Ga je niet naar Tatjana?'

'Nee, geen puf.'

'Serieus?'

'Ik heb morgen al andere plannen,' zei ik en drukte in het wilde weg op de driehoek. 'Bovendien ben ik niet uit-genodigd.'

'Je bent niet uitgenodigd? Dat is sterk. Ik dacht dat ik de enige was.'

''t Is toch maar saai,' zei ik en reed met de tankauto een paar voetgangers omver.

'Ja, voor flikkers misschien. Maar voor mensen als ik, die nog driften hebben, is dat feest een múst. Simla is er. En

Natalie. En Laura en Corinna en Sarah. Niet te vergeten Tatjana. En Mia. En Fadile en Cathy en Kimberley. En de ultraschattige Jennifer. En die blonde uit 2a. En haar zus. En Melanie.'

'O,' zei ik en keek gedeprimeerd naar het beeldscherm. Ook Tsjik keek gedeprimeerd naar het beeldscherm.

'Geef mij die helikopter eens,' zei hij en ik gaf hem de controller en we praatten er verder niet meer over.

Toen Tsjik uiteindelijk naar huis reed, was het al bijna middernacht. Ik hoorde de fiets piepend in de richting van de Weidengasse gaan en toen stond ik een tijdje alleen voor ons huis in het donker, boven mij de sterren. En dat was het beste van deze dag: dat-ie eindelijk afgelopen was.

15

De volgende ochtend ging het wat beter. Ik werd net zo vroeg wakker als op een gewone schooldag, dat kon ik helaas niet uitzetten. Maar de stilte in huis maakte me meteen duidelijk: ik ben alleen, het is zomervakantie, het huis is van mij en ik kan doen wat ik wil.

Ik sleepte als eerste mijn cd's naar beneden en draaide de installatie in de woonkamer vol open. White Stripes. Toen de terrasdeur open, toen bij het zwembad liggen met drie zakken chips en cola en mijn lievelingsboek, en ik probeerde de hele klotezooi te vergeten.

Hoewel het nog vroeg was, hadden we minstens dertig graden in de schaduw. Ik liet m'n voeten in het water hangen en graaf Luckner praatte tegen mij. Dat is namelijk m'n lievelingsboek, over graaf Luckner. Heb ik al minstens drie keer gelezen, maar ik dacht, een vierde keer kan geen kwaad. Als iemand er zo aan toe is als de graaf, kun je het ook vijf keer lezen. Of tien keer. Graaf Luckner is piraat in de Eerste Wereldoorlog en brengt de ene na de andere Brit tot zinken. En wel *gentlemanlike*. Dat wil zeggen, hij doodt ze niet. Hij brengt alleen hun schepen tot zinken, redt alle passagiers en brengt ze aan land in opdracht van Zijne Majesteit. En het boek is niet verzonnen, hij heeft het echt meegemaakt. Maar de geweldigste passage is die met Australië. Daar is hij vuurtorenwachter en jaagt op kangoeroes. Ik bedoel, hij is vijftien. Hij kent niemand daar. Hij is 'm op het schip gesmeerd en dan gaat hij naar het Leger des Heils en belandt op een vuurtoren in Australië en jaagt op kangoeroes. Maar zo ver kwam ik dit keer helemaal niet.

De zon knalde, ik zette de parasol op en de wind woei hem om. Ik zette gewichten op de voet. Toen was er rust. Maar ik kon niet lezen. Ik was er ineens zo enthousiast over dat ik nu kon doen wat ik wilde, dat ik van puur enthousiasme helemaal niks deed. Daarin was ik heel anders dan graaf Luckner. Ik begon alleen maar weer in kringetjes te denken, die hele klerezooi met Tatjana nog een keer van voren af aan. Toen bedacht ik dat het gazon gesproeid moest worden. Dat was m'n vader me vergeten op te dragen en ik kon het dus laten. Maar ik deed het. Het zou me waanzinnig geërgerd hebben als ik het had moeten doen, maar nu, nu ik eigenlijk de huiseigenaar was en de tuin mijn tuin was, vond ik het ineens leuk het gazon te sproeien. Ik stond blootsvoets op de trap voor ons huis en spoot met de gele slang om me heen. Ik had het water vol opengedraaid, de straal schoot minstens twintig meter door de lucht. Maar de verste hoeken van de voortuin bereikte ik nog steeds niet, hoewel ik met allerlei trucjes en gedraai aan de kop probeerde nog verder te spuiten. Want, ik mocht nu in geen geval van de trap naar beneden. Dat was de voorwaarde. In de woonkamer White Stripes vol opengedraaid, voordeur open en ik: broek opgerold en blootsvoets, zonnebril in het haar, graaf Praalhans sproeit zijn landerijen. Dat kon ik nu elke ochtend! Ik had graag dat iemand me daarbij zou zien. Maar de meeste tijd zag niemand me. Het was halfnegen, grote vakantie, alles lag er slaperig verzonken bij. Twee pimpelmezen kwetterden door de tuin. De sympathieke piekeraar en sinds kort door verliefdheid geteisterde graaf Praalhans von Klingenberg verbleef helemaal alleen op zijn landgoed – nee, niet helemaal alleen. Jack en Meg, die hem – zoals zo vaak vermoeid door paparazzigedoe – in zijn Berlijnse domicilie bezochten, hielden een kleine jamsessie in de achterkamer. Zo meteen zou de graaf zich bij hen voegen en een paar rockklanken op de blokfluit leveren. De vogels kwetterden, het water klaterde... Van niets hield graaf Praalhans von Klingenberg meer dan van dit pimpelmezenochtenduur waarop hij zijn gazon sproeide. Hij knikte de waterslang dubbel, wachtte tien seconden tot de druk zich maximaal had opgebouwd, en schoot een dertigmeterafstands-grond-grondraket naar de rododendrons. *In the Cold, Cold Night*, zong Meg White.

Een rammelende auto kwam de straat in gereden. Hij reed langzaam op ons huis af en draaide de oprit op. Een minuut stond de lichtblauwe Lada Niva met lopende motor voor onze garage, toen werd de motor afgezet. Het portier van de bestuurder ging open, Tsjik stapte uit. Hij legde beide ellebogen op het dak van de auto en keek hoe ik het gazon sproeide.

'O,' zei hij en zei toen lange tijd niets meer. 'Is dat leuk?'

16

De hele tijd wachtte ik krampachtig tot ook zijn vader of zijn broer of wie dan ook na hem uit zou stappen, maar er stapte niemand meer uit. En dat kwam omdat er niemand meer in zat, in de auto. Je kon het door de vieze ramen alleen moeilijk zien.

'Je ziet eruit als een flikker bij wie ze 's nachts de tuin hebben volgescheten. Zal ik je ergens heen rijden of wil je liever nog een beetje met water spuiten?' Hij grijnsde zijn breedste Russische grijns. 'Stap in, man.'

Maar natuurlijk stapte ik niet in. Ik was toch niet compleet gek. Ik liep er alleen maar even heen en ging half op de passagiersplaats zitten, omdat ik niet zo opvallend op de oprit wou staan.

Vanbinnen zag de Lada er nog kapotter uit dan vanbuiten. Onder het stuur hingen kabels los, een schroevendraaier stak onder uit het dashboard.

'Ben je nu definitief van de pot gerukt?'

'Is alleen maar geleend, niet gejat,' zei Tsjik. 'Zet ik straks weer terug. Hebben we al vaker gedaan.'

'Wie we?'

'M'n broer. Die heeft hem ook ontdekt. Die kar staat daar op straat en is eigenlijk schroot. Kun je lenen. De eigenaar merkt dat helemaal niet.'

'En dat daar?' Ik wees op het kluitje kabels.

'Kun je weer wegstoppen.'

'Je bent niet goed snik. En de vingerafdrukken?'

'Wat voor vingerafdrukken dan? Zit je er daarom de hele tijd zo vreemd bij?' Hij schudde aan m'n armen, die ik krampachtig voor mijn borst gekruist hield. 'Doe niet zo schijterig. Dat met vingerafdrukken is tv-shit. Hier – kun je aanraken. Kun je allemaal aanraken. Vooruit, we rijden even een rondje.'

'Zonder mij.' Ik keek hem aan en zei eerst niks meer. Hij was echt van de pot gerukt.

'Zei je gisteren niet dat je een keer iets wou beleven?'

'Daarmee bedoelde ik niet de bajes.'

'De bajes! Je bent nog niet eens strafrechtelijk aansprakelijk.'

'Doe wat je wil. Maar zonder mij.' Ik wist eerlijk gezegd helemaal niet wat strafrechtelijk aansprakelijk betekende. Nou ja, zo ongeveer wel. Maar niet precies.

'Dat strafrechtelijk aansprakelijk, dat wil trouwens zeggen: jou kan niks gebeuren. Als ik jou was, zou ik nog een keer een bank overvallen, zegt m'n broer altijd. Tot je vijftien bent. M'n broer is dertig. In Rusland slaan ze je verrot tot er zeven kleuren stront uit je harses komen – maar hier! En verder interesseert die kar echt niemand. Zelfs de eigenaar niet.'

'No way.'

'Eén keer om het blok?'

'Nee.'

Tsjik liet de handrem vieren en ik weet eerlijk gezegd niet waarom ik niet uitstapte. Normaal ben ik toch eerder laf. Maar precies daarom wou ik waarschijnlijk eens niet laf zijn. Hij trapte met zijn linkervoet op het pedaal helemaal links en de Lada rolde geluidloos achteruit de helling af. Tsjik trapte het middelste pedaal in en de auto bleef staan. Een greep in de kluit kabels, de motor startte en ik sloot m'n ogen. Toen ik ze weer opendeed gleden we de Ketschendorferweg af en rechts de Rotraudstraße in.

'Je hebt geen richting aangegeven,' klaagde ik, m'n armen nog steeds tegen m'n borst gedrukt. Ik was van opwinding bijna dood. Toen zocht ik de veiligheidsgordel.

'Je hoeft niet bang te zijn. Ik rijd als een wereldkampioen.'

'Geef liever richting aan als een wereldkampioen.'

'Ik heb nog nooit richting aangegeven.'

'Alsjeblieft.'

'Waarom? De mensen zien toch waar ik heen rij. En er is sowieso niemand.'

Dat klopte, de hele straat was leeg. En het klopte nog ongeveer één minuut lang. Toen was Tsjik twee keer afgeslagen en plotseling waren we weer op de Allee der Kosmonauten. De Allee der Kosmonauten heeft vier banen. Ik raakte definitief in paniek.

'Oké, oké. En nu terug. Alsjeblieft.'

'Mika Häkkinen is een watje vergeleken met mij.'

'Dat heb je al gezegd.'

'Klopt 't niet?'

'Nee.'

'Serieus. Rij ik niet goed?' vroeg Tsjik.

'Fantástisch,' zei ik en omdat ik me herinnerde dat dat het standaardantwoord van m'n moeder op de standaardvraag van m'n vader was, zei ik nog: 'Fantastisch, lieveling.'

'Niet doordraaien nu.'

Tsjik reed niet bepaald als een wereldkampioen, maar

hij reed ook niet rampzalig. Niet veel beter of slechter dan m'n vader. En hij koerste inderdaad weer op onze wijk aan.

'En zou je je een keer aan de een of andere verkeersregel kunnen houden? Dat is een doorgetrokken streep.'

'Ben je homo?'

'Wat?'

'Ik vroeg of je homo bent.'

'Ben je wel helemaal lekker?'

'Je zei "lieveling".'

'Ik zei... wat? Dat noem je ironie.'

'Dus – ben je homo?'

'Vanwege die ironie?'

'En omdat je niet in meisjes geïnteresseerd bent.' Hij keek me diep in de ogen.

'Kijk op de weg!' riep ik en ik moet toegeven dat ik langzaam hysterisch werd. Hij reed gewoon zonder te kijken. Dat deed m'n vader soms ook, maar m'n vader was dan ook mijn vader en had een rijbewijs.

'Iedereen in de klas is compleet op Tatjana, maar dan ook compleet.'

'Op wíe?'

'Op Tatjana. We hebben een meisje in de klas dat Tatjana heet. Is je nooit opgevallen? Tatjana Superstar. Jij bent de enige die haar met de nek aankijkt. Maar jij kijkt verder ook iedereen met de nek aan. Dus – ben je homo? Ik vraag het gewoon maar.'

Ik dacht bijna dat ik zou sterven.

'Vind ik niet erg,' zei Tsjik. 'Ik heb een oom in Moskou, die loopt de hele dag rond in een lederhose met vanachter de kont open. Maar is verder volkomen oké, m'n oom. Werkt voor de regering. En hij kan er toch niks aan doen dat hij homo is. Ik vind 't echt niet erg.'

Geweldig! Ik vond het ook niet érg als iemand homo was. Al was het niet mijn beeld van Rusland, dat ze daar in lederhosen rondliepen met vanachter de kont open. Maar dat ik Tatjana Cosic als lucht behandelde, dat was wel de grootste grap, toch? Want, natúúrlijk behandelde ik haar als lucht. Hoe had ik haar dan anders moeten behandelen? Voor een absolute nul, een gestoorde slaappil was dat nog altijd de enige mogelijkheid zich niet compleet belachelijk te maken.

'Je bent een idioot,' zei ik.

'Ik kan ermee leven. Hoofdzaak, van mijn kont blijf je af.'

'Hou op, dat is smerig.'

'Mijn oom –'

'Schijt aan je oom! Ik ben geen homo, man. Is je nog niet opgevallen dat ik de hele tijd een kuthumeur heb?'

'Omdat ik geen richting aangeef?'

'Nee! Omdat ik geen homo ben, druiloor!'

Tsjik keek me niet-begrijpend aan. Ik zweeg. Ik wou het niet uitleggen. Ik wou het niet eens gezegd hebben, het was me alleen zomaar ontschoten. Ik had nog nooit met iemand over zulke dingen gepraat en ik wou er nu niet mee beginnen ook.

'Snap ik niet. Moet ik dat snappen?' zei Tsjik. 'Je bent geen homo, omdat het kut met je gaat of wat? Hè?'

Ik keek beledigd uit het raam. Goed was in elk geval dat het me inmiddels helemaal niks meer kon schelen dat we net bij een rood verkeerslicht stopten, dat twee bejaarden ons door de voorruit aanstaarden en dat de politie ons vervolgens mee zou nemen. Ik hoopte zelfs dat de politie ons mee zou nemen. Dan zou er eindelijk eens wat gebeuren.

'Dus kuthumeur – waarom?'

'Omdat het vandaag dé dag is, man.'

'Wat voor dag?'

'Het feest, druiloor die je bent. Tatjana's feest.'

'Je hoeft geen bullshit te vertellen alleen omdat je seksueel gedesoriënteerd bent. Gisteren wou je er niet eens heen.'

'En of ik erheen wou.'

'Ik vind het niet erg,' zei Tsjik en legde een hand op m'n knie. 'Mij interesseren jouw seksuele problemen toch überhaupt niet, en ik vertel het ook niet verder, ik zweer het.'

'Ik kan het bewijzen,' zeg ik. 'Moet ik het je bewijzen?'

'Mij bewijzen dat je geen homo bent? Eh-eh-eh.' Hij wuifde met zijn handen onzichtbare vliegen weg.

Toen waren we Springpfuhl al voorbij. Tsjik parkeerde dit keer niet recht voor ons huis, maar in een klein doodlopend zijstraatje waar niemand ons zag bij het uitstappen, en toen we eindelijk bij mij boven waren en Tsjik me nog steeds niet aankeek, alsof hij ik weet niet wat over mij had ontdekt, zei ik: 'Reken het mij niet aan wat je nu te zien krijgt. En lach niet. Als je lacht –'

'Ik lach heus niet.'

'Tatjana is kapot van Beyoncé, dat weet je?'

'Ja, natuurlijk. Ik zou een cd voor haar gejat hebben als ze me had uitgenodigd.'

'Ja. In elk geval... dat daar.'

Ik haalde de tekening uit de la. Tsjik pakte hem, hield hem met uitgestrekte armen voor zich en tuurde ernaar. Hij schonk de tekening eerst niet zoveel aandacht als de achterkant, waar ik de scheur netjes met tape geplakt had, zodat-ie van voren nauwelijks nog te zien was. Hij keek heel nauwkeurig naar de scheur en toen nog een keer naar de tekening, en toen zei hij: 'Zó, jíj hebt gevoelens.'

Hij zei dat serieus, zonder een greintje spot. Dat vond ik meer dan merkwaardig. En het was de eerste keer dat ik dacht: die is dus echt niet zo stom. Tsjik had die scheur gezien en meteen gemerkt wat er aan de hand was. Ik ken geloof ik niet veel mensen die dat meteen gemerkt zouden hebben. Tsjik keek me heel ernstig aan en dat beviel me aan hem. Hij was iemand die behoorlijk vreemd kon zijn. Maar als het erop aankwam, kon hij net zo goed niet vreemd zijn, maar serieus.

'Hoe lang heb je daarvoor nodig gehad? Drie maanden? Dat ziet er gewoon uit als een foto. En wat ga je er nu mee doen?'

'Niks.'

'Je moet er toch wat mee doen.'

'Wat moet ik dan doen? Moet ik naar Tatjana gaan en zeggen: hartelijk gefeliciteerd, ik heb hier een cadeautje voor je verjaardag – en het zit me ook helemaal niet dwars dat ik niet uitgenodigd ben en elke andere sukkel wel, nee echt, geen probleem. En ik kom hier ook maar toevallig langs en ga ook meteen weer – veel plezier met die tekening waaraan ik me drie maanden het leplazarus heb gewerkt?'

Tsjik krabde z'n hals. Hij legde de tekening op het bureau, bekeek hem hoofdschuddend, keek me toen weer aan en zei: 'Precies zo zou ik het doen.'

17

'Serieus, je moet wat doen. Als je niks doet, word je gek. Laten we erlangs rijden. Kan toch niet bommen of je denkt dat het gênant is. In een gejatte Lada is toch niks meer gênant. Trek je geile jack aan, pak je tekening en zwiep je reet in de auto.'

'Never.'

'We wachten tot het donker wordt en dan zwiep je je reet in de auto.'

'Nee.'

'En waarom niet?'

'Ik ben niet uitgenodigd.'

'Je bent niet uitgenodigd! Nou en? Ik ben ook niet uitgenodigd. En weet je waarom? Logisch, die Russische eikel is niet uitgenodigd. Maar weet je waarom jíj niet uitgenodigd bent? Kijk, dat weet je niet eens. Maar ik weet het wel.'

'Dan zeg het, held die je bent. Omdat ik saai ben en er niet uitzie.'

Tsjik schudde zijn hoofd. 'Je ziet er wel uit. Of misschien zie je er niet uit. Maar daar ligt het niet aan. De reden is: er is geen enkele reden je uit te nodigen. Je valt niet op. Je moet opvallen, man.'

'Wat bedoel je, opvallen? Elke dag bezopen op school komen?'

'Nee. Mijn god. Maar als ik jou was en eruit zou zien zoals jij en hier zou wonen en zulke kleren had, was ik al honderd keer uitgenodigd.'

'Heb je kleren nodig?'

'Niet afleiden. Zodra het donker wordt rijden we naar Werder.'

'Never.'

'We gaan niet naar het feest. We rijden er alleen langs.'

Wat een totaal geschift idee. Om precies te zijn waren het meteen drie ideeën, en elk op zich was geschift: onuitgenodigd komen binnenvallen, met de Lada dwars door Berlijn rijden en – het geschiftst van al – de tekening meenemen. Want één ding was wel duidelijk: ook Tatjana zou snappen wat die tekening te betekenen had. Ik wou er in geen geval heen.

Terwijl Tsjik me naar Werder karde, vertelde ik onophoudelijk dat ik er niet heen wou. Eerst zei ik dat hij om moest keren, ik had me bedacht, toen bracht ik te berde dat we het adres niet eens precies wisten, en toen bezwoer ik dat ik in geen geval uit de Lada zou stappen.

Tijdens de hele, lange rit hield ik m'n handen onder m'n oksels. Dit keer niet vanwege de vingerafdrukken, maar omdat ik anders zat te trillen. Voor mij op het dashboard lag Beyoncé en trilde ook.

Bij alle opwinding merkte ik toch dat Tsjik voorzichtiger reed dan die ochtend. Hij vermeed tweebaanswegen en haalde ruim voor de rode verkeerslichten de voet van het gas, zodat we niet stilstonden en passanten bij ons naar binnen konden kijken. Eén keer moesten we in de berm stoppen, omdat het begon te regenen en de ruitenwisser het niet deed. Maar toen waren we Berlijn al bijna uit. Het kwam met bakken uit de lucht. Een onweersbui, weliswaar maar vijf minuten. Daarna rook de lucht waanzinnig lekker.

Ik keek door de voorruit, waar de wind door de snelheid de druppels uiteenwoei, en voor het eerst drong tot me door hoe merkwaardig het was in een auto die niet van jou was door de straten te glijden, door het avondlijke Berlijn, en dan de stad uit over de lanen in het westen en langs verlaten tankstations, de wegwijzers naar Werder achterna. Plotseling stond de rode zon onder zwarte wolken. Ik zei geen woord meer en Tsjik zei ook niks, en ik was blij dat hij zo vastbesloten op het feest af ging, terwijl ik er zogenaamd echt niet heen wou. Drie maanden lang had ik aan niets anders gedacht – en nu gebeurde het zomaar en ik zou me voor Tatjana onsterfelijk belachelijk maken.

Het huis was niet moeilijk te vinden. We zouden het waarschijnlijk ook gevonden hebben als we gewoon door de straten langs de Havel gereden waren, maar meteen na het plaatsnaambordje doken voor ons twee met slaapzakken bepakte mountainbikes op – André en nog een of andere sukkel. Tsjik reed op veilige afstand achter ze aan en toen zagen we het huis al. Van rode baksteen, een voortuin vol fietsen, vanaf het meer een enorm geschreeuw. Nog honderd meter te gaan. Ik gleed van mijn stoel omlaag naar de plek waar m'n voeten waren, terwijl Tsjik het raampje omlaag draaide, nonchalant zijn elleboog eruit hing en met achteneenhalve kilometer per uur langs het hele gezelschap reed. Ongeveer tien mensen stonden in de voortuin en bij de open voordeur, mensen met glazen en flessen en mobieltjes en sigaretten in de hand. Een hele hoop achter in de tuin. Bekende en onbekende gezichten, opgedirkte meisjes uit de parallelklas. En als een zon in het midden Tatjana. Al had ze de grootste sukkels en Russen niet uitgenodigd, verder had ze toch alles uitgenodigd wat kon lopen. Het huis verdween langzaam achter ons. Niemand had ons gezien en ik besefte dat ik helemaal geen plan had hoe ik Tatjana de tekening moest geven. Ik dacht er serieus over na hem onder het rijden uit het raam te gooien. De een of ander zou hem wel vinden en naar haar toe brengen. Maar nog voor ik iets achterlijks kon doen, remde Tsjik al en stapte uit. Ontzet keek ik hem na. Ik weet niet of verliefd zijn altijd zo gênant is, maar vermoedelijk heb ik er geen groot talent voor. Terwijl ik met mezelf zat te vechten of ik voorgoed in de voetenruimte zou verdwijnen en m'n jack over m'n hoofd zou trekken of dat ik weer op de stoel zou klimmen en een ongeïnteresseerd gezicht zou trekken, schoot achter het rodeklinkerhuis een raket de lucht in en explodeerde rood en geel, en bijna iedereen rende naar het vuurwerk in de tuin. Alleen André met zijn mountainbike en Tatjana, die hem was komen begroeten, stonden nog op de stoep.

En Tsjik.

Tsjik stond recht voor ze. Ze staarden hem aan alsof ze hem niet herkenden en waarschijnlijk herkenden ze hem echt niet. Want Tsjik had mijn zonnebril op. Verder droeg hij een jeans van mij en mijn grijze jasje. We hadden de hele dag mijn klerenkast opgeruimd en ik had Tsjik drie broeken en een paar overhemden en truien en dergelijke gegeven, met het resultaat dat hij er nu niet meer uitzag als de ergste Russische eikel, maar als een etalagepop uit *Goede tijden, slechte tijden*. Waarbij dat niet als belediging bedoeld is. Maar hij leek gewoon niet meer op zichzelf en dan had hij ook nog een lading gel in zijn haar. Ik kon zien dat hij Tatjana aansprak en dat zij antwoordde – geïrriteerd antwoordde. Tsjik wenkte me achter z'n rug met zijn hand.

Als gehypnotiseerd stapte ik uit en wat toen gebeurde – vraag het me niet. Ik weet het niet meer. Plotseling stond ik met de tekening naast Tatjana en ik geloof dat ze mij net zo geïrriteerd aankeek als Tsjik daarnet. Maar ik heb 't eigenlijk niet gezien.

Ik zei: 'Hier.'

Ik zei: 'Beyoncé.'

Ik zei: 'Een tekening.'

Ik zei: 'Voor jou.'

Tatjana staarde naar de tekening en voor ze weer van de tekening op kon kijken, hoorde ik Tsjik al tegen André zeggen: 'Nee, geen tijd. We moeten nog wat afhandelen.' Hij stootte me aan, liep terug naar de auto en ik erachteraan – de motor gestart en weg. Ik ramde met mijn vuisten op het dashboard terwijl Tsjik naar z'n twee schakelde en de straat die doodliep in schoot.

'Moet ik het ze nog laten zien?' vroeg hij.

Ik antwoordde niet, ik kon het niet.

'Moet ik het ze nog laten zien?' vroeg Tsjik.

'Doe wat je wil!' schreeuwde ik. Ik was zo opgelucht.

Tsjik racete naar het eind van de doodlopende straat, trok het stuur kort naar rechts en toen naar links, trok de handrem aan en maakte midden op straat een draai van honderdtachtig graden. Ik vloog bijna door de ruit.

'Lukt niet altijd,' zei Tsjik trots. 'Lukt niet altijd.'

Voor het rodeklinkerhuis trok hij op en ik zag uit mijn ooghoeken dat ze daar nog steeds op de stoep stonden. De tijd leek tot stilstand te zijn gekomen. Tatjana met de tekening in de hand, André met zijn mountainbike en Natalie, die net van achter door de tuin kwam.

De Lada scheurde met zestig door de volgende bocht en mijn vuisten hamerden op het dashboard.

'Gas!' riep ik.

'Doe ik toch.'

'Meer gas!' riep ik en keek naar mijn hamerende vuisten. Opluchting is een woord van niks.

18

Ik liep de donkere smalle gang uit, waar niet veel te zien was, toen links de gang met de ijzeren reling in en ik drukte m'n rug tegen de muur, in m'n blikveld de twee tanks en de deuropening. Ik zag Tsjik in draf een hoek om lopen, ging vlak achter hem aan en kon zelfs van achteren zien hoe radeloos hij was. Maar hij liep als een gek, nog minstens drie minuten, zonder te merken dat ik al achter hem zat. Op een open plek bleef hij staan. Ik rukte de *shotgun* omhoog en knalde hem in de rug. Een vuurwerk van bloed spoot uit hem op en hij donderde tegen de vlakte en bewoog niet meer. 'Shit,' zei hij, 'waar ben jij toch steeds? Ik zie je helemaal niet.' Ik ging over naar de *chain gun*, schond zijn lijk en hupte een beetje in het rond.

'Is goed, is goed. Ja, reageer je maar af. Man.' Tsjik drukte op herstart, maar het was uitzichtloos. Hij had helemaal geen plattegrond van het terrein. Je kon uren achter hem aan lopen zonder dat hij het merkte en ik schoot hem iedere keer als een dolle overhoop. Ik was een soort wereldkampioen in Doom en Tsjik had geen schijn van kans.

Hij haalde nog een bier.

'En als we gewoon wegrijden?' vroeg hij.

'Wat?'

'Op vakantie gaan. We hebben toch niks te doen. Gaan we gewoon op vakantie zoals normale mensen.'

'Waar heb je het over?'

'De Lada en weg.'

'Dat is niet precies wat normále mensen doen.'

'Maar we zouden het kunnen doen, toch?'

'Nee. Druk eens op start.'

'Waarom dan niet?'

'Nee.'

'Als ik je krijg,' zei Tsjik. 'Laten we zeggen als ik je in vijf beurten één keer krijg. Of in tien beurten. Zeggen we tien.'

'Je krijgt me nog niet in honderd.'

'In tien.'

Hij sloofde zich enorm uit. Ik stopte een handvol chips in m'n mond, wachtte tot hij de kettingzaag had en liet me in stukken zagen.

'Serieus,' zei ik. 'Stel even dat we dat doen.'

We hadden er bijna de hele dag op los zitten knallen. We hadden twee keer in het zwembad gelegen. Tsjik had me over zijn broer verteld en toen ontdekte hij het bier in de koelkast en permitteerde zich drie flessen. Ik had ook geprobeerd er een te drinken. Ik had al vaker bier proberen te drinken, maar het smaakte me nooit en het smaakte me ook nu niet. Toch kreeg ik driekwart van de fles op. Maar het deed me niks.

'En als ze ons verraden?'

'Die verraden ons niet. Bovendien, als ze dat al wilden, hadden ze het allang gedaan en was de politie al hier geweest. Die weten toch helemaal niet dat de Lada gejat is. Ze hebben ons hooguit tien seconden gezien, die denken vast dat-ie van m'n broer is ofzo.'

'Waar wil je dan überhaupt heen?'

'Maakt toch niet uit.'

'Als je wegrijdt, is het ergens goed als je weet waarheen.'

'We zouden m'n familie kunnen opzoeken. Ik heb een opa in Walachije.'

'En waar woont hij?'

'Hoezo, waar woont hij? In Walachije.'

'Hier in de buurt of wat?'

'Wat?'

'Ergens daarbuiten?'

'Niet érgens daarbuiten, man. In Walachije.'

'Dat is toch hetzelfde?'

'Wat is hetzelfde?'

'Ergens daarbuiten en Walachije, dat is hetzelfde.'

'Snap ik niet.'

'Dat is maar een wóórd, man,' zei ik en dronk de rest van m'n bier op. 'Walachije is alleen maar een woord! Net als Niemandshuizen. Of Nergensland.'

'Mijn familie komt daarvandaan.'

'Ik dacht dat je uit Rusland kwam?'

'Ja, maar een deel komt uit Walachije. Mijn opa. En mijn oudtante en mijn overgrootvader en – wat is daar zo vreemd aan?'

'Dat is of je een opa in Nergensland hebt. Of in Niemands-huizen.'

'En wat is daar zo vreemd aan?'

'Nergensland bestaat niet, man! Nergensland betekent: land dat nergens is. En Walachije bestaat ook niet. Als je zegt dat iemand in Walachije woont wil dat zeggen: hij woont in een niemandsland.'

'En dat bestaat ook niet?'

'Nee.'

'Maar mijn opa woont er.'

'In niemandsland?'

'Je werkt op m'n zenuwen, echt. Mijn opa woont ergens in een uithoek van de wereld, in een land dat Walachije heet. En daar rijden we morgen heen.'

Hij was weer heel serieus geworden en ik werd ook serieus. 'Ik ken honderdvijftig landen van de wereld compleet met hoofdstad,' zei ik en nam een slok uit Tsjiks bierfles. 'Walachije bestaat niet.'

'Mijn opa is cool. Die heeft twee sigaretten in z'n oor. En nog maar één tand. Ik was daar toen ik vijf was ofzo.'

'Wat ben je nou eigenlijk? Een Rus? Of een Walach of wat?'

'Duitser. Ik heb een pas.'

'Maar waar kom je vandaan?'

'Uit Rostov. Dat is in Rusland. Maar m'n familie komt overal vandaan. Wolgaduitsers. Volksduitsers. En Zwaben uit Banaat, Walachen en joodse zigeuners –'

'Wat?'

'Hoezo wat?'

'Joodse zigeuners?'

'Ja, man. En Zwaben en Walachen –'

'Bestaan niet.'

'Wie bestaan niet?'

'"Joodse zigeuners." Jíj verkoopt bullshit. Je verkoopt de hele tijd bullshit.'

'Helemaal niet.'

'Joodse zigeuners, dat is als Engelse Fransmannen! Die bestaan niet.'

'Natuurlijk zijn er geen Engelse Fransmannen,' zei Tsjik. 'Maar er zijn joodse Fransmannen. En er zijn ook joodse zigeuners.'

'Zigeunerjoden.'

'Precies. En die hebben zo'n ding op hun kop en die trekken in Rusland rond en verkopen tapijten. Dat ken je toch, die met zo'n ding op hun kop. Keppel. Een keppel op hun kop.'

'Keppel aan m'n reet. Ik geloof er niks van.'

'Ken je die film niet met Georges Aznavour?' Tsjik wou het me nu echt bewijzen.

'Film is film,' wimpelde ik af. 'In het echte leven kun je alleen maar óf jood zijn óf zigeuner.'

'Maar zigeuner is geen religie, man. Jood is religie. Zigeuner is er eentje zonder huis.'

'Die zonder huis zijn toevallig Berbers.'

'Berbers zijn tapijten,' zei Tsjik.

Ik dacht lang na en toen ik Tsjik uiteindelijk vroeg of hij écht een joodse zigeuner was en hij ernstig knikte, toen geloofde ik hem.

Maar wat ik niet geloofde was die lulkoek met z'n opa. Want ik wist nu eenmaal dat Walachije alleen maar een woord was. Ik bewees Tsjik op honderd manieren dat Walachije niet bestond en ik merkte dat mijn woorden aan overtuigingskracht wonnen als ik daarbij een paar weidse armbewegingen maakte. Tsjik maakte net zulke gebaren en toen ging hij nog een keer bier halen en vroeg of ik er ook nog een wou. Maar het had toch geen effect op mij en ik wou cola.

Geroerd keek ik naar een vlieg die op tafel rondkrabbelde. Ik had de indruk dat ook de vlieg geroerd was omdat ik geroerd was. Ik had echt nog nooit zo goed gepraat. Tsjik zette twee flessen op tafel en zei: 'Je zult het wel zien. Mijn opa en oudtante en twee neven en vier nichten en die nichten mooi als orchideeën – je zult het wel zien.'

Inderdaad begon de gedachte me langzaam bezig te houden. Maar nauwelijks was Tsjik weggegaan of de nichten en al het andere losten op in nevels en verdwenen, en wat overbleef was een ellendig gevoel. Rechttoe, rechtaan jankende ellende. Maar dat had met Tsjik niks te maken. Dat had wat met Tatjana te maken. Met dat ik helemaal niet wist wat ze nu van me dacht, en dat ik het misschien ook wel nooit zou horen, en op dat moment had ik er echt heel wat voor gegeven in Walachije te zijn of waar dan ook ter wereld, alleen niet in Berlijn.

Voor ik naar bed ging klapte ik nog een keer m'n computer open. Ik vond vier mails van m'n vader, die zich beklaagde dat ik m'n mobiel had uitgezet en ook beneden niet opnam, en ik moest nog wat smoesjes voor hem bedenken en verklaren dat alles helemaal oké was hier. Wat het inderdaad ook was. En omdat ik totaal geen puf in die mails had en niks kon bedenken, typte ik tussendoor nog bij Wikipedia 'Walachije' in. En toen begon ik er écht over te denken.

19

De nacht naar zondag. Vier uur, had Tsjik gezegd, dat was de beste tijd. Vier uur 's nachts. Ik sliep bijna niet, doezelde de halve nacht en was meteen klaarwakker toen ik voetstappen op ons terras hoorde. Ik rende naar de deur en daar stond Tsjik met een plunjezak in het donker. We fluisterden, hoewel er eigenlijk geen reden was om te fluisteren. Tsjik zette de plunjezak in de gang en toen gingen we op pad.

Op de weg terug van Werder had hij de Lada weer in de straat gezet waar hij naar zijn zeggen altijd stond, tien minuten van ons huis. Recht voor onze voeten liep een vos richting centrum. Een wagen van de stadsreiniging kwam sissend voorbij, een oude vrouw kwam ons hoestend tegemoet. Eigenlijk vielen we meer op dan we overdag opgevallen waren. Dertig meter voor de Lada gaf Tsjik me het teken te blijven staan, ik drukte mezelf tegen een heg en voelde m'n hart bonzen. Tsjik trok een gele tennisbal uit z'n zak. Hij duwde de bal op de deurhendel van de Lada en sloeg ertegen met de vlakke hand. Ik had geen idee waar dat goed voor was, maar Tsjik siste: 'Het werk van profi's!' en opende het portier. Hij gebaarde me te komen.

Toen frunnikte hij weer aan de kabels, startte de auto en probeerde uit te parkeren, waarbij hij tegen de autobumpers voor en achter ons stootte. Ik zat ineengedoken op de passagiersplaats en onderzocht de tennisbal. Een heel normale tennisbal met een vingerdik gat erin.

'En dat kan bij elke auto?'

'Niet bij elke. Alleen bij centrale vergrendeling – en onderdruk.' Hij reed schampend uit de parkeerhaven en ik drukte en kneedde de bal in mijn hand en snapte er niks van. Russen, dacht ik.

Tien minuten later laadden we de Lada vol. Onze garage kwam direct in het huis uit en we sleepten er alles heen wat ergens nuttig leek. Als eerste brood, knäckebröd en beleg en dergelijke, en conservenblikjes, omdat we dachten dat we toch ook een keer wat moesten eten. Daarvoor hadden we dan natuurlijk ook borden nodig en messen en lepels. We pakten een driepersoonstent in, slaapzakken en isolatiematjes. Die isolatiematjes trokken we er meteen weer uit om ze voor luchtbedden te verruilen. Geleidelijk aan belandde het halve huis in de auto en toen begonnen we alles er weer uit te gooien: het meeste heb je toch eigenlijk niet nodig. Het was een heel gedoe. We bekvechtten of je bijvoorbeeld rollerblades nodig had of niet. Als we een keer zonder benzine kwamen te staan, kon een van ons ermee naar het tankstation, meende Tsjik, maar ik vond dat je dan net zo goed meteen de vouwfiets kon inladen. Of een fietstocht kon gaan maken. Op het allerlaatst kwamen we nog op het idee een krat water mee te nemen en dat bleek uiteindelijk het allerbeste idee. Of het enige überhaupt. Want, al het andere was helaas pure idioterie. Badmintonrackets, een gigantische berg mango's, vier paar schoenen, de gereedschapskist van m'n vader, zes kant-en-klaarpizza's. Wat we in elk geval niet meenamen waren mobieltjes. 'Zodat niet elke pikkenlikker ons kan lokaliseren,' zei Tsjik.

En ook geen cd's. De Lada had achter weliswaar enorme luidsprekers, maar alleen maar een verstofte cassetterecorder, die onder het handschoenenkastje geschroefd zat. Waarbij ik, eerlijk gezegd, heel blij was dat ik Beyoncé niet ook nog in de auto hoefde te horen. En natuurlijk namen we ook de tweehonderd euro mee en ook nog al het geld dat ik had, hoewel ik niet goed wist wat we daarmee moesten. Ik had in m'n hoofd dat we door verlaten streken zouden rijden, woestijnen bijna. Ik had niet heel goed gekeken bij Wikipedia hoe het er op weg naar Walachije uitzag. Maar dat daaronder veel te beleven viel, leek me eigenlijk onwaarschijnlijk.

20

Ik had mijn arm uit het raampje gehangen en m'n hoofd erop gelegd. We reden met een gangetje van dertig tussen weilanden en akkers door, waarboven de zon langzaam opkwam, ergens achter Rahnsdorf, en het was het mooiste en vreemdste wat ik ooit had meegemaakt. Wat er vreemd aan was is moeilijk te zeggen, want het was maar een autorit en ik had al vaak in een auto gezeten. Maar het is nu eenmaal een verschil of je daarbij naast volwassenen zit die over gewassen grind en Angela Merkel praten, of dat ze er juist niet zitten en niemand iets zegt. Tsjik hing aan zijn kant uit het raampje en stuurde de auto met z'n rechterhand een heuveltje op. Het leek of de Lada op eigen houtje door de velden reed, het was heel anders rijden, een heel andere wereld. Alles was groter, de kleuren waren dieper, de geluiden *dolby surround*, en ik zou eerlijk gezegd niet verbaasd geweest zijn als vóór ons ineens Tony Soprano, een dinosaurus of een ruimteschip was opgedoken.

We waren linea recta Berlijn uit gereden, het ochtendverkeer achter ons latend, en koersten door de voorstadjes en over afgelegen straten en verlaten landwegen. Waarbij voor het eerst te merken was dat we geen kaart hadden. Alleen een plattegrond van Berlijn.

'Kaarten zijn voor kutjes,' zei Tsjik en daar had hij, logisch, gelijk in. Maar hoe je helemaal in Walachije moest komen, als je niet eens wist waar Rahnsdorf lag, begon nu als probleem al op te duiken. Daarom reden we eerst maar eens naar het zuiden. Walachije ligt namelijk in Roemenië en Roemenië is in het zuiden.

Het volgende probleem was dat we niet wisten waar het zuiden was. Al in de ochtend kwamen zware onweerswolken opzetten en was er geen zon meer te zien. Buiten was het minstens veertig graden. Het was nog heter en zwoeler dan de vorige dag.

Aan m'n sleutelbos had ik zo'n kompas dat een keer uit een kauwgumautomaat was gekomen, maar in de auto wees dat om welke reden dan ook niet naar het zuiden, en ook buiten wees het waarheen het wilde. We stopten speciaal om daarachter te komen, en toen ik weer in de auto stapte, merkte ik dat er iets onder m'n voetmat lag – een muziekcassette. Hij heette *The Solid Gold Collection von Richard Clayderman* en het was eigenlijk geen muziek, eerder een soort pianogetingel, Mozart. Maar we hadden nou eenmaal niks anders en omdat we ook niet wisten of er misschien nog iets anders op stond, luisterden we er eerst maar eens naar. Vijfenveertig minuten. Allejezus. Waarbij ik moet toegeven: nadat we genoeg op 'Rieschah' en zijn piano hadden gekotst, luisterden we ook naar de andere kant, waar precies hetzelfde op stond en het was altijd nog beter dan niks. Serieus, ik heb het niet tegen Tsjik gezegd en ik zeg het nu ook niet graag: maar die mineurshit schopte me totaal onderuit. Ik moest steeds aan Tatjana denken en hoe ze me had aangekeken toen ik haar die tekening cadeau deed, en toen kachelden we met 'Ballade pour Adeline' over de snelweg.

In feite hadden we ons ergens bij een oprit vergist en Tsjik, die weliswaar enigszins kon rijden, maar zoiets als een Duitse snelweg ook nog niet had meegemaakt, rukte wild aan het stuur. Toen hij zo ongeveer in moest voegen, ging hij vol op de rem staan, gaf weer gas, remde nog een keer en hobbelde stapvoets over de vluchtstrook voor het hem eindelijk lukte naar links te komen. Gelukkig ramde niemand ons. Ik zette m'n voeten uit alle macht schrap tegen de voorkant, ik dacht, als we nu sterven ligt dat aan Rieschah en z'n piano. Maar we stierven niet. Het getingel nam een almaar hogere vlucht en we spraken af bij de volgende afrit alleen nog kleine straten en landweggetjes te nemen. Een probleem was ook: op de snelweg was links naast ons een man in een zwarte Mercedes opgedoken, hij keek bij ons naar binnen en gebaarde wild met zijn hand. Met zijn vingers duidde hij bepaalde cijfers aan, hield zijn mobiel omhoog en deed of hij ons kenteken op wou schrijven. Ik kreeg het Spaans benauwd, maar Tsjik haalde eenvoudigweg zijn schouders op en deed alsof hij de man dánkbaar was dat hij ons erop wees dat we nog steeds met licht aan reden, en toen waren we hem in het verkeer kwijtgeraakt.

In feite zag Tsjik er wat ouder uit dan veertien. Maar in geen geval als achttien. Waarbij we helemaal niet wisten hoe hij er in volle vaart door de smerige ruiten uitzag. Om dat te testen deden we op een afgelegen landweggetje eerst maar eens een paar proeven. Ik ging in de berm staan en Tsjik moest twintig keer langs me rijden, zodat ik kon kijken hoe hij het meest volwassen overkwam. Hij legde de twee slaapzakken bij wijze van kussen op de bestuurdersplaats, zette mijn zonnebril weer op, schoof die in z'n haar, stak een sigaret in z'n mondhoek en plakte ten slotte een paar stukjes zwart isolatietape op z'n gezicht om een Kevin Kurányi-baardje te simuleren. Hij zag er overigens niet uit als Kevin Kurányi, maar als iemand van veertien die isolatietape op zijn gezicht had geplakt. Ten slotte trok hij alles er weer af en plakte een klein rechthoekig strookje onder z'n neus. Daarmee zag hij eruit als Hitler, maar dat werkte van een afstandje inderdaad het beste. En omdat we toch in Brandenburg waren, kon het ook niet tot politieke conflicten leiden.

Alleen het probleem met de oriëntatie bleef. Dresden stond een keer aangegeven. Dresden lag zo goed als zeker in het zuiden en dus namen we eerst maar die richting. Maar als we de keus hadden tussen twee wegen reden we, als het kon, over de kleinere met minder auto's, en daar waren dan al snel steeds minder wegwijzers en die wezen altijd alleen maar naar het volgende dorp en niet naar Dresden. Gaat de weg naar het zuiden naar Burig of naar Freienbink? We gooiden een muntje op. Tsjik vond dat met het muntje geweldig en zei: we rijden nu alleen nog op het muntje. Kop voor rechts en munt voor links, als-ie op z'n kant blijft liggen, rechtdoor. De munt bleef logischerwijs nooit op z'n kant liggen, en we kwamen überhaupt niet meer vooruit. Daarom gaven we dat met het muntje snel weer op en reden steeds rechtsaf-linksaf-rechtsaf-linksaf, wat ik had voorgesteld, maar dat was ook niet beter. Je zou denken dat je niet in een kringetje kon rijden als je afwisselend rechts en links afsloeg, maar het lukte ons toch. Toen we voor de derde keer bij een wegwijzer stonden waar het links naar Markgrafpieske en rechts naar Spreenhagen ging, kwam Tsjik op het idee alleen nog naar plaatsen te rijden die met een M of een T begonnen. Maar daarvan waren er overduidelijk te weinig. Ik stelde voor alleen nog plaatsen te nemen met een priemgetal als afstand, maar bij BAD FREIENWALDE 51 KM sloegen we meteen verkeerd af, en toen we dat merkten (driemaal zeventien), waren we al weer ik weet niet waar.

Eindelijk kwam de zon door. In een maïsveld splitste de weg zich. Schuin naar links ging het eindeloos over kinderkopjes, naar rechts eindeloos over zand. We bekvechtten erover welke weg meer naar het zuiden wees. De zon stond niet helemaal in het midden. Het was even voor elven.

'Het zuiden is daar,' zei Tsjik.

'Daar is het oosten.'

We stapten uit en aten een paar chocoladekoekjes die al half gesmolten waren. De insecten in het maïsveld maakten ontiegelijk veel lawaai.

'Je weet dat je met een horloge de hemelstreek kunt bepalen?' Tsjik deed z'n horloge af. Een oud Russisch model dat nog opgedraaid moest worden. Hij hield het tussen ons in, maar ik wist niet hoe het ging en hij wist het ook niet. Je moest geloof ik een wijzer op de zon richten en dan wees de andere naar het noorden ofzo. Maar om even voor elf wezen beide wijzers naar de zon, daar was het noorden dus overduidelijk niet.

'Misschien wijst hij wel naar het zuiden,' zei Tsjik.

'En dan is het zuiden om halftwaalf daar?'

'Of het komt door de zomertijd. In de zomer werkt het niet. Ik draai even een uur terug.'

'En wat moet dat uitmaken? In een uur gaat de wijzer één keer rond. De hemelstreek draait toch niet voortdurend.'

'Maar als het kompas draait – misschien is het een gyrokompas.'

'Een gyrokompas!'

'Heb je nog nooit van een gyrokompas gehoord, met een draaitol?'

'Maar een gyrokompas heeft niks met draaitollen te maken. Dat tolt niet,' zei ik. 'Dat heeft iets met alcohol te maken. Er zit alcohol in.'

'Je verneukt me.'

'Dat weet ik uit een boek, waar ze met een schip kapseizen en dan breekt een matroos het kompas open, omdat hij alcoholist is, waarop ze compleet de oriëntatie kwijtraken.'

'Klinkt niet bepaald als een vakboek.'

'Maar het klopt. Het boek heette geloof ik *De Zeebeer*. Of *De Zeewolf.*'

'Je bedoelt *Steppenwolf*. Daar gaat het ook om drugs. Zoiets leest m'n broer.'

'Steppenwolf is toevallig een bánd,' zei ik.

'Dus ik zou zeggen, als we niet precies weten waar het zuiden is, rijden we gewoon zandpiste,' zei Tsjik en deed z'n horloge weer om. 'Daar is het minder druk.'

En zoals gewoonlijk had hij gelijk. Het was een goeie beslissing. Een uur lang kwamen we geen auto meer tegen. We waren nu ergens waar zelfs geen huizen meer aan de horizon stonden. Op een veld lagen pompoenen zo groot als medicijnballen.

21

De wind wakkerde aan, de wind ging weer liggen. Opnieuw verdween de zon achter donkere wolken en op de voorruit vielen twee regendruppels. De druppels waren zo groot dat bijna de hele ruit nat werd. Tsjik reed sneller, hoge bomen bogen in de wind en plotseling rukte een windvlaag onze auto bijna naar de andere kant van de weg. Tsjik sloeg af, een hobbelig veldweggetje in tussen twee korenvelden. Het pianogetingel werd dramatisch, en na een kilometer hield de weg midden in het veld op.

'Ik rij nu echt niet terug,' zei Tsjik en hotste zonder te remmen rechtdoor. De halmen sloegen tegen het blik en tegen de portieren. Tsjik liet de auto in het korenveld tot stilstand komen, schakelde terug en gaf gas. De motor accelereerde langzaam en als een sneeuwploeg spleet de motorkap de zee van geel tarwe. Hoewel de Lada vreemde geluiden maakte, kwam hij bijna moeiteloos de akker over. Alleen de oriëntatie was moeilijk, je kon niet goed over de halmen heen kijken. Geen horizon. Een derde regendruppel viel op onze ruit. Het veld ging licht bergop. We reden kleine kringen en krullen en stootten op een sleuf die we een minuut ervoor zelf geploegd hadden. Ik stelde voor dat Tsjik zou proberen onze namen in het tarwe te schrijven, zodat je ze vanuit een helikopter kon lezen, of later bij Google Earth. Al bij de dwarsbalk van de T verloren we het overzicht. We reden gewoon wat rond, kropen steeds hoger een heuvel op en toen we helemaal boven waren, hield het veld plotseling op. Tsjik remde in de laatste seconde. Met de achterste helft stonden we nog in het koren, met zijn neus keek de Lada uit over het landschap. Diepgroen en steil omlaag strekte zich een koeienwei voor ons uit en gaf vrij zicht op eindeloze velden, groepjes bomen en straatjes, heuvels en heuvelruggen en bergen en hooilanden en bos. Aan de horizon stapelden de wolken zich op. Je kon het zien weerlichten boven een verre kerktoren, maar het was doodstil. De vierde regendruppel spatte uiteen op de ruit. Tsjik zette de motor af. Ik draaide Clayderman uit.

Minutenlang keken we alleen. Kleinere, lichtere wolken vlogen onder de zwarte door. Blauwgrijze sluiers liepen over de verre heuvelruggen, over de dichterbij gelegen heuvelruggen. De wolken stegen op en kwamen als een wals op ons af.

'Independance Day,' zei Tsjik.

We pakten brood, cola en jam uit en terwijl we nog bezig waren een picknick in de auto uit te stallen, werd het donker. Het was midden op de middag, maar het werd donker als de nacht. Vlak daarna zag ik dat in een weiland een koe omviel. Ik dacht eerst dat ik me vergiste, maar Tsjik had het ook gezien. Alle anderen koeien hadden hun kont in de wind gedraaid, maar die ene was gewoon omgevallen. En toen hield de wind even plotseling op als hij gekomen was. Eén minuut gebeurde er niks, je kon nu niet eens meer het etiket van de colafles lezen. Toen kletterde een emmer water op onze voorruit en kwam het als een muur naar beneden.

Urenlang. Het knetterde en donderde en goot. Een arm-dikke tak vol loof vloog door het dal, alsof een kind een vlieger opliet. Toen de regen 's avonds eindelijk ophield en we uit de auto klommen, lag het hele korenveld plat en de weilanden voor ons waren in een moeras veranderd. Het was onmogelijk verder te rijden, we waren gestrand. En daarom brachten we onze eerste nacht op de heuvel door en sliepen op de autostoelen. Waanzinnig comfortabel was dat niet, maar we hadden ook niet veel alternatieven in de modder daarbuiten.

22

Ik sliep nauwelijks en het goede daaraan was dat ik bij de eerste lichtstraal de boer al zag die op een tractor door het dal rondreed. Of hij ons echt had gezien, weet ik niet, maar ik wekte Tsjik, die meteen de auto startte. We gléden meer, achterwaarts door het korenveld de heuvel af, dan dat we reden, en toen ging het terug naar de straat en weg waren we.

De chocoladekoekjes waren ondertussen weer te eten en nadat we ermee hadden ontbeten, probeerde Tsjik me op een weiland aan de bosrand te leren rijden. Ik was er eerst niet waanzinnig tuk op, maar Tsjik vond dat het stom was auto's te jatten als je niet kon rijden. Bovendien beweerde hij dat ik alleen maar bang was, en dat klopte.

Tsjik maakte een proefrondje voor me en ik lette erop wat hij eigenlijk deed, welke pedalen hij intrapte en hoe hij schakelde. Dat had ik weliswaar al vaak bij m'n ouders gezien, maar ik had nooit echt gekeken. Ik wist niet eens precies welk pedaal wat was.

'Links is de koppeling. Die laat je heel langzaam opkomen en je geeft ook gas en – zie je? Zie je?'

Natuurlijk zag ik helemaal niks. Op laten komen? Gas geven? Tsjik legde het me uit.

Om te starten zet je de auto in de eerste versnelling. Daarbij moet je de koppeling intrappen en met de rechtervoet een beetje op het gaspedaal tikken en tegelijkertijd de koppeling loslaten. Dat is het moeilijkste, het starten. Ik had twintig pogingen nodig voordat de Lada eindelijk in beweging kwam en toen was ik meteen zo verrast dat ik beide voeten optilde – de auto maakte een sprongetje en de motor sloeg af.

'Gewoon weer de koppeling intrappen, dan kan hij niet afslaan. Ook bij het remmen: altijd meteen de koppeling, anders slaat hij af.'

Maar het duurde nog even voor we bij het remmen waren. Het rempedaal werd ook door de rechtervoet bediend en dat ging aanvankelijk helemaal niet. Om de een of andere reden wilden m'n voeten telkens allebei op de rem gaan staan. Toen ik het eindelijk voor elkaar had gekregen dat de auto liep, tufte ik in de eerste versnelling het weiland rond en dat was waanzinnig. De Lada deed wat ik wou. Toen ik sneller ging, begon de motor te huilen en Tsjik zei dat ik de koppeling drie tellen helemaal moest intrappen. Ik trapte op de koppeling en Tsjik zette de auto in de tweede versnelling.

'Nu meer gas!' zei hij en plotseling schoot ik met dertig weg. Gelukkig was het weiland heel groot. Ik oefende een paar uur. Zo lang had ik nodig tot ik de auto zelf gestart kreeg, naar de derde versnelling kon schakelen en weer terug zonder dat de motor steeds afsloeg. Ik droop van het zweet, maar ophouden wou ik ook niet. Tsjik lag aan de rand van het bos op een luchtbed te zonnen en de hele dag kwamen maar twee wandelaars voorbij, die geen notitie van ons namen. Op een gegeven moment maakte ik een noodstop naast Tsjik en vroeg hoe dat met dat kortsluiten eigenlijk functioneerde. Want, toen ik kon rijden, wou ik de rest natuurlijk ook nog weten.

Tsjik duwde zijn zonnebril omhoog, ging op de bestuurdersplaats zitten en woelde met twee handen in de kabels: 'Je moet dat hier op de vaste plus doen, de vijftien op de dertig. Daar is de dikke klem voor. En die moet dik zijn. Zo staat de ontsteking onder spanning, en dan doe je de vijftig erop, die loopt naar het startrelais – zo. De geschakelde plus.'

'En dat is bij elke auto zo?'

'Ik ken alleen deze hier. Maar mijn broer zegt van wel. De vijftien, de dertig en de vijftig.'

'En dat was het dan?'

'Je moet het stuurslot nog mollen. De rest is peanuts. Hier met je voet tegenaan, en tsjak. En de benzinepomp overbruggen natuurlijk.'

Natuurlijk, de benzinepomp overbruggen. Ik zei eerst even niks meer. Bij natuurkunde hadden we iets over elektrische stroom gehad. Dat je plus en min had en dat de elektronen als water door een leiding ruisten enzovoort. Maar dat had blijkbaar niks te maken met wat zich in onze Lada afspeelde. Geschakelde plus, vaste plus – dat klonk alsof door die auto heel andere stroom ging dan door de kabels bij natuurkunde, alsof we in een parallelle wereld waren beland. Terwijl waarschijnlijk de natuurkundewereld de parallelwereld was. Want dat het werkte, bewees immers dat Tsjik gelijk had.

23

Hij reed terug naar de straat. Toen we in een dorpje langs een bakker kwamen, kregen we allebei zin in koffie. We parkeerden de auto in een bosje buiten het dorp en liepen te voet terug naar de bakkerij. Daar kochten we koffie en belegde broodjes en net toen ik in m'n broodje wou bijten, zei iemand achter me: 'Klingenberg, wat doe jij hier dan?'

Lutz Heckel, de ton op stelten, zat aan het tafeltje achter ons. Naast hem een grote ton op stelten en een iets minder grote ton op zuilen.

'En de Mongool is er ook,' zei Heckel verrast, maar ook op een toon die niet moeilijk liet raden wat hij van Mongolen in het algemeen en Tsjik in het bijzonder vond.

'Familiebezoek,' zei ik terwijl ik me snel weer omdraaide. Het leek me niet de tijd voor discussie.

'Ik wist helemaal niet dat je hier familie had?'

'Ik,' zei Tsjik en proostte boven het tafeltje met zijn koffie-bekertje. 'In Zwietow is een opvangcentrum voor spleetogen.'

Ik herinnerde me niet Heckel op Tatjana's verjaarspartij gezien te hebben, maar vervolgens vroeg hij hóe we dan hier waren. Tsjik vertelde hem iets over een fietstocht.

'Klasg'n't' van je?' hoorde ik de grote ton vragen en toen hoorde ik lange tijd niks meer. Op een gegeven moment rinkelden aan het tafeltje achter ons autosleutels, er werd aan de bank gerukt en vader Heckel beende langs ons heen de bakkerij binnen. Hij kwam met een armvol broodjes weer buiten, legde er vier op ons tafeltje en riep: 'Wa vulling veur d'n buuk veur ons flink fietsers!' Toen klopte hij met z'n knokkels op het hout en de familie Ton wandelde weg over de markt.

'Oeh,' zei Tsjik, en ik wist niet wat ik moest zeggen. We bleven nog lang voor de bakkerij zitten. Die koffie hadden we nu echt nodig. En de broodjes ook.

Elk halfuur manoeuvreerde een touringcar met toeristen over het marktplein. Ergens boven het dorp was een kleine burcht. Tsjik zat met z'n rug naar de bushalte, maar ik moest de hele tijd naar de oude mensen kijken die uit die bussen rolden. Want het waren uitsluitend oude mensen. Ze hadden allemaal bruine of beige kleren aan en een bespottelijk hoedje op, en toen ze ons bij een kleine helling passeerden hijgden ze alsof ze de marathon achter de rug hadden.

Ik kon me nooit voorstellen dat ik zelf op een dag zo'n beige oude man zou worden. Terwijl alle oude mannen die ik kende beige oude mannen waren. En de oude vrouwen waren net zo. Ze waren allemaal beige. Ik kon het me bijna niet voorstellen dat die oude vrouwen ook eens jong geweest moesten zijn. Dat ze ooit zo oud waren geweest als Tatjana en zich 's avonds hadden opgemaakt om naar de dancing te gaan waar ze waarschijnlijk als jonge mannengekken beschouwd werden, vijftig of honderd jaar geleden. Niet allemaal natuurlijk. Een paar zullen ook toen al saai en lelijk zijn geweest. Maar ook de saaien en lelijken hebben waarschijnlijk ooit wat met hun leven gewild, die hadden vast ook plannen voor de toekomst. En ook de doodgewonen hadden plannen voor de toekomst, en wat gegarandeerd niet bij deze plannen hoorde, was dat ze in beige oude mensen zouden veranderen. Hoe langer ik nadacht over de oudjes die daar uit de bussen kwamen, des te meer deprimeerde het me. Het meest deprimeerde me de gedachte dat er onder die oude vrouwen ook een paar geweest moeten zijn die in hun jeugd niet saai of lelijk waren. Die mooi waren, de mooisten van hun jaar, op wie iedereen verliefd was geweest, en voor wie iemand zeventig jaar geleden op een indianentoren had gezeten en opgewonden was geraakt als alleen het licht in haar kamer maar aanging. Die meisjes waren nu ook beige oude vrouwen, maar ze waren niet meer van de andere beige oude vrouwen te onderscheiden. Ze hadden allemaal dezelfde grauwe huid en vette neuzen en oren, en dat deprimeerde me zo dat ik bijna onpasselijk werd.

'Pst,' zei Tsjik en keek langs me heen. Ik volgde zijn blik en ontdekte twee politieagenten die langs een rij geparkeerde auto's liepen en alle kentekens bekeken. Zwijgend pakten we onze kartonnen bekertjes en slenterden onopvallend terug naar het bosje waar de Lada stond. Toen reden we de weg terug waarover we 's ochtends gekomen waren, terug naar de secundaire weg en met honderd ervandoor. We hoefden het er niet lang over te hebben wat ons als eerste te doen stond.

In een stuk bos vonden we een parkeerplaats waar mensen hun auto neerzetten om te gaan wandelen. En er stonden gelukkig behoorlijk wat auto's, want het was helemaal niet zo makkelijk er een te vinden waar je de kentekenplaten vanaf kon schroeven. De meeste hadden helemaal geen schroeven. Uiteindelijk vonden we een oude Volkswagen Kever met een kenteken uit München. Als tegenprestatie zetten we daar ons kenteken op, in de hoop dat hij het niet zo snel zou merken.

Toen raasden we een paar kilometer over willekeurige sluipwegen door de velden voor we een gigantisch bos insloegen en de Lada op het terrein van een verlaten hout-zagerij uitzetten. We pakten onze rugzakken en trokken het bos in.

We waren niet van plan de Lada al in de steek te laten, maar ondanks de kentekenruil voelde we ons er niet helemaal lekker bij. Het leek ons het slimste de auto eerst een tijdje uit het verkeer te halen. Misschien een, twee dagen in het bos doorbrengen en er later weer langsgaan, dat was het plan. Hoewel – een echt plan was dat ook niet. We wisten immers niet eens of ze ons echt gezocht hadden. En of ze ons over een paar dagen niet meer zouden zoeken.

Onze weg ging de hele tijd bergop en boven werd het bos dunner. Er was een klein uitzichtplatform met een muur rondom en een aardig mooie blik over het land. Maar het mooiste was een kleine kiosk waar je water kon kopen en chocoladerepen en ijs. Dus hoefden we om te beginnen niet te verhongeren en daarom bleven we ook in de buurt van die kiosk. Niet veel lager lag een hellend weiland en daar vonden we een rustig plekje achter enorme vlierstruiken. We gingen in de zon liggen dutten en brachten zo de dag door. Voor de nacht sloegen we nog eens flink snickers en cola in, kropen toen in onze slaapzakken en hoorde de krekels tsjirpen. De hele dag door waren wandelaars, fietsers en bussen langsgekomen om van het uitzicht te genieten, maar toen het begon te schemeren, kwam er niemand meer en we hadden de hele berg voor onszelf.

Het was nog steeds warm, bijna te warm, en Tsjik, die het uiteindelijk met een halve tube gel in z'n haar voor elkaar had gekregen twee bier van de kioskeigenaar los te krijgen, opende de flessen met de aansteker.

Boven ons verschenen steeds meer sterren. We lagen op onze rug en tussen de kleine sterren doken kleinere op en tussen de kleinere nog kleinere en het zwart zakte steeds meer weg.

'Het is waanzinnig,' zei Tsjik.

'Ja,' zei ik, 'het is waanzinnig.'

'Dat is toch veel beter dan tv. Hoewel tv is ook goed. Ken je *Krieg der Welten*?'

'Logisch.'

'Ken je *Starship Troopers*?'

'Met die apen?'

'Met insecten.'

'En op het eind van die hersens? Die gigantische hersen-kevers met zulke – met zulke slijmerige dingen?'

'Ja!'

'Dat is waanzinnig.'

'Dat is waanzinnig, ja.'

'En kun je je voorstellen, ergens daarboven, op een van die sterren – is het nu precies zo! Daar leven echt insecten die precies op dit moment een enorme veldslag om de heerschappij in het heelal leveren – en niemand weet ervan.'

'Behalve wij,' zei ik.

'Behalve wij, precies.'

'Maar wij zijn de enigen die dat weten. Ook de insecten weten niet dat wij het weten.'

'Even serieus, geloof je dat?' Tsjik steunde op z'n ellebogen en keek me aan. 'Geloof je dat daar nog ergens iets is? Ik bedoel nu niet per se insecten. Maar íets?'

'Ik weet het niet. Ik heb een keer gehoord dat je dat kunt uitrekenen. Het is totaal onwaarschijnlijk dat er iets is, maar alles is nu eenmaal ook oneindig groot en totaal onwaarschijnlijk maal oneindig, dan heb je nu eenmaal toch een getal, dus een getal van planeten waar iets is. Want, bij ons is het immers ook gelukt. En ergens zijn gegarandeerd ook reuzeninsecten daarboven.'

'Dat is precies mijn mening, precies mijn mening!' Tsjik ging weer op z'n rug liggen en tuurde ingespannen omhoog. 'Waanzinnig, toch?' zei hij.

'Ja, waanzinnig.'

'Mij heeft het nu compleet te pakken.'

'En kun je je dat voorstellen: de insecten hebben natuurlijk ook een insectenbioscoop! Die draaien films op hun planeet en ergens in de insectenbioscoop kijken ze net een film die op aarde speelt en over twee jongens gaat die een auto jatten.'

'En het is een totale horrorfilm!' zei Tsjik. 'Die insecten walgen van ons, omdat we helemaal niet slijmerig zijn.'

'Maar ze denken allemaal dat het maar sciencefiction is en dat we in het echt helemaal niet bestaan. Mensen en auto's – dat is voor hen totale quatsch. Dat gelooft daar niemand.'

'Behalve twee jonge insecten! Die geloven het. Twee jonge insecten in opleiding, die hebben net een legerhelikopter ontvoerd en vliegen boven de insectenplaneet rond en denken precies hetzelfde. Die denken dat wij bestaan, omdat wij namelijk ook denken dat zij bestaan.'

'Waanzinnig!'

'Waanzinnig, ja.'

Ik keek naar de sterren met hun onbegrijpelijke oneindigheid en ergens had ik de schrik te pakken. Ik was ontroerd en bang tegelijk. Ik dacht na over de insecten, die nu bijna zichtbaar werden in hun kleine, glinsterende melkwegstelsel, en toen draaide ik me naar Tsjik en hij keek me aan en keek me in de ogen en zei dat het allemaal waanzin was en dat klopte ook. Het was echt waanzin.

En de krekels tsjirpten de hele nacht.

24

Toen ik 's morgens wakker werd was ik alleen. Ik keek om me heen. Boven het kleine weiland hing lichte nevel, van Tsjik geen spoor. Maar omdat zijn luchtbed er nog lag, maakte ik me eerst niet al te druk. Ik probeerde nog wat verder te slapen, maar op een gegeven moment dreef de onrust me overeind. Ik liep naar het uitzichtplatform en keek een keer van alle kanten naar beneden. Ik was de enige mens op de berg. De kiosk was nog gesloten. De zon zag eruit als een rode perzik in een kom melk en met de eerste zonnestralen kwam een groepje fietsers de weg opgereden, en toen duurde het geen tien minuten meer voor ook Tsjik de berg op kwam lopen. Ik was behoorlijk opgelucht. Hij was gewoon eens omlaag gelopen naar de zagerij om naar de Lada te kijken, of-ie er nog stond. Hij stond er nog. We wikten en wogen een tijdje en besloten ten slotte toch meteen met de auto verder te rijden, omdat dit wachten hoe dan ook geen zin had.

Ondertussen hadden de fietsers zich op het muurtje naast ons geïnstalleerd, zo'n tien jongens en meisjes van onze leeftijd en een volwassene. Ze zaten te ontbijten, praatten zachtjes met elkaar en zagen er echt vreemd uit. Voor een klassenuitje was de groep te klein, voor een gezin te groot en voor een tochtje van een inrichting voor minderbedeelden te goed gekleed. Maar iets klopte er niet aan ze. Ze droegen allemaal van die kleren. Geen merkkleding, maar het zag er ook niet goedkoop uit, integendeel. Heel duur en ergens wat gemankeerd. En ze hadden allemaal heel erg nette gezichten. Ik weet niet hoe ik het moet beschrijven, maar de gezichten waren op de een of andere manier netjes. Maar het merkwaardigst was de begeleider. Die praatte met ze alsof ze zijn meerderen waren. Tsjik vroeg een van de meisjes uit welke inrichting ze ontsnapt waren en het meisje zei: 'Uit geen enkele. Wij zijn adel op het zadel. We rijden van landgoed naar landgoed.' Ze zei het heel serieus en heel voorkomend. Misschien wilde ze wel een grapje maken en was het 't fietstochtje van de plaatselijke clownsschool.

'En jullie dan?' vroeg ze.

'Wij dan?'

'Maken jullie ook een fietstocht?'

'Wij zijn automobilisten,' legde Tsjik uit.

Het meisje wendde zich tot de jongen naast haar en zei: 'Je had het mis. Het zijn automobilisten.'

'En wát zijn jullie nou precies? "Adel" op het "zadel"?'

'Wat vind je daar zo eigenaardig aan? Is automobilist minder eigenaardig?'

'Ja, maar adel op het zadel?'

'Ja en jullie: pikkies in brikkies.'

Man, zat die erbovenop. Misschien was bij de plaatselijke clownsschool wel net een lading coke leeggekieperd. Wat die jongens en meisjes werkelijk op die berg deden, daar zijn we niet meer achtergekomen, maar inderdaad hebben we de hele groep wat later op de secundaire weg met de Lada ingehaald, en het meisje zwaaide en wij zwaaiden ook. Dus op z'n minst klopte dat met dat zadel. Op dat moment voelden we ons alweer waanzinnig zeker en ik stelde Tsjik voor dat hij graaf Lada was en ik graaf Praalhans, als we elkaar ooit met schuilnamen aan moesten spreken.

25

Maar het echte probleem die ochtend was dat we niks te eten hadden.

We hadden blikjes meegenomen, maar geen blikopener. Er waren nog drie stukken knäckebröd, maar er was geen boter. En de zes kant-en-klaarpizza's waren ontdooid niet te vreten. Ik probeerde met een aansteker nog een stuk te roosteren, maar dat wou helemaal niet en ten slotte verlieten zes frisbeeschijven de Lada als ufo's de brandende Ster des Doods.

De redding kwam een paar kilometer verderop: daar wees een gele wegwijzer links naar een klein dorp en aan dezelfde wegwijzer hing reclame: NORMA 1 KM. Al uit de verte zag je de enorme supermarkt, die als een schoenendoos in het landschap stond.

Het dorp ernaast was heel klein. We reden er eerst een keer doorheen, parkeerden voor een grote schuur waar niemand ons zag en liepen te voet terug. Hoewel het hele dorp maar uit ongeveer tien straten bestond, die allemaal uitkwamen bij een fontein op het marktplein, konden we van daaruit de supermarkt niet meer vinden. Tsjik wou naar links. Ik wou schuin rechtdoor, en er was niemand aan wie we het konden vragen. We liepen door verlaten straten, en ten slotte kwam ons een jongen op een fiets tegemoet, een houten fiets zonder trappers. Om vooruit te komen moest hij z'n benen heen en weer gooien. Hij was ongeveer twaalf en naar schatting tien jaar te oud voor die fiets. Zijn knieën sleepten over de grond. Hij bleef vlak voor ons staan en staarde ons met enorme ogen aan als een grote gehandicapte kikker.

Tsjik vroeg hem waar hier de Norma was en de jongen glimlachte ofwel heel overmoedig of heel argeloos. Hij had ongelooflijk veel tandvlees.

'Wij doen geen boodschappen in de supermarkt,' verklaarde hij beslist.

'Interessant. En waar is hij?'

'Wij doen altijd boodschappen bij Froehlich.'

'O, bij Froehlich.' Tsjik knikte de jongen toe als een cowboy die de andere cowboy geen pijn wilde doen. 'Maar ons zou vooral interesseren hoe we hier bij Norma komen.'

De jongen knikte ijverig, bracht een hand naar zijn hoofd, alsof hij zich wou krabben en wees met de andere weifelend in het rond. Toen vond zijn wijsvinger plotseling een doel tussen de huizen. Daar zag je vlak voor de horizon een eenzame boerderij tussen hoge populieren. 'Daar is Froehlich! Daar doen wij altijd boodschappen.'

'Fantastisch,' zei Tsjik. 'En nu nog even ongeveer de supermarkt?'

Het vele tandvlees maakte ons duidelijk dat we waarschijnlijk niet meer op een antwoord hoefden te rekenen. Maar er was verder niemand op straat die we het konden vragen.

'Wat willen jullie daar dan?'

'Wat willen we daar dan? Maik, Maiki, wat wilden we ook weer in de supermarkt?'

'Willen jullie inkopen doen? Of alleen maar kijken?' vroeg de jongen.

'Kijken? Ga jij naar de supermarkt om te kijken of wat?'

'Kom, laten we verdergaan,' zei ik, 'we vinden 'm zo ook wel. We wilden eten kopen.'

Ik had de indruk dat het geen zin had de jongen met de kikkerogen voor de gek te houden.

Op dat moment stond een inbleke, heel grote vrouw voor een huis te roepen: 'Friedemann! Friedemann, kom naar binnen! Het is twaalf uur.'

'Ik kom zo,' antwoordde de jongen en zijn stem was nu anders. Hij had plotseling dezelfde zingzang als zijn moeder.

'Hoezo willen jullie eten kopen?' vroeg hij nog en Tsjik was al naar de vrouw gelopen om haar te vragen waar hier de Norma was.

'Wat voor Norma?'

'De supermarkt,' legde Friedemann uit.

'O, de grote supermarkt,' zei de vrouw. Ze had nogal een indrukwekkend gezicht. Helemaal uitgemergeld maar op de een of andere manier ook topfit. Ze zei: 'Daar doen wij nooit boodschappen. Wij doen altijd boodschappen bij Froehlich.'

'Dat hoorden we.' Tsjik zette z'n beleefdste lachje op. Hij kon dat heel goed, beleefd lachen. Ik had altijd het idee dat hij het een beetje overdreef. Maar anderzijds zag hij er ook uit als de Mongoolse hordes, dat compenseerde het weer.

'Wat willen jullie daar dan?'

Jezus, was die hele familie zo? Wist niemand wat je in een supermarkt deed?

'Boodschappen doen,' zei ik.

'Boodschappen doen,' zei de vrouw en kruiste haar armen voor haar borst alsof ze wilde voorkomen dat ze ons toevallig of ongewild de weg naar de supermarkt zou wijzen.

'Eten! Die willen eten kopen,' klikte Friedemann.

De vrouw keek ons wantrouwig aan en toen informeerde ze of we niet vanhier waren – en wat we hier zochten. Tsjik legde haar de kwestie met de fietstocht uit, dwars door Oost-Duitsland, en de vrouw spiedde de straat op en af. Wijd en zijd geen fiets te bekennen.

'En we hebben een platte band,' zei ik en wees net als Friedemann in een ondefinieerbare richting. Maar we moeten dringend boodschappen doen, we hebben bijna niet ontbeten en –'

Niets aan haar gezichtsuitdrukking en niets aan haar houding veranderde, toen ze zei: 'Om twaalf uur is er middageten, jullie zijn van harte welkom, jullie jonge mensen uit Berlijn. Jullie zijn onze gasten.'

Toen ontblootte ze haar tandvlees, niet helemaal zoveel als Friedemann, en Friedemann trok met een schreeuw die een soort enthousiasme moest uitdrukken zijn loopfiets om en scheurde op het huis af. Daar stonden inmiddels drie of vier kleinere kinderen voor de deur die ons met grote kikkerogen aanstaarden.

Ik wist niet wat ik moest zeggen en Tsjik wist het ook niet.

'Wat schaft de pot dan?' vroeg hij uiteindelijk en het bleek *risi-pisi* te zijn. Wat dat ook wezen mocht. Ik krabde me achter het oor en Tsjik stak z'n laatste grote knaller af. Hij opende zijn Mongolenspleetjes, boog iets voorover en zei: 'Klinkt fántástisch, waarde dame.'

Dat sloeg me definitief met stomheid. Duits voor migranten, les twee.

'Waarom deed je dat?' fluisterde ik terwijl we achter de vrouw aan liepen en Tsjik zwaaide hulpeloos met zijn armen alsof hij wou zeggen: wat moest ik dan?

Maar nog voor we de vrouw het huis in konden volgen, knikte ze al naar Friedemann en Friedemann pakte ons bij de hand en bracht ons om het huis de tuin in. Ik vond het maar niks. Het stelde me alleen gerust dat Tsjik nog een keer snel met z'n wijsvinger op z'n voorhoofd tikte toen Friedemann niet keek.

In de tuin stond een grote witte houten tafel met tien stoelen. Vier daarvan waren al ingenomen door Friedemanns broers en zussen. De oudste was een meisje van een jaar of negen, de jongste was ongeveer zes, en allemaal met hetzelfde uiterlijk. De moeder bracht het eten in een enorme pan, rijst met prut. Dat was blijkbaar risi-pisi: rijst met prut. De prut was gelig en er dreven kleine brokken in en groene kruiden. De moeder schepte iedereen op met de soeplepel, maar niemand roerde het eten aan. In plaats daarvan hieven ze allemaal als op commando hun armen, pakten elkaar bij de hand en terwijl de hele familie ons aankeek, hieven wij ook onze handen. Ik moest die van Tsjik en Friedemann pakken en de moeder zei met een schuin hoofd: 'Nou ja, misschien hoeven we dat vandaag ook niet per se te doen. Laten we om de dag te vieren maar gewoon onze van ver gekomen gasten begroeten, en danken voor alles wat ons ten deel valt en – eet smakelijk.'

Toen werden handen geschud en werd er gegeten en je kunt zeggen wat je wil, maar de prut smaakte fantastisch.

Toen we klaar waren, schoof Tsjik zijn lege bord met twee handen van zich af en verklaarde in de richting van de huisvrouw dat het een grandioze maaltijd was geweest, en ik viel hem bij. De vrouw reageerde met gefronste wenkbrauwen. Ik krabde me achter het oor en herhaalde dat ik al in geen eeuwen zoiets lekkers had gegeten en Tsjik vulde aan dat het supergrandioos was geweest. De vrouw toonde een beetje tandvlees en kuchte in haar vuist en Friedemann keek ons met grote kikkerogen aan. En toen kwam het toetje. Allemachtig.

Het liefst zou ik het helemaal niet vertellen. Maar ik vertel het toch. Florentine, de negenjarige, bracht het toetje op een dienblad naar buiten. Het was iets schuimigs, wit met frambozen erop, verdeeld over acht schaaltjes. Acht schaaltjes van verschillende maat. Mij was meteen duidelijk dat er ruzie zou komen om het grootste schaaltje – maar daar vergiste ik me in.

De acht schaaltjes stonden bij elkaar midden op tafel en niemand raakte ze aan. Ze wiebelden alleen maar allemaal op hun stoelen en keken de vrouw aan.

'Snel, snel!' zei Friedemann.

'Ik moet eerst nadenken,' zei ze en ze sloot even haar ogen. 'Goed. Ik weet iets.' Ze schonk Tsjik en mij een vriendelijke blik en keek toen weer in het rond. 'Wat krijgt Merope Mergel voor Slytherins medaillon als ze –'

'Twaalf galjoenen!' brulde Friedemann. Hij schoot van zijn stoel en de tafel wiebelde.

'Tien galjoenen!' schreeuwden alle anderen.

De moeder wiegde lachend haar hoofd: 'Ik geloof dat Elisabeth de snelste was.'

Achteloos verzekerde Elisabeth zich van het grootste schaaltje met de meeste frambozen. Florentine protesteerde, omdat ze vond dat ze net zo snel was geweest en Friedemann hamerde met zijn handen op zijn voorhoofd en riep: 'Tien! Ik, idioot! Tien!'

Tsjik stootte me onder tafel aan met zijn voet. Ik haalde m'n schouders op. Slytherin? Galjoenen?

'Hebben jullie Harry Potter soms niet gelezen?' vroeg de moeder. 'Maar maakt niet uit. We nemen een ander thema.'

Ze dacht weer even na en Elisabeth deed een beetje van het toetje op haar lepel, hield dat omhoog en wachtte. Ze wachtte tot Friedemann keek en schoof de lepel toen langzaam in haar mond.

'Aardrijkskunde en wetenschap,' zei de moeder. 'Hoe heet het onderzoeksschip waarmee Alexander van –'

'Pizarro!' schreeuwde Friedemann en zijn stoel vloog achteruit. Hij trok meteen het een na grootste schaaltje naar zich toe, liet zijn neus op de rand zakken en fluisterde: 'Tien, tien! Hoe kom ik dan op twaalf?'

'Dat is óneerlijk,' zei Florentine. 'Ik wist het ook. Alleen omdat hij altijd zo schreeuwt.'

Vervolgens vroeg de moeder wat met Pinksteren wordt gevierd, en ik hoef er waarschijnlijk niet bij te zeggen hoe het spel eindigde. Toen alleen de twee kleinste schaaltjes nog over waren, vroeg de moeder wie de eerste Duitse bondspresident was. Ik hield het op Adenauer en Tsjik op Helmut Kohl. De moeder wilde ons de toetjes ook zo wel geven, maar Florentine was daartegen. En de anderen waren ook tegen. Ik zou nu echt graag van het toetje hebben afgezien, maar Jonas, de jongste, van een jaar of zes, dreunde eerst in volgorde alle bondspresidenten van de Bondsrepubliek Duitsland op, trok toen de spelleiding naar zich toe en vroeg ons wat de hoofdstad van Duitsland was.

'Nou ja, Berlijn, zou ik zo zeggen,' zei ik.

'Dat zou ik ook gezegd hebben,' zei Tsjik en knikte ernstig.

En je kon zeggen wat je wou, maar het schuim met frambozen erop smaakte weer fantastisch. Ik zweer dat ik nog nooit zulk geil schuim met frambozen erop heb gegeten.

Ten slotte bedankten we voor het eten en terwijl we net afscheid wilden nemen, zei Tsjik nog: 'Ik heb ook nog een quizvraag. Hoe stel je met een horloge vast waar het noorden is als het horloge –'

'De kleine wijzer naar de zon! Dan de helft van de hoek naar de twaalf, die wijst naar het zuiden!' riep Friedemann.

'Correct,' zei Tsjik en schoof hem zijn schaaltje met de laatste framboos toe.

'Dat had ik ook geweten,' zei Florentine. 'Alleen omdat hij altijd zo schreeuwt.'

'Nou, ik had het misschíen geweten,' zei Jonas en boorde met een vinger in z'n oor. 'Misschien had ik het ook niet geweten. Ik weet niet, wist ik dat?' Twijfelend keek hij zijn moeder aan en zijn moeder streek hem liefdevol door het haar en knikte alsof hij het vast en zeker had geweten.

26

Ten afscheid liepen ze nog allemaal mee naar het tuinhekje en daar kregen we een gigantische pompoen cadeau. Die lag daar maar, een gigantische pompoen, die konden we meenemen voor als we honger hadden. We namen hem en wisten niet meer wat we moesten zeggen. Ze zwaaiden ons lang na.

'Te gekke mensen,' zei Tsjik en ik vroeg me af of hij dat serieus bedoelde. Mij leek dat hij dat niet serieus kon bedoelen, want hij had eerder ook met zijn wijsvinger op zijn voorhoofd getikt. Maar uit zijn gezichtsuitdrukking maakte ik op dat hij het wel degelijk serieus bedoelde. Dat hij het allebei serieus bedoelde. De wijsvinger was serieus bedoeld geweest, en 'te gekke mensen' was ook serieus bedoeld, en hij had volkomen gelijk: het waren te gekke, rare mensen. Die aardig waren en een beetje doorgedraaid, verdomd lekker eten maakten en bovendien waanzinnig veel wisten – behalve waar de supermarkt was. Dat wisten ze niet.

Maar die vonden we uiteindelijk ook zo. Toen we beladen met twee enorme Norma-boodschappentassen en een pompoen weer de straat insloegen waar de Lada stond, legde ik de pompoen op de grond en dook opzij de bosjes in om te pissen. Tsjik sjokte verder zonder zich om te draaien – en ik vertel het ook alleen maar zo uitvoerig omdat het helaas belangrijk is.

Toen ik weer uit de bosjes kwam, was Tsjik honderd, honderdvijftig meter verder gelopen en nog maar een paar stappen van de Lada verwijderd. Ik pakte de pompoen weer op en hetzelfde moment kwam uit een oprit precies halverwege Tsjik en mij een man die een fiets de straat op trok. Hij tilde de fiets op en zette die omgekeerd, op stuur en zadel. De man had een gelig hemd aan, een groene broek met twee broekklemmen en op de bagagedrager lag een witte pet die wegrolde toen hij de fiets omkeerde. En pas aan die pet herkende ik de politieagent. Ik kon ook zien wat we op de heenweg niet hadden gezien: voor de grote schuur stond niet alleen een klein rood bakstenen huis, aan het huis hing ook een klein groenwit politiebordje. De dorpssheriff.

De dorpssheriff had ons niet gezien. Hij draaide alleen aan de pedalen van zijn fiets, trok een sleutelbos uit z'n zak en probeerde de eraf gelopen ketting weer op het tandwiel te duwen. Dat lukte niet zonder zijn vingers te gebruiken. Toen bekeek hij zijn vieze handen en wreef ze tegen elkaar. En toen zag hij mij. Vijftig meter bij hem vandaan bergopwaarts: een jongen met een gigantische pompoen. Wat moest ik doen? Hij had gezien dat ik zijn richting op kwam, dus liep ik eerst maar door. Ik had alleen maar een pompoen en die pompoen was van mij. Mijn benen trilden, maar het leek de juiste beslissing: de dorpssheriff wendde zich weer naar zijn fiets. Maar toen keek hij nog eens op en ontdekte Tsjik. Tsjik was net bij de Lada aangekomen, had zijn boodschappentassen op de achterbank getild en stond op het punt op de bestuurdersplaats te gaan zitten. De handen van de politieagent hielden op tegen elkaar te wrijven. Hij tuurde star die kant op, zette een stap vooruit en bleef weer staan. Een jongen die in een auto stapt is nog niet meteen verdacht. Ook al gaat het om het bestuurdersportier. Maar zodra Tsjik de motor zou starten, was duidelijk wat er vervolgens zou gebeuren. Ik moest iets doen. Ik omklemde de pompoen met beide handen, hield hem hoog boven m'n hoofd en riep de straat af: 'En vergeet niet de slaapzak mee te nemen!'

Iets beters schoot me niet te binnen. De agent draaide zich naar mij om. Tsjik had zich ook omgedraaid. 'Vader zegt dat je de slaapzak mee moet nemen! De slaapzak!' schreeuwde ik nog een keer, en toen de agent weer naar Tsjik keek en Tsjik naar mij, greep ik snel naar mijn schedeldak en heupen (pet, pistool) om uit te leggen wat die man van beroep was. Want, zonder pet en met alleen die groenige broek was dat niet makkelijk te zien. Ik moet er tamelijk achterlijk uit hebben gezien, maar ik wist ook niet hoe je anders een politieagent uitbeeldde. En Tsjik begreep ook zo wat er aan de hand was. Hij verdween meteen in de auto en kwam er met een slaapzak in de hand weer uit. Toen deed hij het bestuurdersportier achter zich dicht en deed alsof hij afsloot (vader had me de sleutel gegeven, ik moest alleen iets pakken) en liep met de slaapzak op mij en de agent af. Maar niet meer dan zo'n tien stappen. Ik wist niet honderd procent zeker waarom hij bleef staan. Maar iets in het gezicht van de politieagent moet hem duidelijk hebben gemaakt dat onze misleidingsmanoeuvre niet de theatersensatie van de eeuw zou worden.

Want opeens liep Tsjik weer terug. Hij begon te rennen,

de agent rende achter hem aan, maar Tsjik zat al achter het stuur. Razendsnel parkeerde hij achteruit uit en de politieagent, nog altijd veertig meter bij hem vandaan, versnelde als een wereldkampioen. Vermoedelijk niet om de auto in te halen, dat haalde hij sowieso niet, maar om het kenteken te kunnen lezen. *Holy shit.* Een wereldkampioen op de sprint als dorpssheriff. En ik stond de hele tijd als verlamd met die pompoen op straat tot de Lada al op de horizon aankoerste en de politieagent zich eindelijk naar mij omdraaide. En wat ik toen gedaan heb – vraag het me niet. Normaal en als ik had nagedacht, had ik dat gegarandeerd niet gedaan. Maar er was al niets normaal meer en zo stom was het misschien ook weer niet. Ik rende namelijk naar de fiets. Ik smeet de pompoen weg en rende naar de fiets van de agent. Ik was er nu duidelijk dichterbij dan hij, slingerde de fiets bij het frame rechtop en sprong op het zadel. De politieagent schreeuwde, maar gelukkig schreeuwde hij nog op enige afstand, en ik begon op de pedalen te trappen. Tot dat moment was ik alleen maar waanzinnig gespannen geweest, maar toen werd het je reinste nachtmerrie. Ik trapte uit alle macht en kwam niet van m'n plek. De derailleur stond in de honderdste versnelling ofzo en ik kon het hendeltje niet vinden. Het geschreeuw kwam steeds dichterbij. Ik had tranen in m'n ogen en m'n dijbenen voelden alsof ze van inspanning elk moment konden knappen. De agent hoefde eigenlijk alleen zijn hand nog naar me uit te steken en toen begon ik langzaam op gang te komen en reed van hem weg.

27

Ik vloog over de kinderkopjes door het dorp. Tot het markt-plein had ik nog geen negentig seconden nodig en ik kon uitrekenen hoe gevaarlijk het was, omdat de politieagent op dit ogenblik misschien allang aan de telefoon hing. Als hij niet achterlijk was – en hij maakte niet de indruk achterlijk te zijn – belde hij gewoon iemand die me op de markt kon onderscheppen. Misschien hadden ze hier nog meer politieagenten. Ik racete op volle snelheid tussen de grijze huizen door, om hoeken heen en eindelijk een klein weggetje in, recht het veld in.

In de schemering lag ik in het bos, alleen, hijgend en gespannen, met de politiefiets onder dichte struiken en wachtte. En dacht na. En werd steeds wanhopiger. Wat moest ik doen? Ik was ergens honderd of tweehonderd kilometer ten zuiden of zuidoosten van Berlijn in een bos, Tsjik reed er nu vandoor in een lichtblauwe Lada met Mün-chens kenteken, met alle gealarmeerde politie-eenheden uit de omgeving achter zich aan en ik had geen idee hoe we elkaar ooit terug moesten vinden. Normaal gesproken zou je in zo'n geval waarschijnlijk proberen elkaar weer daar te treffen waar je elkaar uit het oog was verloren. Maar dat ging slecht: daar stond het huis van de dorpssheriff.

Een andere mogelijkheid was misschien geweest naar Friedemanns familie te gaan en daar een bericht achter te laten. Of te hopen dat Tsjik er eentje voor mij zou achterlaten. Maar om de een of andere reden leek me dat heel onwaarschijnlijk. Het dorp was heel klein, de mensen kenden elkaar gegarandeerd allemaal en Tsjik zou in geen geval nog een keer met de auto het dorp in kunnen. Hij had het hooguit na het vallen van de avond te voet kunnen proberen, op het gevaar af dat iedereen in het dorp allang van het voorval wist. En het leek me ook onwaarschijnlijk omdat iets anders me ineens veel waarschijnlijker leek.

Als je elkaar niet weer kunt treffen waar je elkaar uit het oog bent verloren, dan ga je maar terug naar de láátste veilige plek waar je voordien was: het kleine uitzichtplatform met de kiosk en de vlierbosjes.

Dat leek mij in elk geval logisch, terwijl ik daar met m'n gezicht in de modder lag. Dat was de simpelste oplossing, en hoe langer ik erover nadacht des te overtuigder was ik dat Tsjik daar ook op zou komen. Omdat ik er immers ook op gekomen was. Bovendien lag het uitzichtplatform heel gunstig. Het was ver genoeg van het dorp, maar dichtbij genoeg om met de fiets te bereiken. En Tsjik moet gezien hebben dat ik er met de fiets vandoor ben gegaan. Dus bracht ik de halve nacht in dat bosje door en reed toen bij het eerste licht met de fiets terug. Ik reed met een enorme bocht om het dorp heen, door het bos en over de velden. De weg was niet erg moeilijk te vinden, maar het was veel, veel verder dan ik had gedacht. Ik zag de heuvelrug in de verte in de nevel, maar hij kwam helemaal niet dichterbij en al snel had ik enorme dorst. En honger had ik ook. Rechts bij de velden stonden een paar huizen om een bakstenen kerkje en daar reed ik gewoon naartoe. Het plaatsje bestond uit drie straten en een bushalte. De straatnaambordjes waren in een vreemde taal en even dacht ik dat ik al in Tsjechië was of zoiets, maar dat kon helemaal niet. Iets wat op een grens leek zou ik toch wel opgemerkt hebben.

Er was ook een piepklein winkeltje. Maar het was dicht en het zag er niet naar uit dat het snel weer openging. De etalages waren bijna ondoorzichtig van het vuil, binnen op tafel lagen een half brood en verbleekte pakjes kauwgum, daarachter een rek vol DDR-wasmiddelen.

Bij de bushalte stond een geestelijk gestoorde midden op straat te pissen en met zijn piemel te zwaaien alsof hij er enorm plezier in had. Verder was er niemand op straat en de lage zonnestralen glansden als rode lak op de kinder-kopjes. Ik overwoog gewoon bij een voordeur aan te bellen en iemand te vragen mij iets te verkopen. Maar nadat ik ergens had aangebeld waar licht brandde – de naam op het belbordje was Lentz, dat weet ik nog precies – zonk de moed me meteen in de schoenen en ik vroeg alleen of ik misschien een glas water kon krijgen. De man die de deur open had gedaan was halfnaakt. Hij had een sportbroek aan en zweette. Jong en afgetraind, bandages om de polsen. 'Een glas water!' schreeuwde hij. Hij staarde me aan en wees toen op de kraan buiten aan het huis. Terwijl ik uit de kraan dronk, vroeg hij of alles in orde was met mij en ik legde uit dat ik een fietstocht ging maken. Hij lachte hoofdschuddend en vroeg nog eens of met mij álles in órde was. Ik wees op zijn bandages en vroeg of met hem alles in orde was. Toen werd hij meteen ernstig, knikte en de conversatie was ten einde.

Toen ik op het uitzichtplatform aankwam, was ik hele-

maal alleen op de berg en het was nog steeds vroeg in de
ochtend. Achter de zagerij stond alleen een zwarte auto,
de kiosk op de lege parkeerplaats was met een hangslot
vergrendeld. Ik liep omlaag naar de vlierbosjes, waar nog
afval van ons lag, maar van Tsjik geen spoor. Dat stelde
me waanzinnig teleur.

Uur na uur zat ik boven op het muurtje en wachtte. En
werd steeds triester. Dagjesmensen kwamen aanrijden
en touringcars, maar de hele dag geen Lada. Verder rond
gaan rijden leek me niet slim, want, als Tsjik ook rondreed
moest hij me op een gegeven moment toch vinden. En als
we allebei rondreden, zouden we elkaar nooit vinden. Op
een gegeven moment was ik er zeker van dat ze hem waarschijnlijk hadden opgepakt en ik stelde me erop in ook de
volgende nacht nog onder de vlierbosjes door te brengen,
toen mijn blik op een afvalbak viel. In die bak lagen een
hele hoop papier van chocoladerepen, lege bierflesjes en
kroonkurken, en toen schoot me ineens te binnen dat we
al ons afval de vorige nacht ook in die bak hadden gegooid.
We hadden niets laten liggen onder de vlierbosjes. Als een
gek rende ik terug – en daar lag een lege colafles. Ik bekeek
hem eens goed en boven in de hals stak een klein opgerold
briefje waarop stond: 'Ben in de bakkerij waar Heckel was.
Kom om zes uur, T.' Maar de zin was doorgestreept en er
stond een nieuwe onder: 'Graaf Lada werkt in de zagerij.
Blijf hier, ik kom je bij zonsondergang halen.'

Tot de avond zat ik gelukkig op het uitzichtplatform, en
toen ongelukkig en steeds ongelukkiger. Tsjik kwam niet.
Toeristen kwamen ook niet meer, alleen een zwarte auto
draaide achter op de weg rondjes. Die draaide daar al sinds
de schemering en ik weet niet hoe blind je eigenlijk kunt
zijn, want pas toen de auto voor mij stopte en een man

met een Hitlersnorretje het portier opende, merkte ik dat het logischerwijs ook een Lada was. Onze Lada.

Ik omarmde Tsjik en stompte hem en omarmde hem weer. Ik kalmeerde maar niet.

'Man!' schreeuwde ik. 'Man!'

'Hoe vind je de kleur?' vroeg Tsjik en toen schoten we al vol gas de heuvel af.

Ik vertelde wat ik allemaal had gedaan sinds we elkaar kwijt waren geraakt, maar wat Tsjik te vertellen had, was duidelijk interessanter. Hij was op de vlucht toevallig weer langs de bakkerij gekomen waar we Heckel waren tegen-gekomen, en niet ver daarvandaan had hij eerst de Lada maar eens geparkeerd, omdat het rondrijden op de weg hem te gevaarlijk werd. Hij was voor de bakkerij gaan zit-ten en had de hele dag alleen maar politieauto's gezien.

Uiteindelijk was hij te voet naar het uitzichtplatform gelopen, dat er maar een paar kilometer vandaan was, en daar had hij eerst op mij gewacht, en omdat ik niet kwam, omdat ik immers in het bos overnachtte, had hij ten slotte het briefje met de bakkerijzin in de colafles gestoken en was de hele weg teruggelopen naar de Lada. Daarbij was hij langs een bouwmarkt gekomen en had plakband en een doos met spuitbussen gejat en was, toen er geen politie meer op straat was, weer naar het uitzichtplatform gereden. Daar had hij de tweede zin op het briefje geschreven en toen was hij in de zagerij de Lada gaan spuiten. En aan al het andere had hij ook gedacht: aan de Lada hingen nu kentekenplaten uit Cottbus.

Toen ik Tsjik over de man met de bandages vertelde en van de man bij de bushalte zei hij dat dat hem ook al was opgevallen, dat er hier veel gekken waren. Alleen wat dat met die opschriften in die vreemde taal moest, wist hij ook niet.

'Russisch is het in elk geval niet,' zei hij en we keken naar een paar merkwaardige borden die in het licht van de eerste lantaarns voorbijgleden.

28

De volgende dag waren we weer op de snelweg. Dit keer niet per ongeluk. We voelden ons zeker genoeg, we wilden sneller opschieten en dat deden we ook. En wel ongeveer vijftig kilometer. Toen wees Tsjik op de benzinemeter, die al ver in het rood stond.

'Shit,' zei hij.

Daar hadden we van tevoren helemaal niet aan gedacht, dat we moesten tanken. Aanvankelijk leek me dat ook geen groot probleem. Twee kilometer verderop was een tankstation en we hadden geld genoeg. Maar toen bedacht ik dat twee tweedeklassers in een auto waarschijnlijk niet waanzinnig goed overkwamen bij het personeel daar. Dat hadden we wel eerder kunnen bedenken.

'Hier, vijftig utjes! De rest is voor u,' zei Tsjik tot een denkbeeldige pompbediende en lachte zich halfdood.

Toch reden we bij het tankstation eerst de weg maar eens af. Het was even na twaalven en het wemelde van de mensen. Tsjik koerste achter een dieselpomp langs en parkeerde tussen twee grote vrachtwagens met aanhangers, waar niemand ons kon zien. We keken gedeprimeerd om ons heen. Tsjik dacht dat we nooit aan benzine zouden komen en ik stelde voor met de tennisbal gewoon de volgende auto open te maken.

'Veel te druk,' zei Tsjik.

'Laten we gewoon wachten tot het minder druk is.'

'Laten we gewoon tot de avond wachten,' zei hij, 'dan gaat de een naar de buitenste pomp, de ander rijdt er met de Lada heen – en tsjak tanken en weg. Scheelt ons ook nog geld.'

Tsjik vond het een briljant plan, minstens Hannibal over de Alpen. En ik had hem misschien gelijk gegeven als ik had geweten hoe dat moest, tanken. Maar ik had nog nooit zo'n benzineslang in de hand gehad en toen bleek dat Tsjik er ook nog geen in de hand had gehad. In de greep zit niet alleen een grote hendel, maar ook nog een kleine om 'm vast te zetten ofzo. Ik had het m'n vader al vaak zien doen, maar nooit goed genoeg gekeken.

Daarom kochten we in het tankstation eerst twee Magnums en gingen op de stoep tegenover de benzinepompen zitten om de mensen bij het tanken te observeren. Het leek echt niet zo moeilijk. Alleen duurde het steeds een eeuwigheid voordat de tank vol was. En altijd stonden er mensen naast en de pompbediende hield door zijn panoramaruit alles in de gaten. We hadden natuurlijk ook maar een paar liter kunnen tanken om vervolgens weg te scheuren, maar dan hadden we er bij het volgende tankstation meteen weer af gemoeten.

'Heb je de tennisbal niet meer?' vroeg ik. Ik wees over de parkeerplaats: zoveel mooie auto's.

'We kunnen niet elke keer als de tank leeg is een nieuwe auto jatten.'

'Maar je hebt de bal nog?' Ik keek Tsjik aan. Hij had

zijn armen om zijn knieën geslagen en zijn hoofd in zijn armen verstopt.

'Jajaja,' zei hij en legde uit dat we de Lada toch eigenlijk ook terug wilden brengen en dat we niet honderd auto's, de een na de ander, konden jatten en zo verder. En ik vond het allemaal plausibel. Maar wat als onze reis daarom nu ten einde was?

Een rode Porsche stopte bij de pomp, een jonge vrouw met steil blond haar stapte uit en greep met roze vinger-nagels naar de benzineslang – en plotseling schoot me te binnen hoe we aan benzine konden komen. We hoefden de benzine toch alleen maar uit een andere auto te halen! Dat was heel makkelijk. Daar had je alleen een slang voor nodig. Die stak je boven in de tank, je zoog er een keer aan en dan liep alles er boven uit. Dat had ik uit een boek dat ik had gekregen toen ik voor het eerst naar school ging, een boek waarin je de hele wereld uitgelegd kreeg, een boek voor zesjarigen. En logischerwijs werd zesjarigen niet uitgelegd hoe je benzine jat. Maar ik herinnerde me een plaatje van een getekende tafel waarop een getekende kan stond. In de kan zat water, en door een slang stroomde het water er gewoon over de rand uit. Dat berustte op de een of andere natuurkundige kracht.

'Wat wil je me vertellen? Dat water van beneden naar boven loopt?'

'Je moet het aanzuigen.'

'Nog nooit van zwaartekracht gehoord? Dat loopt niet omhoog.'

'Omdat het immers daarna naar beneden loopt. Het loopt alles bij elkaar meer naar beneden, vandaar.'

'Maar dat weet de benzine toch niet, dat het later nog omlaag gaat.'

'Dat is een natuurkundige wet. Dat heeft ook een naam, iets met krachten. En vaten. Wet van de puntje-puntje-krachten.'

'Lulkoek,' zei Tsjik, 'de lulkoek-bingo-wet.'

'Heb je dat nooit in een film gezien?'

'Ja, in de film.'

'Ik heb het uit een boek,' zei ik. Ik zei maar niet dat het een boek voor zesjarigen was geweest. 'Iets met een K. Kapitaalkracht. Wet van de kapitale kracht ofzo.'

'Kapitale bullshit, man.'

'Nee, het is ook wat anders... ik weet het! Communaal, het principe van de communale vaten.'

Toen zei Tsjik een tijdje niks meer. Hij geloofde het nog steeds niet. Maar dat de naam van de wet me te binnen was geschoten, had hem de wind uit de zeilen genomen. Ik heb hem nog uitgelegd dat de communale kracht nog sterker is dan de zwaartekracht en alles, maar vooral om ons moed in te praten en omdat ik niet wou dat de reis al ten einde was. Want, gezíen had ik dat met die slang nog nooit.

We namen nog een Magnum en toen nog een, en toen we nog steeds geen beter idee hadden, besloten we het tenminste een keer te proberen.

29

Probleem was natuurlijk dat we geen slang hadden. We zochten eerst het terrein achter het tankstation af, toen de bosjes, toen een veld, toen steeds verder weg. We vonden wieldoppen, stukken plastik, statiegeldflessen, massa's bierblikjes en ten slotte zelfs een jerrycan van vijf liter zonder dop, maar iets wat op een slang leek vonden we niet. We zochten bijna twee uur en riepen elkaar steeds nieuwe plannen toe om hier weer weg te komen. De plannen werden steeds absurder en dat drukte de stemming. Nergens een kloteslang te bekennen, geen buis, geen kabel. Terwijl je dat soort troep als je het niet nodig had voortdurend overal zag rondslingeren.

Tsjik ging de tankshop binnen en keek bij de autospullen en overal, maar slangen hadden ze niet. In plaats daarvan kwam hij met een handvol rietjes weer naar buiten. We probeerden die rietjes tot één lang rietje in elkaar te steken, en uiteindelijk had ook een driejarige met hersenletsel bij de aanblik van die knikkende constructie gezien dat we zo niet konden tanken.

En toen schoot Tsjik nog iets te binnen. En wel dat we

onderweg langs een vuilstort waren gekomen. Ik kon me geen vuilstort herinneren, maar Tsjik was er heel zeker van. Aan de rechterkant, maar een paar kilometer voor het tankstation, daar hadden gigantische afvalbergen gelegen. En als er ergens slangen waren, dan toch gegarandeerd daar.

We liepen almaar langs de vangrail over een uitgesleten paadje en dan weer door het bos en over velden en afrasteringen, steeds met de snelweg in zicht. Het was even warm geworden als de dagen ervoor en voor de bosrand hingen insecten als nevelflarden. We liepen ruim een uur zonder een afvalberg tegen te komen en ik had al geen zin meer en wou het zaakje met die slang opgeven. Maar nu was Tsjik ineens finaal overtuigd van het slangidee en hij wou per se niet zonder slang terug, en terwijl we nog in discussie waren, doemde aan de bosrand een gigantisch bramenveld op. Het liep bijna honderd meter door en de meeste bramen waren nog niet rijp, maar waar de zon er vol op scheen, waren ook al veel rijpe en ze smaakten fantastisch. Ik weet niet of ik het al gezegd heb, maar ik vind niets in de wereld lekkerder dan bramen. Daar bleven we dus eerst maar eens en plukten ieder honderd kilo, en naderhand zagen we er geschminkt uit, ons hele gezicht paars.

Daarna voelde ik me weer grandioos en ik had er niks op tegen nog uren door te lopen op zoek naar een slang. En we hadden inderdaad nog bijna twee uur nodig tot de afvalbergen in zicht kwamen. Gigantische bergen, helemaal door bos en snelweg omgeven, en we waren niet de enigen die daar rondklauterden. Ergens helemaal achteraan liep een oude man gebukt elektriciteitskabels te verzamelen. En er was ook een meisje van onze leeftijd, helemaal vervuild. En twee kinderen. Maar die leken niet bij elkaar te horen. Ik had een berg met huisafval onder handen en vond twee fotoalbums die ik Tsjik wilde laten zien. Het ene was van een familie, alleen maar foto's van vader, moeder, zoon en hond, en op elk beeld straalden ze allemaal, zelfs de hond. Ik bladerde het album door, maar uiteindelijk smeet ik het toch weer weg, omdat het me deprimeerde. Ik moest aan m'n moeder denken en hoe slecht het met haar ging en wat voor verdriet ik haar waarschijnlijk bezorgde als dit hier allemaal uitkwam. Toen gleed ik uit over een glibberige houten plank en viel in een berg rottend fruit.

Tsjik was een andere berg opgeklommen en had een grote bruine plastic jerrycan met vuldoppen gevonden. Hij trommelde er met zijn vuist op en zwaaide hem boven zijn hoofd. De jerrycan was natuurlijk super. Maar slangen – ho maar.

Ik keek vooral uit naar wasmachines, maar bij alle wasmachines die ik vond was de trommel er om de een of andere reden uitgehaald en de slang gedemonteerd. Toen de gebogen man langs me sloop, vroeg ik of hij toevallig wist waarom bij alle wasmachines de slangen ontbraken, maar hij hief nauwelijks z'n blik op en wees alleen maar op z'n oren alsof hij doof was. Ook het vervuilde meisje klauterde een keer als een klein, snel dier langs me zonder me aan te kijken. Ze liep blootsvoets, haar benen waren zwart tot aan de knieën. Daarboven droeg ze een opgerolde legerbroek en een besmeurd T-shirt. Ze had smalle ogen, dikke lippen en een platte neus. En haar haren zagen eruit alsof het apparaat tijdens het knippen kapot was gegaan. Ik sprak haar maar liever helemaal niet aan. Onder haar arm hield ze een houten kistje en ik was er niet zeker van of ze dat hier gevonden had of dat ze er iets in bewaarde, of wat ze hier überhaupt zocht.

Uiteindelijk trof ik Tsjik weer op de grote berg en we hadden allebei niks gevonden behalve die tien-literjerrycan. Maar wat hadden we daaraan? Deze afvalberg was er een zonder slangen. Helemaal boven gingen we op een ontmantelde wasmachine zitten en de zon hing al vlak boven de boomkruinen. Het zoeven van de snelweg was zachter geworden, de gebogen man en de kleine kinderen waren niet meer te bekennen. Alleen het vieze meisje zat nog tegenover ons op een andere berg. Haar benen hingen uit de open deur van een oude huiskamerkast. Ze riep het een of ander in onze richting.

'Wat?' riep ik.

'Stelletje imbecielen!' riep ze.

'Ben je geschift?'

'Je hebt me wel gehoord, imbeciel! En je vriend is ook een imbeciel!'

'Wat is dat nou voor kutwijf?' zei Tsjik.

Lange tijd zag je van het meisje alleen de benen die uit de kast bungelden. Toen kwam ze overeind en begon een paar laarzen aan te trekken die naast haar in een vak stonden. Ondertussen keek ze naar ons.

'Ik heb wat!' schreeuwde ze, waarmee ze blijkbaar niet de laarzen bedoelde. 'Hebben jullie ook wat?'

'Gaat je geen donder aan!' schreeuwde Tsjik terug.

Ze hield even op aan haar veters te prutsen. Toen boog en strekte ze haar voeten en riep: 'Jullie zijn toch te stom om te neuken!'

'Ga je lekker vingeren en hou je kop!'

'Russische nicht!'

'Ik kom naar de overkant, hoor.'

'De booswicht wil oversteken! En wat wil je doen als je hier bent? Nou, hup, kom dan. Kom dan hier, pussy. Ik bibber nu al.'

'Die spoort toch niet,' zei Tsjik.

De kloof tussen de afvalbergen was zo steil dat je minstens drie minuten nodig had om naar de overkant te klauteren.

Het bleef een poosje stil, toen riep ze weer: 'Wat zochten jullie dan?'

'Een hoop stront,' zei Tsjik.

'Slangen!' riep ik. Het gescheld werd me langzaam te veel. 'We zochten slangen. En jij?'

Een kraai fladderde boven de bergen en landde in glijvlucht op een groot stuk blik. Het meisje antwoordde niet. Ze leunde gewoon weer in de wandkast achterover.

'En jij?' riep ik.

Lange tijd waren alleen haar vieze kuiten te zien. Na een tijdje kwam een hand tevoorschijn.

'Slangen zijn daarginds.'

'Wat?'

'Daarginds.'

'Die zit een beetje gewichtig te doen,' zei Tsjik.

'Ik heb je wel gehoord!' schreeuwde het meisje met ongelooflijk volume.

'Ja, en?'

'Klotespleetoog!'

'Waar, ginds?' riep ik.

'Nou, waar wijs ik dan heen?'

Je kon haar knie en haar hand zien en, om eerlijk te zijn, de hand wees ergens naar de hemel. Een paar minuten bleef het stil. Ik klom van onze afvalberg naar beneden en die van het meisje omhoog.

'Waar, ginds?' vroeg ik toen ik hijgend voor de wandkast stond.

Het meisje lag daar onbeweeglijk en staarde naar mijn hals. 'Kom eens hier. Vooruit, kom eens hier.'

'Waar, ginds?' zei ik en plotseling sprong ze op. Geschrokken deed ik een stap terug en viel bijna. Recht achter me ging het een paar meter omlaag. 'Weet jij nu waar de slangen zijn of niet?'

'En jij bent hier de homo met de spleetogenvriend, toch?' Ze veegde een stuk fruit dat ik over het hoofd had gezien van mijn T-shirt. Toen pakte ze haar houten kistje uit de kast, klemde het onder haar arm en ging voorop. De volgende berg op en toen de volgende en toen bleef ze staan en wees omlaag: 'Daar!'

Aan de voet van de afvalberg lag een kleine hoop oud ijzer en daarachter een enorme hoop slangen. Lange slangen, korte slangen, allerlei soorten slangen. Tsjik, die via omwegen achter ons aan geklauterd was, pakte meteen een dikke wasmachineslang. 'Ingebouwde kromming!' riep hij stralend. Het meisje keurde hij geen blik waardig.

'Kromming is kut,' zei ik. Ik schroefde de slang van een douchekop af.

'Waarvoor willen jullie dat hebben?'

'Kromming is altijd goed,' zei Tsjik en stopte het kromme einde in de jerrycan.

'Hé, ik vraag je wat,' zei het meisje.

'En wat?'

'Waarvoor wil je dat hebben?'

'Voor m'n vaders verjaardag.'

Vreemd genoeg vloekte ze niet, maar trok alleen een geërgerd gezicht. Ze zei: 'Ik heb jullie die shit gewezen, nu kunnen jullie me ook zeggen waarvoor jullie het nodig hebben.'

Tsjik zat op z'n knieën op de hoop, bekeek de ene wasmachineslang na de andere en hield ze in de jerrycan.

'Waarvoor!'

'We hebben een auto gejat,' zei Tsjik. 'En nu moeten we nog benzine jatten.'

Hij blies door een enorme slang en keek het meisje daar-bij aan.

Ze bestookte hem met nog ongeveer honderd scheld-woorden. 'Was toch duidelijk, stelletje superspasten. Als ik jullie die shit al wijs. Maar typisch. Doe lekker wat jullie willen.' Ze veegde met haar mouw over haar hele gezicht en ging toen met haar houten kistje op een tractorband zitten. Ik hield de doucheslang omhoog om Tsjik daarmee het teken voor de aftocht te geven. Met de jerrycan en drie slangen begonnen we aan de terugweg.

'Wat willen jullie er echt mee?' riep het meisje ons achterna.

'Je werkt op m'n zenuwen.'

'Hebben jullie iets te eten?'

'Zien we er zo uit?'

'Jullie zien eruit als spasten.'

'Je vervalt in herhaling.'

'Hebben jullie geld?'

'Voor jou of wat?'

'Zonder mij hadden jullie die nooit gevonden.'

'Gefeliciteerd, ga je lekker?'

Tsjik en het meisje bestookten elkaar nog toen we bijna buiten gehoorsafstand waren. Hij draaide zich steeds weer om en schreeuwde haar beledigingen toe en zij schreeuwde van de afvalbergen terug. Ik hield me er liever buiten.

Maar toen kwam ze opeens achter ons aan gerend. En op de een of andere manier had ik er meteen een merk-waardig gevoel bij, toen ik zag hóe ze achter ons aan rende. Normaal gesproken kunnen meisjes helemaal niet rennen, of alleen zo slenterig. Maar die kon rennen. En ze rende met haar houten kistje onder haar arm of het om leven en dood ging. Ik was nou niet direct bang voor haar zoals ze daar op ons afschoot. Maar een beetje onheilspellend vond ik haar wel.

'Ik heb honger,' zei ze terwijl ze zwaar hijgend voor ons stilstond. Daarbij keek ze ons zo'n beetje aan alsof ze tv keek.

'Daarachter zijn bramen,' zei ik.

Ze maakte met haar wijsvinger een cirkeltje om haar mond en zei: 'En ik dacht al dat jullie níchten waren. Vanwege die lippenstift hier.'

Tsjik en ik liepen gewoon verder en Tsjik fluisterde nog een keer tegen mij dat ze niet helemaal spoorde.

Maar we waren nog niet ver gekomen, toen we haar alweer hoorden schreeuwen.

'Hé!' schreeuwde ze.

'Wat, hé?'

'Waar zijn ze? Die bramen, man! Waar zijn de bramen?'

30

De terugweg leek me duidelijk korter dan de heenweg.
Misschien kwam dat omdat het meisje zonder ophouden
praatte. Ze liep eerst achter ons en toen tussen ons in en
toen aan de overkant van de weg. Tsjik kneep een keer zijn
neus dicht terwijl hij me aankeek en het klopte. Ze stonk.
Het meisje stonk verschrikkelijk. Op de vuilstort merkte
je dat niet zo, omdat de hele vuilstort stonk. Maar er kwam
een gigantische stank van haar af. Een striptekenaar zou
vliegen om haar hoofd laten gonzen. En daarbij praatte
ze zonder ophouden. Ik herinner me niet precies wat ze
allemaal zei, maar ze vroeg bijvoorbeeld keer op keer waar
we woonden, of we naar school gingen, of we goed in
wiskunde waren (dat vond ze heel belangrijk, of we goed
in wiskunde waren). En of we broers en zusjes hadden, of
we Cantors oneindigheidsdinges kenden enzovoort. Maar
als je op jouw beurt vroeg waarom ze dat allemaal wou
weten, kwam er nooit een antwoord. Ook wat ze zelf op
de vuilstort had gezocht – geen antwoord.

In plaats daarvan had ze het erover dat ze later ooit bij de
tv wou werken. Het was haar droom een quiz te presenteren

'omdat je er dan goed uitziet en iets met woorden doet'. Ze had een nichtje die dat deed en dat was een 'superjob' en ze was eigenlijk 'totaal overgekwalificeerd' en je hoefde alleen 's nachts te werken.

Toen ze lang genoeg over de tv had gepraat, kwam ze ook nog een keer terug op dat geintje met de autodiefstal en ze vond Tsjik best een lollig type, en ze had in zichzélf hard moeten lachen om dat geintje met de auto, en Tsjik krabde zich op het hoofd en zei, ja, dat had ze goed gezien, hij was inderdaad een behoorlijk lollig type soms, en daarom wou hij zijn vader voor zijn verjaardag ook een slang geven.

'En jij bent eerder zo'n stille,' zei het meisje en stompte tegen m'n schouder en vroeg nog een keer of ik écht op school zat, en ik dacht: hopelijk komen de bramenvelden snel, anders raken we haar nooit meer kwijt.

Ik dacht ook dat het meisje op een gegeven moment vanzelf terug zou gaan, maar ze liep echt de drie of vier kilometer mee tot die bramenhaag. Inmiddels had ik ook alweer honger en Tsjik ook en we stortten ons met z'n drieën op de bramen.

'We moeten haar op de een of andere manier kwijt zien te raken,' fluisterde Tsjik en ik keek hem aan alsof hij had gezegd dat we onze voeten niet moesten afzagen.

En toen begon het meisje te zingen. Heel zachtjes eerst, in het Engels, en steeds onderbroken door kleine pauzes als ze op de bramen kauwde.

'Nu zingt ze ook nog beroerd,' zei Tsjik en ik zei niks, want in werkelijkheid zong ze niet beroerd. Ze zong 'Survivor' van Beyoncé. Haar uitspraak was absurd. Ik had de indruk dat ze helemaal geen Engels kon, ze deed alleen de woorden na. Maar ze zong waanzinnig mooi. Met duim en wijsvinger duwde ik voorzichtig een tak weg en ik keek door de bladeren naar het meisje dat daar zingend en neuriënd en op bramen kauwend tussen de struiken stond. Daarbij nog de bramensmaak in mijn eigen mond en de oranjerode schemering boven de boomkruinen en op de achtergrond het onafgebroken zoevende geluid van de snelweg – ik voelde me ineens heel eigenaardig.

'Wij gaan nu alleen verder,' zei Tsjik toen we weer op de weg stonden.

'Hoezo?'

'We moeten naar huis.'

'Dan kom ik mee. Dat is ook mijn kant op,' zei het meisje, en Tsjik zei: 'Dat is helemaal niet jouw kant op.'

Hij legde haar ongeveer vijfhonderd keer uit dat we haar er niet bij wilden hebben, maar ze haalde alleen maar haar schouders op en liep achter ons aan en ten slotte ging Tsjik voor haar staan en zei: 'Weet je eigenlijk dat je stinkt? Je stinkt als een hoop stront. Nou, rot op.'

Terwijl we doorliepen had ik een paar keer de indruk dat ze ons nog steeds volgde. Maar ze leek langzamer te worden en al snel zagen we haar niet meer. Het duister kroop tussen de bomen. Een keer ritselde het in het kreupelhout, maar dat was misschien alleen maar een dier.

'Als die ons achternaloopt is dat megakut,' zei Tsjik.

Om geen risico te nemen liepen we een beetje sneller en verstopten ons toen na een scherpe bocht in de bosjes en wachtten. We wachtten minstens vijf minuten, en toen het meisje niet achter ons aangeslopen kwam, liepen we terug naar het tankstation.

'Dat van dat stinken had je niet moeten zeggen.'

'Ik moest toch iets zeggen. En vriend, stonk díe ongenadig! Die woont gegarandeerd op die vuilstort. Aso.'

'Maar mooi gezongen heeft ze,' zei ik na een tijdje. 'En logisch woont ze niet op de vuilstort.'

'Waarom vraagt ze dan om eten?'

'Ja, maar we zijn hier niet in Roemenië. Hier woont niemand op de vuilstort.'

'Heb je niet gemerkt hoe ze stonk?'

'Zo ruiken wij nu waarschijnlijk ook.'

'Die woont daar, gegarandeerd. Van huis weggelopen. Geloof me, ik ken zulke lui. Die is doorgedraaid. Superfiguurtje, maar totaal aso.'

Links boven de snelweg verschenen de eerste sterren. We hadden moeite de weg te vinden en ik stelde voor vlak langs de rijbaan te lopen, in het licht van de koplampen, omdat we ons anders waarschijnlijk zouden verlopen. Dat was een bezopen argument, omdat je ook in het bos nog altijd het zoeven van de snelweg kon horen. Maar, eerlijk gezegd, ik werd een beetje bang in het donker. Waarom wist ik ook niet. Angst voor rondlopende misdadigers kon het moeilijk zijn. De enige misdadigers die in dit bos rondliepen, waren we gegarandeerd zelf. Maar misschien was dat het wat me onrustig maakte. Dat me dat ineens duidelijk werd. En ik was blij toen voor ons de neonlichten van het tankstation weer door de bladeren schenen.

31

Het eerste wat we toen deden was ijs en cola kopen. We verstopten de jerrycan en de slangen achter de vangrails en liepen ijs etend over de achterste parkeerplaats en testten in het voorbijgaan de tanks van de geparkeerde auto's uit. Niet eentje ging open. Ik begon al bijna te wanhopen toen Tsjik eindelijk een oude Golf met een kapotte tankdop vond.

We wachtten nog tot het echt pikdonker was en wijd en zijd geen mens meer te zien en gingen aan de slag.

De wasmachineslang was zo stijf dat we hem meteen weg konden gooien. Maar met de doucheslang kwam je goed in de tank. Alleen kwam er helaas geen benzine. Terwijl de tank vol was. Onderaan was de slang vijftien centimeter nat.

Nadat ik tien keer had aangezogen en er desondanks niks kwam en Tsjik het ook nog tien keer had geprobeerd, keek hij me aan en zei: 'Wat was dat ook weer voor boek? Waar had je dat vandaan?'

En ik had absoluut geen zin te vertellen wat voor boek het was. Ik ging door met aanzuigen en merkte dat ik de benzine in de slang zelfs omhooggezogen kreeg. Eén keer kwam die tot aan m'n lippen, maar meer dan drie druppels stroomden er uiteindelijk niet uit. We knielden tussen de geparkeerde auto's en keken elkaar aan.

'Ik weet hoe het functioneert,' zei Tsjik ten slotte. 'Je laat het in je mond komen en spuugt het in onze tank. Dat functioneert honderd procent.'

'En waarom ik?'

'Was het mijn idee?'

'Ik heb een beter idee: heb je de tennisbal nog?'

'Ach man,' zei Tsjik. 'Ach man. Dat gaat niet.'

'Het is pikkedonker. Niemand ziet ons.'

'Dat gáát niet,' zei Tsjik en keek me aan alsof alles hem pijn deed. 'Je geloofde dat toch niet echt, wel? Je kunt met een tennisbal geen auto kraken. Anders zou iedereen dat doen. De Lada was steeds open, heb je dat niet gemerkt? Het slot is kapot, of de eigenaar heeft hem nooit op slot gedaan, weet ik veel. Ik geloof dat hij hem nooit op slot gedaan heeft. Want, zo'n roestbak jat toch geen mens. M'n broer heeft dat een keer ontdekt en – kijk me niet zo aan! M'n broer heeft mij ook verneukt met die tennisbal... o jee. Niet omdraaien.'

'Wat is er?'

'Kop omlaag. Daar is iemand, bij de containers.'

Ik leunde zijdelings tegen de Golf en probeerde voorzichtig over m'n schouder te kijken.

'Nu is hij weg. Er was een schaduw achter de vangrail, waar de glascontainer staat.'

'Laten we 'm dan smeren.'

'Daar is-ie weer. Ik ga even roken.'

'Wat?'

'Dekmantel.'

'Klotedekmantel. Laten we 'm smeren!'

Tsjik stond op en schoof de slang en jerrycan in één beweging met z'n voet onder de Golf. Het maakte een hels kabaal. Ik stond ook voorzichtig op. Achter de containers bewoog iets. Ik zag het uit m'n ooghoeken.

'Kunnen ook takjes zijn,' mompelde Tsjik. Hij stak een sigaret op, vlak boven de tank.

'Smijt er toch meteen een lucifer in.'

Hij nam een paar trekjes en begon met rekoefeningen. Het was met stip de stomste dekmantel die ik ooit had gezien.

Toen liepen we extra langzaam terug naar de Lada. Terwijl ik wegslenterde duwde ik met m'n heup nog de tankklep dicht.

'Stelletje imbecielen!' schreeuwde iemand achter ons.

We keken het donker in, waar de stem vandaan kwam.

'Een halfuur zitten jullie te prutsen zonder er iets uit te krijgen, stelletje imbecielen. Stelletje superprofi's!'

'Kun je misschien nog harder gillen?' zei Tsjik terwijl hij bleef staan.

'En dan nog roken!'

'Gaat het nog harder? Kun je het alsjeblieft over de hele parkeerplaats gillen?'

'Jullie zijn nog te stom om te neuken.'

'Klopt. Kun je nu oprotten?'

'Ooit iets over aanzuigen gehoord?'

'En wat doen we hier de hele tijd? Vooruit smeer 'm.'

'Pst!' zei ik.

Tsjik en ik stonden gebukt tussen de auto's, alleen het meisje kon het natuurlijk allemaal niks schelen. Ze overzag de hele parkeerplaats.

'D'r is toch helemaal niemand, stelletje angsthazen. Nou, waar hebben jullie de slang?'

Ze trok onze spullen onder de Golf uit. Toen stopte ze het ene eind van de slang in de tank en het andere eind en een vinger in haar mond. Ze zoog tien-, vijftienmaal, alsof ze lucht dronk, toen nam ze de slang met haar vinger erop uit haar mond.

'Zo. En nou, waar is de jerrycan?'

Ik zette de jerrycan voor haar neer, ze hield de slang in de opening en de benzine spoot uit de tank. Helemaal vanzelf en het hield gewoon niet meer op.

'Hoezo ging dat bij ons niet?' fluisterde Tsjik.

'Dat hier moet onder de waterspiegel zijn,' zei het meisje.

'O ja, onder de waterspiegel,' zei ik.

'O ja,' zei Tsjik en we keken hoe de jerrycan langzaam vol raakte. Het meisje hurkte op de grond en toen er niks meer kwam, schroefde ze de dop er weer op en Tsjik fluisterde: 'Wat voor wáterspiegel?'

'Vraag het haar, eikel die je bent,' fluisterde ik terug.

32

En zo leerden we Isa kennen. Met haar ellebogen op onze rugleuningen keek ze vanaf de achterbank oplettend toe hoe Tsjik de Lada startte en gas gaf. En natuurlijk hadden we daar helemaal geen zin in. Maar na die benzinekwestie was het moeilijk haar niet op z'n minst een stuk mee te nemen. Ze wou het per se, en nadat ze had gehoord dat wij Berlijners waren, zei ze dat dat precies haar kant op was. En toen we uitlegden dat we nu juist niet naar Berlijn reden, zei ze dat dat ook precies goed was. Bovendien probeerde ze erachter te komen waar wij eigenlijk naartoe wilden, maar omdat ze ons niet kon zeggen waar zij heen wou, zeiden wij haar ook alleen dat we ongeveer richting zuiden reden en toen schoot haar te binnen dat ze een halfzus in Praag had bij wie ze dringend op bezoek moest. En dat lag vrijwel op de route en het was, zoals gezegd, moeilijk haar wens te negeren, omdat we zonder haar niet eens benzine hadden gehad.

Toen we op de snelweg reden, hadden we alle raampjes open. Toch rook je het nog – al was het niet meer zo sterk. Tsjik had onderhand geen probleem meer met de snelweg, hij reed als Hitler in z'n beste dagen, en Isa zat achterin en kletste zonder ophouden. Ze was ineens heel vrolijk en schudde onder het praten aan onze rugleuningen. Niet dat ik dat normaal vond, maar vergeleken met het gescheld voorheen was het altijd nog een vooruitgang. En ook wat ze daar zat te vertellen, was helemaal niet altijd oninteressant. Ik bedoel, ze was op haar manier niet stom, en ook Tsjik beet zich na een tijdje op de lippen en luisterde naar haar en knikte. Ja, dat was hem ook al opgevallen, dat in de spiegel links en rechts verwisseld waren maar boven en onder niet.

Toch was het tussen die twee nog niet helemaal over. Toen Isa een keer haar hoofd tussen de stoelen naar voren stak, wees Tsjik op haar haren en zei: 'Daar leven dieren in,' en Isa trok meteen haar hoofd terug en zei: 'Weet ik,' en een, twee kilometer verder vroeg ze: 'Hebben jullie niet toevallig een schaar? Want, ik zou m'n haren eens moeten knippen.'

Aan de hand van de borden bij de afritten probeerden we erachter te komen waar we überhaupt waren. Maar niemand kende de namen van de steden. Ik had het vermoeden dat we helemaal niet opgeschoten waren met onze provinciale wegen en landweggetjes. Maar het maakte eigenlijk ook weinig uit. Mij tenminste. De snelweg ging ook allang niet meer naar het zuiden, en op een gegeven moment sloegen we af en reden weer over secundaire wegen de zon achterna.

Isa wou onze enige muziekcassette horen en na één nummer wou ze dat we hem uit het raam smeten. Toen doemde voor ons aan de horizon een reusachtige bergketen op, we reden er recht op af. Kolossaal hoog en met rotspieken erop. We hadden geen flauw idee wat dat voor bergen waren. Er stond ook geen bord bij. De Alpen zeker niet. Maar waren we überhaupt nog in Duitsland? Tsjik bezwoer dat er in Oost-Duitsland geen bergen waren. Isa dacht dat er wel een paar waren, maar die waren hoogstens een kilometer hoog. En ik herinnerde me dat we bij aardrijkskunde als laatste Afrika hadden doorgenomen. Daarvoor Amerika, daarvoor Zuidoost-Europa, dichter bij Duitsland waren we nooit gekomen. En nu dat gebergte dat daar niet hoorde. In elk geval waren we het erover eens dat het daar niet hoorde. Het duurde nog ongeveer een halfuur, toen kropen we langzaam de haarspeldbochten omhoog.

We hadden het kleinste weggetje uitgezocht en de Lada kwam de helling in z'n een met moeite op. Rechts en links lagen de velden als handdoeken op een helling. Toen kwam het bos, en toen het bos ophield, stonden we boven een ravijn met een glashelder meer erin. Een heel klein meer. Voor de helft omgeven door lichtgrijze rotsen en aan de andere kant door een beton- en ijzerconstructie, het restant van een stuwmeer ofzo. En behalve ons geen mens. We parkeerden de Lada beneden aan het meer. Vanaf de betonwal kon je in het dal kijken en over alle bergen. Maar een paar honderd meter onder ons lag een dorp. De ideale plek om te overnachten.

Het meer leek te koud om te zwemmen. Ik stond naast Isa aan de oever en ademde diep in – en Tsjik ging nog een keer naar de auto en kwam terug met iets dat hij onopvallend achter zijn rug hield. Blijkbaar hadden we precies dezelfde gedachte gehad. Op een teken van Tsjik grepen we Isa vast en gooiden haar in het water.

Een fontein spoot loodrecht omhoog toen ze onderging, en een tweede toen ze weer boven kwam en met haar armen maaide, en pas op dat moment kwam in me op dat we helemaal niet wisten of ze kon zwemmen. Ze gilde en spetterde gruwelijk – maar dan wel zo overdreven gruwelijk en peddelend als een hond zonder ook maar een millimeter onder te gaan, dat je heel goed zag dat ze kon zwemmen. Ze schudde haar natte haren, maakte een paar borstslagen en vervloekte ons. Tsjik wierp haar een fles douchegel toe. En terwijl ik er nog niet uit was of ik dat nu grappig vond of medelijden moest hebben, kreeg ik al een duw in m'n rug en viel ook in het meer. Het was nog kouder dan koud. Ik kwam boven en gilde en Tsjik stond op de oever en lachte, en Isa vloekte en lachte afwisselend.

De betonwal was te hoog om er weer uit te klimmen en we moesten dwars over het hele meer zwemmen, naar de enige plek met een vlakke oever en onder het zwemmen schold Isa me onophoudelijk uit en ze vond dat ik een nog grotere megasukkel was dan mijn homovriendje, en ze trapte me onder water. We begonnen te stoeien. Ondertussen wandelde Tsjik naar de auto, trok fluitend een zwembroek aan en kwam met een sigaret in z'n mondhoek en een handdoek over z'n schouder terug.

'Zo gaat een gentleman zwemmen,' zei hij, trok een voornaam gezicht en dook in het water.

We vervloekten hem samen.

Toen we aan land kwamen, trok Isa meteen haar shirt en broek en alles uit en begon zich in te zepen. Dat was ongeveer het laatste waarop ik had gerekend.

'Heerlijk,' zei ze. Ze stond tot haar knieën in het water, keek uit over het landschap en zeepte haar haren in en ik wist niet waar ik moest kijken. Ik keek eens hier- en eens daarheen. Ze had echt een te gek figuur, en kippenvel. Ik had ook kippenvel. Ten slotte kwam Tsjik naar de vlakke plek gecrawld, en vreemd genoeg ontstond er helemaal geen discussie meer. Niemand zei iets, niemand vloekte en niemand maakte geintjes. We wasten onszelf alleen maar en hijgden van de kou en gebruikten allemaal dezelfde handdoek.

Met uitzicht op bergen en dalen in de avondnevel aten we toen een bus Haribo-snoep leeg die nog over was van de Norma. Isa had een T-shirt van mij aan en de glanzende Adidasbroek. Haar stinkende kleren lagen achter bij de oever en bleven daar ook liggen, voor altijd.

We probeerden die avond nog een paar maal te achterhalen waar ze eigenlijk vandaan kwam en waar ze in werkelijkheid heen wou, maar ze vertelde alleen maar wilde verhalen. Ze wilde om de dooie dood niet zeggen wat ze op de vuilstort had gedaan of wat er in het houten kistje zat dat ze met zich mee sleepte. Het enige wat ze verried was dat ze Schmidt heette. Isa Schmidt. Dat was tenminste het enige wat we geloofden.

33

De volgende ochtend vroeg ging Tsjik alleen op pad om in het dorp beneden iets te eten te kopen. Ik lag nog te doezelen op het luchtbed en keek naar het schemerige landschap, en Isa stond bij de open achterklep van de Lada en vroeg nog een keer of we niet toevallig een schaar bij ons hadden en of ik haar haren wou knippen.

Inderdaad bleek in de verbandtrommel een heel klein schaartje te zitten, maar ik had nog nooit haren geknipt. Dat kon Isa niet schelen en ze wou alles er compleet af hebben op een pony na. Ze ging op de rand van de stuwwal zitten, trok haar T-shirt uit en zei: 'Beginnen.'

Na een tijdje draaide ze zich naar mij om en zei: 'Waarom begin je niet? Ik wil niet dat het T-shirt vol haren komt.'

Dus begon ik. Aanvankelijk probeerde ik Isa's hoofd niet de hele tijd met m'n hand aan te raken, maar het is moeilijk iemand met zo'n klein schaartje tot skinhead te knippen zonder je te stutten. En het is nog moeilijker niet de hele tijd naar een blote borst te kijken die toevallig voor je hangt.

'Kijk nou, die staat zich af te rukken,' zei Isa. Ik keek naar de bosrand. Daar stond een oude man voor de bomen, dus niet eens achter de bomen, maar ervoor, met de broek op de knieën z'n fluit te bespelen.

'O man,' zei ik en liet de schaar zakken.

Isa sprong op, pakte razendsnel een paar stenen en begon te rennen. Ze rende de helling omhoog, op de oude man af en begon al onder het lopen met stenen te gooien. Ze gooide de stenen minstens vijftig meter ver, het leek alsof ze aan een snoer door de omgeving zeilden en dat verbaasde me helemaal niet. Wie kan rennen, kan, logisch, ook gooien. De man pompte eerst nog verder, maar toen Isa al tamelijk dichtbij was, trok hij ineens zijn broek op en strompelde het bos in. Isa volgde hem met luid geschreeuw en wild maaiende armbewegingen, maar je kon zien dat ze niet meer met stenen gooide. Bij de bosrand keerde ze om. Buiten adem kwam ze terug en ging op haar oude plaats zitten.

Ik moet daar een tijd versteend hebben gestaan, want op een gegeven moment tikte ze op m'n dij en zei: 'Verder.'

Alleen de pony moest nog. Ik ging voor Isa op de knieën om een rechte lijn voor elkaar te krijgen en deed m'n best om zelfs niet in de verste verte de indruk te wekken alsof ik daarbij ergens anders naar keek dan naar de pony. Ik hield de schaar precies horizontaal en knipte voorzichtig een eerste keer. Toen boog ik m'n bovenlichaam naar achter als een echte kunstenaar en knipte voor de tweede keer. De haarpunten vielen langs haar smalle ogen naar beneden.

'Hoeft niet recht te zijn,' zei Isa, 'de rest is toch ook verpest.'

'Helemaal niet. Het ziet er super uit,' zei ik. En toonloos: 'Je ziet er super uit.'

Meer zei ik niet. Toen ik klaar was, veegde Isa de afgeknipte haren weg en toen zaten we op de stuwwal naast elkaar, keken naar het landschap en wachtten tot Tsjik terugkwam.

Isa had haar T-shirt nog steeds niet aangedaan en voor ons lagen de bergen in hun ochtendnevels, de blauwe dreven in de voorste dalen en de gele in de achterste dalen, en ik vroeg me af waarom dat eigenlijk zo mooi was. Ik wou zeggen hóe mooi het was of in elk geval hoe mooi ik het vond en waarom, of op z'n minst dat ik niet kon uitleggen waarom, en op een gegeven moment dacht ik: het is misschien ook niet nodig het uit te leggen.

'Heb je al eens geneukt?' vroeg Isa.

'Wat?'

'Je hebt me wel gehoord.'

Ze had haar hand op mijn knie gelegd en mijn gezicht voelde alsof iemand er heet water over had gegoten.

'Nee,' zei ik.

'En?'

'Wat en?'

'Wil je het?'

'Wat wil ik?'

'Je hebt me wel begrepen.'

'Nee,' zei ik.

Mijn stem was helemaal hoog en pieperig. Na een tijdje nam Isa haar hand weer weg en we zwegen minstens tien minuten, van Tsjik nog steeds geen spoor. Opeens vond ik de bergen en alles behoorlijk oninteressant. Wat had Isa daarnet gezegd? Wat had ik geantwoord? Het waren maar ongeveer drie woorden, maar – wat betekenden ze? Mijn hersens begonnen als een razende te werken en ik zou naar schatting vijfhonderd bladzijden nodig hebben om op te schrijven wat me in de volgende vijf minuten allemaal door het hoofd schoot. Het was waarschijnlijk ook niet erg spannend, het is alleen spannend als je er middenin zit, in zo'n situatie. Ik vroeg me namelijk vooral af

of Isa het serieus had bedoeld, en ook, of ik het serieus had
bedoeld toen ik zei dat ik niet met haar wou slapen, als ik
dat überhaupt gezegd had. Maar ik wou ook echt helemaal
niet met haar slapen. Ik vond Isa weliswaar geweldig en
steeds geweldiger, maar ik had er eigenlijk ook helemaal
genoeg aan om daar op deze nevelige ochtend met haar
te zitten en haar hand op mijn knie te voelen, en het was
waanzinnig deprimerend dat ze die hand nu weer weg
had genomen. Ik had een eeuwigheid nodig tot ik een zin
had uitgedacht die ik kon zeggen. Ik oefende die zin in
gedachten ongeveer tienmaal en toen zei ik met een stem
die klonk alsof ik acuut een hartinfarct zou krijgen: 'Maar
ik vond het fijn met je... uchrrrm. Hand op mijn knie.'

'O?'

'Ja.'

'En waarom?'

En waarom, mijn god. Het volgende hartinfarct.

Isa legde haar arm om mijn schouder.

'Je trilt helemaal,' zei ze.

'Weet ik,' zei ik.

'Veel weet je niet.'

'Weet ik.'

'We kunnen ook best eerst een keer kussen. Als je wilt.'

En op dat moment kwam Tsjik met twee zakken broodjes
tussen de rotsen omhoog en het werd niets met het kussen.

34

In plaats daarvan gingen we de berg op. We hadden nooit plannen wat we gingen doen, maar onder het ontbijt keken we de hele tijd tegen die berg aan, die eruitzag als de hoogste berg überhaupt, en op een gegeven moment was duidelijk dat we er een keer op moesten. Onduidelijk was alleen hoe. Isa vond te voet het beste. Dat vond ik ook, maar Tsjik zei dat te voet echt waanzin was. 'Als je wilt vliegen, neem je een vliegtuig, om de was te doen een wasmachine, en als je een berg op wilt, neem je de auto,' zei hij. 'We zijn toch niet in Bangladesh.'

We reden dus langs de berg door het bos, maar het was moeilijk de goede afslag naar boven te vinden. Pas achter de berg slingerde een weggetje omhoog en toen kropen we tussen de rotsen verder tot een kleine pas. Vandaar ging de weg weer bergaf en moesten we toch nog te voet naar de top.

Of we hadden de kant te pakken waar geen toeristen kwamen, of we waren echt de enigen die ochtend – in elk geval kwamen we op de hele weg over het veld alleen schapen en koeien tegen. Twee uur deden we erover tot helemaal boven, maar het was de moeite waard, het zag eruit als op heel mooie ansichtkaarten. Op de hoogste piek stond een gigantisch houten kruis, daaronder ergens een kleine hut, en de hele hut was bedekt met houtsnijwerk. Daar gingen we zitten en lazen letters en getallen. CHK 23-4-61. Sonny 86. Hartmann 1923.

Het oudste wat we konden vinden was ANSELM WAIL 1903. Oeroude letters in oeroud donker hout en daarbij het uitzicht op de bergen en de hete zomerlucht en een geur van hooi die uit het dal omhoogwaaide.

Tsjik trok zijn zakmes tevoorschijn en begon ook in het hout te kerven. En terwijl wij zaten te zonnen, te kletsen en naar Tsjiks gekerf zaten te kijken, moest ik er de hele tijd aan denken dat wij over honderd jaar allemaal dood waren. Zoals Anselm Wail dood was. Zijn familie was ook dood, zijn ouders waren dood, zijn kinderen waren dood, iedereen die hem gekend had was eveneens dood. En als hij iets in zijn leven had gemaakt of gebouwd of nagelaten, was het waarschijnlijk ook dood, vernield, verwoest door twee wereldoorlogen, en het enige wat van Anselm Wail over was, was die naam in een stuk hout. Waarom had hij die daarin gekerfd? Misschien was hij ook op een grote reis geweest net als wij. Misschien had hij ook een auto gejat of een koets of een paard, of wat ze toen hadden, en was rondgereden en had een hoop lol gemaakt. Maar wat het ook was, het zou niemand ooit meer interesseren, omdat er niets over was van die lol en zijn leven en alles, en alleen wie hier de top beklom, vernam nog iets van Anselm Wail. En ik dacht dat het met ons, logisch, precies zo zou gaan, en toen wou ik dat Tsjik onze volledige namen in het hout had gekerfd. Maar alleen voor de zes letters en twee getallen had hij al bijna een uur nodig. Hij deed het heel netjes en toen stond er:

'Nu denkt iedereen dat we daar in 1910 zijn geweest,' zei Isa. 'Of in 1810.'

'Ik vind 't mooi,' zei ik.

'Ik vind 't ook mooi,' zei Tsjik.

'En als een grapjas er een paar letters tussen kerft, wordt het de ATOOMKRISIS 10,' zei Isa, 'de beroemde atoomcrisis van het jaar 2010.'

'Ach, hou toch je kop,' zei Tsjik, maar ik vond het eigenlijk heel grappig.

Alleen dat onze letters nu naast al die andere letters stonden, die door doden waren gemaakt, haalde me ergens toch onderuit.

'Ik weet niet hoe het met jullie is,' zei ik, 'maar al die mensen hier, de tijd – ik bedoel – de dood.' Ik krabde achter m'n oor en wist niet wat ik wou zeggen. 'Ik wou zeggen,' zei ik, 'ik vind het te gek dat we hier nu zijn en ik ben blij dat ik hier met jullie ben. En dat we bevriend zijn. Maar je weet maar nooit hoe lang – ik bedoel, ik weet niet hoe lang Facebook nog zal bestaan – maar eigenlijk zou ik graag weten wat er ooit van jullie wordt, over vijftig jaar.'

'Dan googel je gewoon,' zei Isa.

'En Isa Schmidt kun je googelen?' zei Tsjik. 'Zijn er daar geen honderdduizend van?'

'Ik wou eigenlijk ook iets anders voorstellen,' zei ik. 'Hoe zou het zijn als we elkaar over vijftig jaar gewoon weer treffen? Precies hier, over vijftig jaar. Op 17 juli, om vijf uur 's middags, 2060. Ook als we voordien dertig jaar niks meer van elkaar gehoord hebben. Dat we alle drie weer hierheen komen, waar we dan ook mogen zijn, of we manager bij Siemens zijn of in Australië. We zweren het en dan praten we er nooit meer over. Of is dat stom?'

Nee, vonden ze helemaal niet stom. We hingen bij dat houtsnijwerk rond en zwoeren, en ik geloof dat we er allemaal aan dachten of het zou kunnen dat we over vijftig jaar nog altijd in leven waren en weer hier. En dat we dan allemaal armzalige oude mensen waren, wat ik onvoorstelbaar vond. Dat we waarschijnlijk alleen met moeite de berg op zouden komen, dat we alle drie een eigen domme auto zouden hebben, dat we vanbinnen waarschijnlijk nog precies dezelfde gebleven waren en dat de gedachte aan Anselm Wail me nog altijd precies zo van m'n stuk zou brengen als vandaag.

'Doen we,' zei Isa, en Tsjik wou vervolgens nog dat we alle drie in onze vinger sneden en een druppel bloed op de letters zouden laten lopen, maar Isa zei dat we Winnetou en die andere indiaan toch niet waren, en toen hebben we het vervolgens niet gedaan.

Toen we afdaalden, zagen we ver beneden ons twee soldaten. Op de pas, waar de Lada geparkeerd stond, stonden nu een paar touringcars. Isa liep meteen op een ervan af waar in een onleesbaar schrift het een en ander op stond, en praatte op de chauffeur in. Tsjik en ik keken het vanuit de Lada aan en toen kwam Isa plotseling teruggesprint en riep: 'Hebben jullie even dertig euro? Ik kan het jullie nu niet teruggeven, maar later wel, ik zweer het! Mijn halfzus heeft geld, die staat nog bij me in het krijt – en ik moet nu bij haar langs.'

Ik was sprakeloos. Isa pakte haar houten kistje uit de Lada, keek mij en Tsjik schuin aan en zei: 'Met jullie red ik het niet. Het spijt me.' Ze omarmde Tsjik, toen keek ze mij een ogenblik lang aan en omarmde me ook en kuste me op de mond. Ze keek om naar de touringcar. De chauffeur wenkte. Ik trok dertig euro uit m'n zak en gaf 't haar zwijgend. Isa omarmde me nog een keer en rende weg. 'Ik laat van me horen!' riep ze. 'Die krijg je terug!' En ik wist dat ik haar nooit meer zou zien. Of op z'n vroegst over vijftig jaar.

'Je bent toch niet alweer verliefd?' vroeg Tsjik toen hij me van het asfalt opraapte. 'Serieus, je hebt wel echt een gelukkige hand met vrouwen, of hoe zeg je dat?'

35

De zon brandde van voren, het asfalt zag er in de verte uit als vloeibaar metaal. We hadden de bergen allang achter ons gelaten en Tsjik stuurde op een kruising af waar op de rijbaan auto's stonden die niet bewogen. Ze trilden licht in de middaghitte alsof ze zich onder water bevonden. Het was geen wegblokkade, eerder een ongeluk, één auto had een blauw zwaailicht op het dak.

Tsjik zwenkte meteen naar rechts een veldweg in tussen hoge elektriciteitsmasten. De weg was breed genoeg voor een vrachtwagen, maar helemaal door gras overwoekerd, alsof er lange tijd niemand meer had gereden. De politie leek ons niet gezien te hebben. We konden ze zelf overigens ook nog maar even zien, toen slingerde de veldweg een berkenbos in. Onder de grote berken kleinere berken en onder de kleinere berken nog kleinere berken zodat je nog maar een paar meter ver kon kijken. Alleen boven was nog lucht te zien en af en toe een elektriciteitsmast. De weg werd steeds smaller en maakte niet bepaald de indruk dat hij ergens heen ging. Ten slotte eindigde hij bij een houten hek dat scheef in z'n hengsels hing. Daarachter lag tot aan de horizon een drassige vlakte en die drassige vlakte zag er zo anders uit dan het hele landschap daarvoor, dat we elkaar een blik toewierpen: waar zíjn we hier?

We overlegden even, toen stapte ik uit en trok het hek open. Tsjik reed erdoor en ik deed het hek weer dicht.

Licht gewelfde, wat lichtere plekken, daartussen diepgroen, bijna paars moeras. Verspreid in het moeras grote vierkante betonblokken, waarin loodrecht metalen staven staken met gele markeringen op de punt. Eerst waren het maar een paar blokken, maar hoe verder we kwamen des te voller lag het landschap met die betonklossen met die metalen staven eruit. Elke paar meter een, tot aan de horizon. Je had eigenlijk Richard Clayderman weer kunnen aanzetten, zo treurig zag het eruit, als treurig pianogetingel. Ook de weg werd langzaam moerassig. Tsjik kroop in de eerste versnel-ling door de weke kuilen, de elektriciteitsmasten de hele tijd naast ons. Ik zweette. Vier kilometer. Vijf kilometer. Het terrein verhief zich een beetje. De rij masten eindigde, van de laatste hingen de kabels als pasgewassen haar naar beneden, tien meter erachter was de wereld ten einde.

En dat moest je gezien hebben: het landschap hield gewoon op. We stapten uit en gingen op de laatste graspol staan. Voor onze voeten was de aarde loodrecht weggefreesd, minstens dertig, veertig meter diep, en beneden lag een maanlandschap. Grijswitte aarde, kraters zo groot dat je er eengezinswoningen in had kunnen bouwen. Een heel stuk links van ons begon een brug over de afgrond. Waar-bij brug waarschijnlijk het verkeerde woord was. Het was eerder een stellage uit hout en ijzer, als een gigantische steiger op een bouwplaats, lijnrecht tot op de andere oever. Misschien twee kilometer, misschien meer. De afstand was moeilijk te schatten. Wat er aan de overkant lag, was ook niet te zien, misschien struiken en bomen. Achter ons het grote moeras, voor ons het grote niets en ook als je goed luisterde, hoorde je precies helemaal niks. Geen getsjirp van krekels, geen geritsel van gras, geen wind, geen vliegen, niks.

We gisten een tijdje wat het kon zijn, toen gingen we te voet de steiger bekijken. Hij was breder dan uit de verte had geleken. Zo'n drie meter en dikke houten balken erop. Een andere weg langs de afgrond leek er niet te zijn, en omdat we ook niet terug wilden rijden, haalde Tsjik uiteindelijk de Lada. Hij reed een paar meter de stellage op – of de brug of de dam of wat dan ook – en zei: 'Gaat best.'

Maar helemaal gerust was ik er niet op. Ik stapte weer in en langzamer dan stapvoets reden we over de houten balken. Het geluid dat de balken maakten was zo hoog en akelig dat ik uiteindelijk weer uitstapte om voor de auto uit te lopen. Ik speurde naar kapotte planken, trapte met m'n voet op verdachte plekken en keek daartussendoor dertig meter de diepte in. Tsjik reed op een paar wagen-lengtes afstand achter me aan. Als iemand ons tegemoet was gekomen, zouden we goed de pineut zijn geweest. Aan de andere kant, het was ook niet bepaald een straat met doorgaand verkeer.

Toen we zo ver gevorderd waren dat we de kant vanwaar we kwamen nauwelijks nog konden zien en de overkant ook nog niet echt, hielden we een pauze. Tsjik haalde cola uit de auto en we gingen op de rand van de balken zitten of probeerden dat tenminste. Het hout was zo gloeiend heet dat je eerst een tijdje schaduw op een plekje moest werpen voor je kon gaan zitten. Toen tuurden we in het kraterlandschap en toen ik lang genoeg in dat kraterland-schap had getuurd, dacht ik aan Berlijn. Ik had plotseling moeite me voor te stellen dat ik daar eens gewoond had. Ik kon me nauwelijks voorstellen dat ik daar naar school was gegaan, en ik kon me ook niet voorstellen dat ik het ooit weer zou doen.

36

Aan de overkant vervolgens schrale struiken en grashalmen en iets van een dorp. Een brokkelige straat slingerde tussen vervallen huizen door. De vensters hadden grotendeels geen glas meer, de daken waren eraf gesloopt. Nergens op straat borden, geen auto's, geen sigarettenautomaten, niks. De hekken voor de tuinen waren al een tijd geleden weggehaald, onkruid groeide uit elke spleet.

We liepen een verlaten boerderij binnen en doorzochten de vertrekken. Verschimmelde houten rekken stonden tegen een muur. Op een keukentafel een leeg blikje en een bord, op de grond een krant uit 1995 met een kennisgeving van de dagbouwmijn. Toen we er zeker van waren dat er in het hele dorp geen mens meer was, doorzochten we ook nog twee andere huizen, maar we vonden niks interessants. Oude kleerhangers, kapotte rubberlaarzen, een paar tafels en stoelen. Ik had toch minstens ergens een lijk verwacht, maar in de pikdonkere kelder waagden we ons ook niet.

We reden verder door het plaatsje. Van een bouwval van twee verdiepingen waren de ramen met planken dicht-gespijkerd en op die planken had iemand met witte verf tekens en getallen geschilderd. Ook op de weg waren links en rechts tekens en getallen op stenen en hekpalen geschilderd, en in het midden lag ineens een gigantische berg planken. Eromheen liep een wagenspoor en Tsjik koerste er voorzichtig in de eerste versnelling op af, toen we een enorme klap hoorden. Het begon te kraken. We keken elkaar aan. De Lada stond stil en toen kwam de volgende klap, alsof iemand vanbuiten op de carrosserie hamerde. Of met stenen gooide. Of schoot. Tsjik draaide zijn hoofd een beetje en toen merkte ik dat de achterruit er als een spinnenweb uitzag.

Meteen sprong ik uit de auto. Ik weet niet waarom, maar ik liet mezelf achter de auto in het gras vallen en de volgende seconden herinner ik me niet echt. Ik geloof dat ik gewenkt heb. En wat ik ook nog weet – omdat Tsjik het me naderhand heeft verteld – is, dat hij de auto in z'n achteruit zette en me toeschreeuwde dat ik weer in moest stappen. Maar ik was achter de auto langs gekropen en zwaaide als een gek met m'n armen boven de motorkap uit. Ik tuurde naar de bouwvallen aan de overkant, naar de kale vensters en toen zag ik wat ik had verwacht: in een raamopening stond iemand met een geweer in de aanslag. Ik keek nog een seconde in de loop, toen trok hij het geweer op en zette het neer. Een oude man.

Hij stond op de tweede verdieping van het huis met de opschriften. Hij trilde, meende ik te zien, maar niet zoals ik trilde. Bij hem leek het de leeftijd te zijn. Hij schermde zijn ogen met een hand af tegen de verblindende zon, terwijl ik als een gek bleef zwaaien.

'Waar wil je heen? Stap in, stap in!' riep Tsjik, maar ik was opgestaan en liep, nog steeds zwaaiend en wuivend naar het gebouw toe.

'We willen niks! We zijn verkeerd gereden. We rijden onmiddellijk terug!' riep ik.

De ouwe knikte. Hij hield zijn geweer bij de loop in de lucht en schreeuwde: 'Geen plattegrond! Geen kaart en geen plattegrond!'

Ik bleef op het terrein voor zijn huis staan en probeerde met m'n gezicht te laten merken dat hij helemaal gelijk had.

'Nooit de velden in zonder plattegrond!' riep hij. 'Kom binnen! Ik heb limonade voor jullie. Kom binnen.'

En dat was, logisch, het laatste wat ik wilde, daar naar binnen gaan, maar hij volhardde erin en het was uiteindelijk niet zo'n moeilijke beslissing. We stonden nog steeds in zijn schootsveld, de weg om de berg planken heen was moeilijk en die ouwe leek toch ook niet helemaal gestoord. Nou ja, ik bedoel: hij praatte als een normaal mens.

Zijn woonkamer – als je dat zo kunt noemen – was niet in een wezenlijk betere staat dan de kamers van de huizen die we doorzocht hadden. Je zag weliswaar dat er gewoond werd, maar het was ongelooflijk donker en vies. Aan één muur hingen massa's zwart-witfoto's.

We moesten op de bank gaan zitten en toen haalde de man met een feestelijk gezicht een halfvolle fles Fanta tevoorschijn en zei: 'Drink. Drink uit de fles.'

Hij zat in een stoel tegenover ons en goot zelf een of ander bocht uit een jampotje in z'n keel. Het geweer stond tussen zijn knieën. Ik had verwacht dat hij ons eerst over de Lada zou uithoren, of wilde weten waar we ermee naartoe wilden, maar dat sprak blijkbaar helemaal niet tot zijn verbeelding. Toen hij erachter was dat we uit Berlijn kwamen, wilde hij vooral weten of Berlijn echt zo veranderd was en of je daar nog ongestoord over straat kon lopen. Dat betwijfelde hij namelijk. En nadat we wel tien keer hadden moeten verzekeren dat ons van moord en doodslag bij ons op school niks bekend was, vroeg hij plotseling: 'En hebben jullie een meisje?'

Ik wou nee zeggen, maar Tsjik was sneller.

'De zijne heet Tatjana en ik ben helemaal op Angelina,' zei hij en het verbaasde me niet waarom hij dat zei. Het antwoord leek de ouwe anders niet echt tevreden te stellen.

'Want, jullie zijn twee heel mooie jongens,' zei hij.

'Nee, nee,' zei Tsjik.

'Op die leeftijd weet je vaak nog niet welke kant het opgaat.'

'Nee,' zei Tsjik en schudde z'n hoofd, en ook ik schudde m'n hoofd, ongeveer zoals een ultieme Lionel Messifan, aan wie gevraagd wordt of hij toch eigenlijk Cristiano Ronaldo niet voor de allergrootste houdt.

'Dan zijn jullie dus verliefd, toch?'

We zeiden weer ja en ik voelde me een beetje rottig toen ik merkte hoe hij op het thema kickte. Hij praatte alleen nog over meisjes en over liefde en dat het mooiste in het leven de albasten lichamen van de jeugd waren.

'Geloof me,' zei hij, 'jullie sluiten op een keer je ogen en als je ze weer opent, hangt het vlees verwelkt in lellen. De liefde, de liefde! Carpe diem.'

Hij deed twee stappen naar de muur en wees op een van de vele kleine fotootjes. Tsjik keek me met gefronst voorhoofd aan, maar ik stond meteen op, zette m'n ik-weet-hoe-het-hoortlachje op en bestudeerde de foto waar de gerimpelde vinger van de ouwe boven zweefde. Het was een pasfoto, op een hoekje zat een kwart van een stempel en een kwart hakenkruis. De foto toonde een knappe jongeman in uniform die een beetje stug in de verte keek. Blijkbaar hijzelf. Terwijl hij me aankeek, gleed de rimpelige vinger één foto naar rechts.

'En dat is Else. Dat was mijn meisje.'

De foto toonde een scherp gezicht, waarvan ik bij de eerste aanblik niet had kunnen zeggen of het een jongen of een meisje was. Maar 'Else' droeg een ander uniform dan de soldaat of Hitlerjongen naast haar. In zoverre was het misschien echt een meisje.

Hij vroeg of hij ons het verhaal van hem en Else zou vertellen, en omdat hij daarbij de luchtbuks weer ter hand had genomen, gedachteloos trouwens alsof het een deel van zijn lichaam was of een deel van zijn gezicht, en omdat we toch ook slecht nee konden zeggen, luisterden we er dus naar.

Het was overigens geen echt verhaal. In elk geval niet zo eentje als mensen gewoonlijk vertellen wanneer ze over hun grote liefde vertellen.

'Ik was communist,' zei hij. 'Else en ik, we waren communisten. En wel ultracommunisten. En ook niet pas na '45 zoals alle anderen, wij waren altijd al communist. En daar hebben we elkaar ook leren kennen, in de verzetsgroep Ernst Röhm. Dat gelooft vandaag niemand meer, maar het was een andere tijd. En ik kon met wapens omgaan als geen ander. Else was het enige meisje daar, heel fijngevoelig en van heel goede huize en ze zag eruit als een jongen. Ze heeft alle verboden schrijvers vertaald. Ze heeft de jood Shakespeare vertaald. Ze heeft Ravage vertaald. Ze kon Engels als de beste, dat konden er niet veel, en ik heb dat op de schrijfmachine uitgetypt... ja, zo was dat. Liefde van m'n leven, vuur van m'n lendenen. In het concentratiekamp hebben ze Else toen meteen vergast en ik ben in het strafbataljon met m'n jachtgeweer door de Bocht van Koersk gekropen. Daarmee kon ik een Ivan op vierhonderd meter een oog uit schieten.'

'Een Ivan?' vroeg Tsjik.

'Een Ivan. Een klote-Rus,' zei de ouwe peinzend. Hij keek daarbij noch Tsjik noch mij aan en we wisselden een blik. Tsjik zag er niet bijster verontrust uit, ik was het eigenlijk ook niet meer.

'Ik dacht,' zei ik, 'dat u communist was.'

'Ja.'

'En waren de Russen niet ook een soort communisten?'

'Ja.'

Hij dacht weer na. 'En ik kon iemand op vierhonderd meter een oog uit schieten! Horst Fricke, de beste schutter van zijn eenheid. Ik had meer eikenloof op m'n borst dan een verdomd bos.* Als kleiduiven heb ik ze afgeknald. Die waren knettergek. Of de commandanten waren gek. Die hebben de horden naar ons toe gedreven. Vooraan hield Sinning met het machinegeweer opruiming en achter schutter Fricke. Soms was dat Fricke alleen tegen de Ivan. En die hadden natuurlijk ook geweren. Daar moet je eerst eens over nadenken voor je zulke stomme vragen stelt. Voor je met moraal en de hele rotzooi aan denkt te kunnen komen. Zij of ik! Dat was de vraag. Elke dag Ivans, jong vlees dat op ons af getuimeld kwam. Een oceaan van vlees. Daar hadden ze immers te veel van. Vanwege de levensruimte in het oosten. Er waren veel te veel Russen daar. Bij hen stond er achter elke linie een van de Tsjeka en die knalde iedereen af die niet vooruit wilde, ons spervuur in. En dan denken ze altijd dat de nazi's wreed waren. Maar vergeleken met de Russen: een vliegenpoepje. En daar hebben ze ons uiteindelijk mee onder de voet gelopen.

* Eikenloof staat voor de aanvullende nationaalsocialistische militaire onderscheiding bij het Ridderkruis in de vorm van een eikenblad (vert.)

Met vlees. Met machines was ze dat niet gelukt. Eén Ivan en nog een Ivan en nog een Ivan. Ik had twee centimeter hoornhuid op mijn rechterwijsvinger. Hier.' Hij hield allebei z'n wijsvingers omhoog. Inderdaad had de rechter een klein bultje aan de vingertop. Of die echt van Ivan kwam, weet ik natuurlijk niet.

'Dat is toch allemaal flauwekul,' zei Tsjik.

Merkwaardig genoeg reageerde de man niet echt op die tegenwerping. Hij praatte nog een tijdje door, maar hoe het met die grote liefde van hem uiteindelijk zat, hoorden we niet.

'En één ding moeten jullie in je oren knopen, m'n duifjes,' zei hij ten slotte. 'Alles is zinloos. Ook de liefde. Carpe diem.'

Toen trok hij een klein bruin flesje uit zijn broekzak en overhandigde het ons alsof het 't kostbaarste ter wereld was. Hij maakte er veel poeha van, maar wou niet zeggen wat erin zat. Het etiket was vergeeld en het flesje zag eruit alsof hij het minstens sinds de Slag om Koersk in zijn zak met zich meegedragen had. We mochten het alleen openmaken als we in nood verkeerden, drukte hij ons op het hart, als de situatie zo ernstig was dat we niet meer wisten hoe verder, en voor die tijd niet – en dan zou het ons helpen. Hij zei rédden. Het zou ons het leven redden.

Daarmee liepen we terug naar de auto. Ik hield het flesje tegen het licht, maar er was niets te zien. Een of andere dikke vloeistof, maar er zat ook iets vasts in.

In de auto probeerde Tsjik de schaduwen op het etiket te ontcijferen en toen hij het flesje ten slotte openmaakte, begon het waanzinnig naar rotte eieren te stinken en hij smeet het uit het raam.

37

Even buiten het verlaten dorp hield de straat op en we moesten dwars door het veld. Ergens links lag het weggefreesde
landschap, rechts liep een enorm langwerpig grindtalud
naar beneden, en daartussen lag een veertig tot vijftig meter
brede piste, een smal plateau. Toen ik omkeek, zag ik op
grote afstand achter ons het dorp, ik zag het huis met de
twee etages waarin schutter Fricke woonde, en ik zag – dat
voor het huis een politieauto stopte. Heel klein, nauwelijks
nog te herkennen, maar overduidelijk: de politie. Ze leken
net om te keren. Ik wees Tsjik erop en we denderden met
bijna tachtig over het terrein. De piste werd steeds smaller,
de hellingen kwamen dichterbij en ergens schuin voor ons
zagen we de snelweg, die daar beneden een slinger langs
het grindtalud maakte. Ik zag een parkeerplaats met twee
tafeltjes, een vuilnisemmer en een sos-paal, en je kon daar
waarschijnlijk gewoon de snelweg op rijden – als er ergens
een weg naar beneden was geweest. Maar vanaf het plateau
was er geen weg naar beneden. Dat kloteplateau hield daar
gewoon op. Ik keek wanhopig door de achterruit en Tsjik
koerste op het talud af, een helling van vijfenveertig graden
bestaande uit grind en losse stenen.

'Naar beneden of wat?' riep hij en ik wist niet wat ik moest zeggen. Hij tikte de rem nog aan, toen daverden we al over de rand – en dat was het dan.

We hadden het misschien nog kunnen redden als we recht naar beneden waren gereden, maar Tsjik reed schuin over de helling en toen begon de Lada meteen omlaag te slippen. Hij begon te glijden, bleef hangen en sloeg over de kop. Drie-, vier-, vijf-, zesmaal – ik weet het niet – sloeg hij over de kop en toen bleef hij op z'n dak liggen. Ik kreeg er nauwelijks iets van mee. Wat ik wel weer meekreeg: het passagiersportier was opengesprongen en ik probeerde eruit te kruipen. Wat me niet lukte. Ik had ongeveer een halfuur nodig om te merken dat ik niet verlamd was, maar vast hing in de veiligheidsgordel. Toen was ik eindelijk buiten en zag, in volgorde: een groene snelwegafvalemmer vlak voor me, een omgekeerde Lada die onder de motorkap stoomde en siste, en Tsjik die op handen en voeten over het terrein kroop. Hij krabbelde overeind, tuimelde een paar stappen, riep 'Weg!' en begon te rennen.

Maar ik rende niet. Waarheen ook? Achter ons het plateau met vermoedelijk de politie, voor ons de snelweg en achter de snelweg velden tot aan de horizon. Niet bepaald een ideaal landschap om weg te lopen voor een politiepatrouille. Rondom de parkeerplaats van de snelweg nog een paar bomen en bosjes, achter de velden ergens een grote witte doos, waarschijnlijk een fabriek.

'Wat is er aan de hand?' riep Tsjik. 'Ben je gewond?'

Was ik gewond? Nee, daar leek het niet op. Een paar blauwe plekken misschien.

'Is er iets niet oké met je?' vroeg hij en hij kwam terug.

Ik wou net een verklaring afsteken waarom ik het belachelijk vond om te voet voor de politie weg te lopen, toen er een geluid van brekende takken en ritselend loof klonk. Voor ons brak een nijlpaard door de bosjes. Ergens in Duitsland, direct aan de snelweg, in een volledig afgelegen streek, brak een nijlpaard door de bosjes en stormde op ons af. Het had een blauw broekpak aan, een blond, kroezig permanent op het hoofd en een brandblusser in de hand. Vier tot vijf vetringen kwabbelden in de taille. Met twee cilinders, die uit het broekpak naar buiten staken, stampte het over het terrein, kwam voor de omgekeerde Lada tot stilstand en trok de brandblusser omhoog.

Er brandde niks.

Ik keek Tsjik aan, Tsjik keek mij aan. Wij keken de vrouw aan. Want het was een vrouw en geen nijlpaard. Niemand zei iets en ik weet nog dat ik dacht dat uit die brandblusser nu een witte straal naar buiten moest spuiten om ons onder een berg schuim te begraven.

De vrouw wachtte nog even tot de auto explodeerde en ze haar brandblusser kon inzetten, maar de Lada was in zijn doodsstrijd even vermoeid als hij tijdens zijn leven was geweest. Onder de motorkap siste het alleen maar. Een achterwiel draaide rond, ging langzamer en kwam tot stilstand.

'Hebben jullie iets?' vroeg de vrouw en keek wantrouwig naar de motorkap. Tsjik tikte met z'n vinger tegen de brandblusser. 'Brandt het?'

'O, mijn god,' zei de vrouw terwijl ze de brandblusser liet zakken. 'Hebben jullie iets?'

'Niks,' zei Tsjik.

'Bij jou ook alles in orde?'

Ik knikte.

'Waar is jullie vader? Of jullie moeder? Wie heeft eigenlijk gereden?'

'Ik heb gereden,' zei Tsjik.

De vrouw schudde haar hoofd, dat er net zo uitzag als haar taille.

'Jullie hebben gewoon de auto van –'

'De auto is gejat,' zei Tsjik.

Als de dokter die me later onderzocht gelijk had, was ik op dat moment in shock. Bij een shock gaat al het bloed naar je benen en daardoor heb je geen bloed meer in je hoofd en ben je niet helemaal bij zinnen. Dat zei de dokter in elk geval. En hij zei ook dat dat uit de steentijd stamde waarin de neanderthalers door het bos liepen, en als dan plotseling van rechts een mammoet kwam, kreeg je een shock, en het vele bloed in de benen maakte dat je dan beter weg kon lopen. Denken was dan niet zo belangrijk. Klinkt vreemd, maar zoals gezegd, dat zei de dokter. En misschien had Tsjik dus gelijk gehad door weg te rennen, en had ik ongelijk door te blijven staan, maar achteraf ben je altijd slimmer. En voor ons stond de vrouw met de brandblusser en zij verkeerde eveneens in shock. Want, als ik een shock had en Tsjik ook een shock had, dan had de vrouw minstens vijf shocks. Misschien was het al genoeg dat ze ons had zien neerstorten of dat Tsjik haar verteld had dat het een gejatte auto was, maar ze trilde waanzinnig. Ze keek Tsjik aan, wees op een druppel bloed die langs zijn kin liep en zei: 'O, mijn god.' Toen viel de brandblusser uit haar hand en op Tsjiks voet. Tsjik kieperde meteen achterover. Hij belandde met z'n rug in het gras, hield z'n been loodrecht omhoog, greep er met z'n handen naar en schreeuwde.

'O, mijn god!' riep de vrouw nog een keer en knielde naast Tsjik in het gras.

'Shit,' zei ik. Ik wierp een korte blik naar de steile helling omhoog: nog steeds geen politie.

'Is hij gebroken?'

'Hoe moet ik dat weten?' schreeuwde Tsjik en rolde op z'n rug heen en weer.

38

En dit was nu de situatie: we hadden honderden kilometers kriskras door Duitsland getoerd, op bouwsteigers over de afgrond gereden en waren beschoten door Horst Fricke, we waren over een piste en van een helling af gescheurd, we waren vijf keer over de kop geslagen en hadden alles min of meer zonder een schrammetje overleefd – en toen kwam er een nijlpaard uit de bosjes en ruïneerde Tsjiks voet met een brandblusser.

We bogen ons over de voet, maar wisten niet of hij gebroken was of alleen verstuikt. In elk geval kon Tsjik er niet meer op staan.

'Dat spijt me ongelooflijk!' zei de vrouw. En het speet haar ongelooflijk, dat kon je zien. Ze leek bijna meer pijn te hebben dan Tsjik, in elk geval naar haar gezicht te oordelen, en terwijl het in mijn hoofd nog steeds volkomen leeg was en Tsjik kreunend heen en weer rolde, was de vrouw de eerste die de situatie langzaam weer onder controle kreeg. Ze friemelde nog wat aan Tsjiks kin, toen tilde ze zijn onderbeen op. 'Au, au,' zei ze terwijl ze de enkel heen en weer draaide en Tsjik kermde.

'Je moet naar het ziekenhuis,' was haar conclusie.

Wacht, wou ik zeggen – toen had het nijlpaard zijn voorste hoef al onder Tsjik gewurmd en tilde hem op alsof hij een snee brood was.

Tsjik schreeuwde het uit, maar meer van verrassing dan van pijn. Net zo snel als ze uit de bosjes was gestormd, verdween de vrouw er ook weer in. Ik rende achter haar aan.

Achter de struiken stond een schutkleurige BMW uit de 5-serie geparkeerd. De vrouw kwakte Tsjik op de passagiers-plaats. Ik kon achter instappen. Toen ze achter het stuur ging zitten, zakte de auto links een halve meter dieper en wipte Tsjik van zijn stoel omhoog. Waanzinnig, dacht ik nog, maar dat woord had ik beter voor de minuten erna kunnen bewaren.

'Nu is haast geboden!' verklaarde de vrouw plechtig en ze dacht daarbij vermoedelijk niet in de eerste plaats aan vluchten voor de politie.

Ik was de enige die zich de hele tijd steeds weer omdraaide en had gezien dat de politie langs allerlei omwegen ook de steile helling afgekomen moest zijn. Op grote afstand sjeesden ze met blauw zwaailicht langs het talud.

'Gordel om,' zei de vrouw, trapte het gaspedaal in en de BMW uit de 5-serie zat in twee seconden op honderd. Toen ze een slinger maakte, gleed ik als een papieren vouwvlieg-tuigje over de achterbank. Tsjik kreunde.

'Gordel om,' herhaalde de vrouw.

Ik deed m'n gordel om.

'En u?' vroeg Tsjik.

Ik zag door de achterruit het verkeer achter ons weg-zakken. Ergens was heel zacht een politiesirene te horen, maar niet lang. En dat was ook geen wonder. We reden ondertussen tweehonderdvijftig. Noch de vrouw noch Tsjik leek de sirene überhaupt gehoord te hebben. Ze praatten over veiligheidsgordels.

'Het is niet mijn auto,' zei de vrouw. 'Ik heb immers minstens twee meter nodig.' Ze giechelde. Ze praatte met een volkomen normale stem, maar dat giechelen van haar klonk heel pieperig, als bij een klein meisje dat op d'r buik wordt gekieteld.

Wanneer voor ons hindernissen opdoken, toeterde de vrouw of knipperde met haar lichten, en als dat niet hielp, raasde ze de anderen doodgemoedereerd over de vlucht-strook voorbij, alsof ze met vijftien kilometer per uur de afrit naar een drive-in van McDonald's nam. Haar vijf shocks had ze overduidelijk goed weggestopt.

'In geval van nood is dat toegestaan,' legde ze uit. Toen giechelde ze weer.

'En jullie hebben daar dus mee gereden, hè?'

'We zijn op vakantie,' zei Tsjik.

'En jullie hebben hem gejat?'

'Geleend eigenlijk,' zei Tsjik. 'Voor mijn part ook gejat. Maar we wilden hem terugbrengen, ik zweer het.'

De bmw vloog vooruit. De vrouw zei er niks op. Wat had ze ook moeten zeggen? We hadden een auto gejat en zij had Tsjik een brandblusser op z'n voet gegooid. Ik kon door de achteruitkijkspiegel niet precies zien wat zich op haar gezicht afspeelde, áls zich daar al wat afspeelde. Ze reageerde in elk geval niet bepaald hysterisch.

Ze haalde twee vrachtwagens in en zei toen: 'Jullie zijn dus autokrakers.'

'Als u dat zegt,' zei Tsjik.

'Dat zeg ik.'

'En wat bent u?'

'De auto is van mijn man.'

'Ik bedoel, wat doet u? En weet u wel waar hier een zie-kenhuis is?'

'Ziekenhuis over vijf kilometer. En ik ben spraaktherapeu-te.'

'Wat behandelt men als spraaktherapeute zoal?' vroeg Tsjik. 'De taal?'

'Ik leer mensen praten.'

'Zuigelingen of wat?'

'Nee. Ook kinderen. Maar vooral volwassenen.'

'U leert volwassenen praten? Analfabeten of wat?' Tsjik trok een grimas en concentreerde zich nu helemaal op de vrouw. Ik denk dat hij vooral afleiding zocht voor de pijn in zijn voet, maar ergens leek het thema hem ook te fascineren.

Terwijl die twee voorin met elkaar praatten, keek ik de hele tijd door de achterruit en kreeg wellicht niet alles mee van hun gesprek. En zoals gezegd, ik verkeerde misschien ook in een shock. Maar wat ik meekreeg was het volgende:

'Stemvorming,' zei de vrouw. 'Zangers of mensen die veel moeten voordragen of die neuzelen. De meeste mensen spreken niet goed. Jij spreekt ook niet goed.'

'Maar verstaan kunt u me wel?'

'Het gaat om de stem. Dat de stem draagt. Jouw stem komt vanhier,' zei ze en wees ergens op haar keel. Ze had, sinds ze met Tsjik praatte, iets gas teruggenomen, waarschijnlijk zonder het te merken. We reden nog maar honderdtachtig. Ik tikte Tsjik op z'n schouder, maar hij was volledig in het gesprek verdiept.

'Ik praat met mijn mond, als u dat bedoelt.'

'Normaal praten is iets anders dan een dragende stem. Een goede, dragende stem komt hiervandaan, uit het centrum. Bij jou komt-ie vanhier. Maar hij moet vanhier komen.' Bij het laatste 'hier' sloeg ze tweemaal onder haar borst, zodat het als 'hiejaja' klonk.

'Van hiejaja?' zei Tsjik en sloeg zichzelf eveneens onder de borst.

'Je moet het je als sport voorstellen. Het hele lichaam doet mee. Het middenrif, de buikspieren, het bekken, dat moet allemaal meedoen. Tweederde komt van het middenrif, eenderde maar uit de longen.'

Honderdzestig kilometer per uur. Als dat zo doorging, kregen ze de auto met spraaktherapie nog tot stilstand.

'Het belangrijkste is dat we nu snel in het ziekenhuis komen,' zei ik.

''t Gaat al,' zei Tsjik. ''t Doet helemaal niet meer zo zeer.'

Ik begroef m'n hoofd in m'n handen.

'Als je hiervandaan spreekt,' zei de vrouw, 'krijg je er alleen maar een soort gekras uit. Dan komt de lucht uit de keel, zo: 'Oech, oech. Maar het moet vanhier komen.' Ze opende haar mond tot een o en tilde met twee handen een onzichtbare schat voor haar buik, waarbij ze even het stuur los moest laten. Tsjik greep het stuur vast.

'Vanhier,' zei de vrouw en riep: 'OEHH!'

Ik werd plotseling paniekerig. Tsjik keek de vrouw akelig enthousiast aan. Ik probeerde opnieuw hem een teken te geven, hij begreep het niet. Of hij lette er niet op. Of de geestestoestand van de vrouw werkte aanstekelijk. De meter wees honderdveertig aan. Nog steeds was de politie niet in zicht.

'OECHH! OECHH! OECHH!' deed de vrouw.

'Oech! Oech!' deed Tsjik.

'Centrum naar beneden,' zei de vrouw en trapte langzaam het gas weer in. 'De mens is als een tube tandpasta. Als je onder drukt, komt er boven wat uit. – OECHH! OECHH!'

'Oech! Oech!' deed Tsjik.

'Ja, beter. OEOEAAAAAACHHH!'

'Oeaaaach!'

En zo ging dat, niet gelogen, door tot we bij het zieken-huis waren.

We scheurden de uitrit van de snelweg af, sloegen twee-maal scherp rechtsaf en twee minuten later stonden we voor een reusachtig wit gebouw midden in de steppe. Van de politie geen spoor.

'Een uitstekende kliniek,' zei de vrouw.

'Ik heb geen ziektekostenverzekering,' zei Tsjik.

Even leek de vrouw ontzet. Maar toen boog ze zich over Tsjik en opende resoluut het portier voor hem. 'Maak je geen zorgen. Ik heb het gedaan en ik betaal het natuurlijk. Of mijn verzekering. Of hoe dan ook. Blijf kalm.'

39

Bij de spoedeisende hulp was het behoorlijk druk. Het was zondagavond en voor ons wachtten zeker twintig mensen. Vlak voor de balie stond een man in stonewashed jeans en kotste in een vuilnisemmer die hij onder zijn arm hield terwijl zijn andere hand een ziekenfondskaartje naar de verpleegster schoof.

'Wacht u alstublieft buiten,' zei de verpleegster tegen ons.

Tsjik en ik gingen op twee vrije plastic stoelen zitten en nadat we een tijdje hadden gewacht, ging de spraaktherapeute uit een automaat frisdrank en chocoladerepen halen. Ondertussen werden we opgeroepen. Tsjik kon niet opstaan met z'n voet. Dus ging ik naar voren en legde uit wat de kwestie was.

'En hoe heet hij?'

'Andrej.' Ik sprak het op z'n Frans uit. 'André Langin.'

'Adres?'

'Waldstraße 15, Berlijn.'

'Waar verzekerd?'

'Dedeka.'

'Debeka, of wat?'

'Ja, precies.' Debeka. Daar was André bij het bezoek van de schoolarts prat op gegaan. Hoe fantastisch het was privé verzekerd te zijn. De eikel. Nu was ik er natuurlijk blij om. Maar m'n stem trilde een beetje. Had ik ook maar spraaktherapie moeten doen van tevoren.

Maar ik was vooral nerveus omdat ik niet wist wat voor vragen er nog zouden komen. Ik had me nog nooit bij de spoedeisende hulp gemeld.

'Geboren op?'

'13 juli 1996.' Ik had geen idee wanneer André jarig was. Hoopte maar dat ze het niet zo snel konden controleren.'

'En wat heeft hij nu?'

'Er is een brandblusser op zijn voet gevallen. En misschien is er ook iets met zijn hoofd. Dat bloedt. Die vrouw' – ik wees op de spraaktherapeute, die net met een arm vol repen de gang af kwam lopen – 'kan dat bevestigen.'

'Bespaar me je praatjes,' zei de verpleegster, die de hele tijd de man met de vuilnisemmer in de gaten hield en steeds op het punt stond overeind te komen. Inderdaad stond ze in de twee minuten dat wij met elkaar praatten twee keer half op, alsof ze direct op de man af wilde stappen om hem in de houdgreep te nemen, maar toen ging ze weer zitten.

'De dokter roept jullie op.'

De dokter roept ons op. Zo eenvoudig was dat dus.

De spraaktherapeute was een beetje verrast dat ik de kwestie met de ziektekostenverzekering al had geregeld en keek me met een schuin hoofd aan.

'Ik heb gewoon m'n naam gezegd,' zei ik.

Ze ging bij ons zitten en wachtte tot we aan de beurt waren. We zeiden haar wel dat dat niet nodig was, maar ik geloof dat ze zich ergens schuldig voelde. Urenlang praatte ze met ons over spraaktherapie, over computerspelletjes, over films, meisjes en auto's kraken en ze was echt ongelooflijk aardig. Toen we haar vertelden hoe we hadden geprobeerd met de Lada onze namen in het korenveld te schrijven, giechelde ze aan één stuk door. En toen we verklaarden dat we hierna waarschijnlijk met de trein naar Berlijn terug zouden gaan, geloofde ze ons.

Vóór ons werden steeds weer mensen ónder het bloed in looppas langs de balie geschoven. En toen het al bijna middernacht was en wij nog steeds niet aan de beurt waren, nam de vrouw dan toch afscheid van ons. Ze vroeg nog minstens honderd keer of ze nog iets voor ons kon doen, gaf ons haar adres voor het geval we een 'schade-claim' of zoiets wilden indienen, trok haar portemonnee en duwde ons twee honderdjes voor de treinreis in de hand. Dat vond ik een beetje pijnlijk, maar ik wist ook niet hoe ik het af kon wijzen. En toen zei ze ten afscheid nog iets heel vreemds. Ze keek ons aan en nadat ze werkelijk alles voor ons had gedaan wat iemand kon doen, zei ze: 'Jullie zien eruit als aardappels.' En toen ging ze. Draaide door de draaideur en was weg. Ik vond het waanzinnig grappig. En ook nu moet ik nog elke keer lachen als het me weer te binnen schiet: jullie zien eruit als aardappels. Ik weet niet of iemand dat begrijpt. Maar ze was echt de aardigste van allemaal.

Uiteindelijk mocht Tsjik bij de dokter naar binnen. Een minuut later kwam hij weer naar buiten en we moesten naar boven, naar de röntgen. Ik werd steeds vermoeider. Op een gegeven moment doezelde ik op de gang in en toen ik weer wakker werd, stond Tsjik met twee krukken en gips voor me. Echt gips, niet alleen maar zo'n plastic spalk.

Een verpleegster drukte hem een paar pijnstillers in de hand en dacht dat we nog moesten blijven, omdat de dokter de voet nog wilde zien. En ik vroeg me af wie het gipsverband had gelegd als het niet de dokter was. De conciërge? De verpleegster wees ons een lege kamer waar we konden zitten. In de kamer stonden twee schone bedden.

De stemming was nu niet bepaald gelukkig meer. De reis was afgelopen, al wist nog niemand dat behalve wij, en we voelden ons behoorlijk miserabel. Ik had helemaal geen zin met de trein ergens heen te gaan. Tsjiks pijnstiller begon maar langzaam te werken. Hij ging kreunend op bed liggen en ik liep naar het raam en keek naar buiten. Het was nog donker buiten, maar toen ik m'n neus tegen het raam drukte en m'n handen rechts en links naast m'n gezicht hield, zag ik toch de ochtendschemering al. Zag de ochtendschemering en –

Ik zei tegen Tsjik dat hij het licht uit moest doen. Hij gebruikte de kruk als afstandsbediening. Meteen werd het landschap duidelijker. Ik zag een eenzaam telecompaaltje bij de oprit van het ziekenhuis. Ik zag een eenzame bak van gewassen grind. Ik zag een eenzaam hek en een veld, een akker, en iets op die akker kwam me vertrouwd voor. Het werd lichter en ik kon aan de andere kant van de akker drie auto's onderscheiden. Twee personenauto's, een takelwagen.

'Je gelooft niet wat ik zie.'

'Wat zie je dan?'

'Ik weet het niet.'

'Kom nou!'

'Kijk zelf maar.'

'Een hoop shit zie ik,' zei Tsjik. En na een poosje: 'Wat zie je dan?'

'Dat moet je echt zelf zien.'

Hij zuchtte. Ik hoorde zijn krukken tegen elkaar tikken. Toen drukte hij zijn gezicht naast mij tegen het raam.

'Het is toch niet waar,' zei hij.

'Geen idee,' zei ik.

We tuurden naar buiten over de omgeploegde akker die we een paar uur geleden nog van de andere kant hadden gezien, met het witte blok erachter. Nu stonden we in het witte blok. De spraaktherapeute had een bocht van vijf kilometer gereden.

De zon was nog steeds niet boven de horizon gekomen, maar je kon de zwartgespoten Lada al goed herkennen, in de parkeerhaven naast de snelweg. Hij stond op z'n wielen. Iemand moet hem omgedraaid hebben. De klep van de kofferbak was open. Drie mannen liepen om de auto heen, stonden bij elkaar, liepen er weer omheen. Eentje in uniform, twee in blauwe overalls, als ik het goed zag. De takel werd boven de Lada gedraaid, een van hen maakte de kettingen aan de wielen vast. Het uniform deed de kofferbak dicht, opende hem weer, deed hem toen dicht en liep naar de takelwagen. Toen liepen er weer twee naar de Lada. Toen liep eentje weer naar de takelwagen.

'Wat doen die daar toch?' vroeg Tsjik.

'Zie je dat niet?'

'Dat bedoel ik niet. Ik bedoel wat doen die daar toch?'

Hij had gelijk. Ze liepen steeds heen en weer en deden alles drie keer, en eigenlijk deden ze helemaal niks. Misschien sporenonderzoek ofzo. We keken er nog een poosje naar en toen ging Tsjik weer kreunend op bed liggen en zei: 'Maak me wakker als er iets gebeurt.' Maar er gebeurde niks. Eentje was met de ketting bezig, eentje liep naar de takelwagen, eentje rookte.

Plotseling verdween het beeld, omdat in de kamer het licht aanging. Snuivend stond de dokter in de deur. Hij zag er totaal oververmoeid uit. In zijn ene neusgat hing een roodachtig witte prop watten bijna tot zijn onderlip. Langzaam slofte hij naar Tsjiks bed.

'Been effe hoog,' zei hij. Een stem als de Tweede Wereldoorlog.

Tsjik hield hem zijn gipsbeen voor. De dokter wrikte met één hand aan het gips, met de andere hield hij de stop in zijn neusgat vast. Hij graaide een röntgenfoto uit een envelop, hield die tegen het licht, smeet hem naast Tsjik op het bed en slofte weer naar buiten. In de deuropening draaide hij zich nog een keer om. 'Kneuzing, haarscheurtje. Veertien dagen,' zei hij. Toen verdraaide hij plotseling z'n ogen. Alsof hij z'n evenwicht verloor zocht zijn heup houvast tegen de deurpost. Hij haalde diep adem en zei: 'Niet zo erg. Veertien dagen rust. Thuis de dokter consulteren.' Hij keek Tsjik aan, of die hem begrepen had en Tsjik knikte.

De dokter deed de deur achter zich dicht – en rukte hem twee tellen later weer open, nu naar verhouding klaarwakker. 'Geintje!' riep hij en keek ons blij aan. Eerst Tsjik, toen mij. 'Wat is het verschil tussen een arts en een architect ofzo?'

We wisten het niet. Hij gaf zelf het antwoord: 'De arts begraaft zijn fouten.'

'Hè?' zei Tsjik.

De man wuifde weg. 'Als jullie gaan, ik bedoel, als jullie moe zijn, in de verpleegsterskamer is koffie, die kunnen jullie pakken. Met de goede cafeïne.'

Hij deed de deur weer dicht. Maar ik had geen tijd me over de man te verbazen, omdat ik meteen weer op het raam afvloog. Tsjik deed met zijn kruk het licht uit en ik kreeg nog net mee dat de politieauto de snelweg opreed. De takelwagen was al weg. Alleen de Lada stond nog op de parkeerplaats. Tsjik kon het niet geloven.

'Takel kapot of wat?'

'Geen idee.'

'Dan nu of nooit.'

'Wat?'

'Wat nou?' Hij sloeg met de kruk tegen het raam.

'Die rijdt toch niet meer,' zei ik.

'Hoezo dan niet? En zo niet, dan kan het ook niet schelen. We moeten in elk geval onze spullen eruit halen. Als hij niet meer rijdt –'

'Die rijdt niet meer.'

'Als wíe niet meer rijdt?' vroeg de verpleegster en knipte het licht weer aan. Ze had Tsjiks of Andrés ziekenhuispasje in de ene hand en twee bekertjes koffie in de andere.

'Je heet André Langin,' fluisterde ik en wreef in m'n ogen alsof ik verblind was door het licht. Tsjik zei iets als dat we nu nog naar huis moesten zien te komen – en dat was helaas precies de reden dat de verpleegster ons wou spreken.

40

Berlijn was wel een beetje ver weg, vond ze, en waar we dan nu heen moesten. Ik legde haar uit dat we hier bij een tante op bezoek waren, geen enkel probleem – en dat had ik beter niet kunnen zeggen. De verpleegster vroeg me weliswaar niet waar die tante woonde, maar ze sleepte me wel meteen naar de verpleegsterskamer en zette me voor de telefoon. Tsjik verbeet z'n pijn, zwaaide met zijn krukken en riep dat we eigenlijk best te voet konden gaan, en de verpleegster zei: 'Probeer 't maar eens. Of weten jullie het nummer niet?'

'Ja, natuurlijk wel,' zei ik. Ik zag een telefoonboek op tafel liggen, dat wou ik niet ook nog in m'n handen gedrukt krijgen. Dus koos ik het een of andere nummer in de hoop dat niemand opnam. Vier uur 's nachts.

Ik hoorde overgaan. De verpleegster hoorde het vermoedelijk ook, want ze bleef naast ons staan. Het was natuurlijk het beste geweest naar mij thuis te bellen, het was zo goed als zeker dat daar niemand opnam. Maar met het Berlijnse netnummer erbij waren dat elf cijfers en de verpleegster keek nu al wantrouwig genoeg. Het ging eenmaal, tweemaal, driemaal, viermaal over. Ik dacht langzamerhand wel te kunnen opleggen en te zeggen dat onze tante vast nog diep in slaap was en wij te voet –

'Grr... uch, Reiber,' meldde een man zich.

'O. Hallo, tante Mona!'

'Reiber!' kreunde de man slaapdronken, 'Geen tante. Geen Mona.'

'Heb ik je wakker gemaakt?' vroeg ik. 'Ja natuurlijk, stomme vraag. Maar het gaat om het volgende.' Ik gaf de verpleeg-ster een teken dat al onze problemen opgelost waren en ze weer aan het werk kon, mocht dat er zijn.

Dat leek er niet te zijn. Vastberaden bleef ze naast me staan.

'Hallo, verkeerd verbonden!' hoorde ik de stem. 'Met Reiber.'

'Ja, weet ik. En ik hoop dat je niet... o ja... ja,' zei ik en seinde naar Tsjik en de verpleegster met een blik hoe ver-rast – en bezorgd – tante Mona was dat ze op dit tijdstip een telefoontje van ons kreeg.

De stilte in de hoorn was bijna nog ergerlijker dan het snuiven daarvoor.

'Ja, nee... er is iets gebeurd,' ging ik verder. 'André heeft een ongelukje gehad, er is iets op z'n voet gevallen... nee... nee. We zijn in het ziekenhuis. Ze hebben hem in het gips gezet.'

Ik keek naar de verpleegster, ze verroerde zich niet.

Uit de telefoon kwamen onverstaanbare geluiden en ineens was de stem er weer. Dit keer niet meer helemaal zo slaapdronken. 'Begrepen,' zei de man. 'We voeren een fictief gesprek.'

'Ja,' zei ik, 'maar dat maakt niet uit. Het is ook niet echt erg, een haarscheurtje ofzo.'

'En ik ben tante Mona.'

'Nee. Ik bedoel, ja... ja, precies... ja.'

'En naast jou staat iemand en luistert mee.' De man maakte een geluid dat ik eerst niet thuis kon brengen. Ik geloof dat hij zachtjes lachte.

'Ja. Ja...'

'En als ik nu hard schreeuw heb jij een gigantisch probleem, klopt dat?'

'Alsjeblieft niet, o... nee. Je hoeft je echt geen zorgen te maken. Alles is geregeld.'

'Helemaal niets is geregeld,' zei de verpleegster plomp. 'Ze moet jullie ophalen.'

'Heb je hulp nodig?' vroeg de man.

'Wat?'

De verpleegster zag eruit alsof ze me elk moment de telefoon uit de hand kon grissen om zelf met tante Mona te praten.

'Je moet ons ophalen, tante Mona. Lukt dat? Ja? Ja?'

'Ik begrijp niet helemaal waar dit naartoe gaat,' zei de man, 'maar je klinkt alsof je echt in moeilijkheden bent. Word je bedreigd?'

'Nee.'

'Ik bedoel, je voet breken, 's nachts om vier uur telefoontjes faken, en je klinkt alsof je hooguit dertien bent. Je bént in moeilijkheden. Of jullie zijn het.'

'Ja, nou ja.'

'En je kan natuurlijk niet zeggen in welke. Dus nogmaals: heb je hulp nodig?'

'Nee.'

'Zeker? Mijn laatste aanbod.'

'Nee.'

'Oké. Dan luister ik gewoon,' zei de man.

'In elk geval, als je ons met de auto op zou kunnen halen,' zei ik verward.

'Als je niet wilt.' Hij giechelde. En dat bracht me definitief van de wijs. Als hij had neergelegd of tekeer was gegaan, dat zou ik nog begrepen hebben, 's nachts om vier uur. Maar dat hij zich de hele tijd amuseerde en ons zijn hulp aanbood – allejezus. Sinds ik klein was, had m'n vader me bijgebracht dat de wereld slecht was. De wereld was slecht en de mens was ook slecht. Vertrouw niemand, ga niet met vreemden mee enzovoort. Dat hadden m'n ouders me verteld, dat hadden de leraren me verteld, en de tv vertelde het ook. Als je naar het nieuws keek: de mens is slecht. Als je *Spiegel-tv* keek: de mens is slecht. En misschien klopte dat ook wel en was de mens voor negenennegentig procent slecht. Maar het merkwaardige was dat Tsjik en ik op onze reis bijna uitsluitend die ene procent tegen waren gekomen die niet slecht was. Dan bel je 's nachts om vier uur zomaar iemand uit z'n bed, terwijl je helemaal niks van hem wil, en hij is supervriendelijk en biedt ook nog zijn hulp aan. Op zoiets zou je op school misschien ook eens gewezen moeten worden, zodat je er niet volledig door verrast wordt. Ik was in elk geval zo verrast dat ik alleen nog maar wat zat te stotteren.

'En... over twintig minuten, goed, ja. Je haalt ons op. Goed.' Als kroon op het slot van de performance wendde ik me weer tot de verpleegster en vroeg: 'Hoe heet het ziekenhuis ook weer?'

'Verkeerde vraag!' siste de man meteen.

De verpleegster fronste haar voorhoofd. Mijn god, was ik stom.

'Virchowkliniek,' zei ze langzaam. 'Dat is het enige ziekenhuis in een omtrek van vijftig kilometer.'

'Natuurlijk,' zei de man.

'O... zegt zij ook net!' zei ik en wees op de telefoon.

'En uit de buurt komen jullie ook niet,' zei de man. 'Jullie hebben echt stront aan de knikker. Ik hoop morgen op z'n minst in de krant te lezen wat er aan de hand was.'

'Ja, hoop ik ook,' zei ik. 'Vast en zeker. We wachten dus.'

'Het ga jullie goed.'

'U... jou ook!'

De man lachte nog een keer en ik legde op.

'Láchte ze?' vroeg de verpleegster.

"'t Is niet de eerste keer dat we haar last bezorgen,' zei Tsjik, die maar de helft had verstaan. 'Ze kent het inmiddels.'

'En dat vindt ze grappig?'

'Ze is cóól,' antwoordde Tsjik en beklemtoonde het woord cool zó dat duidelijk was dat niet alle aanwezigen in deze ruimte cool waren.

We stonden nog een tijdje bij de telefoon, toen zei de verpleegster: 'Jullie zijn me wel twee lieverdjes,' en liet ons gaan.

41

We gingen voor de ingang van het ziekenhuis staan en keken uit naar tante Mona. Toen we er zeker van waren dat niemand ons in de gaten hield, renden we weg. Dat wil zeggen, ik rende en Tsjik niet zo. Voor het veld stond een klein hek. Tsjik smeet de krukken eroverheen en toen zichzelf. Na een paar meter over de akker bleef hij steken. Het veld was net geploegd en de krukken zakten erin weg als hete naalden in de boter, dat ging helemaal niet. Hij vloekte, liet de krukken steken en strompelde aan mijn schouder verder. Toen we naar schatting eenderde van de akker achter ons hadden, keken we voor het eerst om. Het landschap achter ons was blauw. De zon, die nog achter het ziekenhuis schuilging, zond licht door de nevels en boomkruinen. De krukken, eentje iets omgevallen, stonden aan de rand van het veld als een barmhartig kruis, en op de bovenste verdieping van het ziekenhuis zagen we voor een van de ramen, misschien zelfs het raam vanwaar wij de takelwagen hadden gezien, een witgejaste gestalte die ons nakeek. Waarschijnlijk de verpleegster, die haar hoofd erover brak wat voor gekken zij daarnet behandeld had.

Had ze geweten hoe gek wij in werkelijkheid waren, dan had ze daar waarschijnlijk minder rustig gestaan.

Maar het was zo goed als zeker dat ze meekreeg waar we op afkoersten, en het was ook zeker dat ze ons bij de Lada zag aankomen. Het dak en de rechterkant waren een beetje ingedeukt. Maar niet zo erg dat je er niet meer goed in kon zitten. Het passagiersportier was naar de filistijnen en ging niet meer open, maar via het bestuurdersportier kon je instappen. Vanbinnen zag het eruit als een vuilnisbelt. Het ongeluk, het over de kop slaan en weer rechtop komen had heel onze voorraad, blikjes, jerrycan, papieren, lege flessen en slaapzakken dwars door de auto verspreid. Zelfs de Richard Claydermancassette was tussen de stoelen gevlogen. De motorkap had een lichte knik, en waar de Lada op zijn dak had gelegen, kleefde een met olie vermengde zandkorst. 'Einde, uit,' zei ik.

Tsjik wrong zich op de bestuurdersplaats, maar kreeg het niet voor elkaar het gips op het gaspedaal te zetten, het was te breed. Hij zette de auto in z'n vrij, verbond de kabels, draaide een beetje op zijn stoel rond en tikte met z'n linkervoet op het gas. De Lada sprong meteen aan. Tsjik gleed door naar de bijrijdersplaats en ik zei: 'Je hebt ze niet allemaal op een rijtje.'

'Je hoeft alleen maar gas te geven en te sturen,' zei hij. 'Ik schakel.'

Ik ging achter het stuur zitten en zei Tsjik dat het niet ging. De tank was halfvol, de motor stond in z'n vrij, maar als ik maar één blik op de snelweg wierp en hoe ze daar met tweehonderd langs ons heen raasden, dan wist ik dat het niet ging.

'Ik moet je een geheim verklappen,' zei ik. 'Ik ben de grootste lafbek onder de zon. De saaiste lul en de grootste lafbek, en nu kunnen we te voet verder. Op een landweggetje zou ik het misschien proberen. Maar niet op de snelweg.'

'Hoe kom je nou bij saaie lul?' vroeg Tsjik en ik vroeg hem of hij eigenlijk wist waarom ik überhaupt met hem naar Walachije was gegaan. Namelijk omdat ik een saaie lul was, zelfs zo erg dat ik niet eens uitgenodigd werd voor een feest waarvoor iedereen uitgenodigd werd, en omdat ik op z'n minst eenmaal in m'n leven géén saaie lul wilde zijn, en Tsjik verklaarde dat ik niet goed snik was en dat hij zich sinds hij mij kende nog geen seconde had verveeld. Dat het integendeel zo ongeveer de spannendste en geweldigste week van zijn leven was geweest, en toen praatten we over de spannendste en geweldigste week van ons leven en het was echt bijna niet te verdragen dat die nu voorbij zou zijn.

En toen keek Tsjik me lang aan en zei dat ik niet moest geloven dat Tatjana me niet had uitgenodigd omdat ik saai was, of dat ze me daarom niet zou mogen.

'De meisjes mogen je niet omdat ze bang voor je zijn. Als je mijn mening wilt weten. Omdat je doet of ze lucht zijn en omdat je niet zo'n softie bent als die Langin, die imbeciel. Maar jij bent toch geen saaie lul, druiloor dat je d'r bent. En Isa mocht je toch ook meteen. Omdat ze namelijk niet zo stom is als ze eruitziet. En omdat ze karakter heeft, als je snapt wat ik bedoel. In tegenstelling tot Tatjana, die een saaie trut is.'

Ik keek Tsjik aan en ik geloof dat mijn mond openstond.

'Ja, ja, je houdt van haar. En ze ziet er werkelijk supergeil uit. Maar serieus, vergeleken met Isa is het een saaie trut. En ik kan dat beoordelen, in tegenstelling tot jou. Want, zal ik jou ook nog een geheim verraden?' vroeg Tsjik en slikte alsof ze een loden kogel door z'n strot hadden geduwd, en toen kwam er vijf minuten niks, en hij vond dat hij het kon beoordelen, omdat het hem niet interesseerde. Meisjes. Toen weer een hele tijd niks en toen: dat hij dat nog niemand had gezegd, en nu had hij het mij gezegd, en dat ik er niet over in moest zitten. Want van mij wou hij niks, hij wist toch dat ik op meisjes was en zo verder, maar hij was nu eenmaal niet zo en hij kon er ook niks aan doen.

En iedereen mag nu van mij denken wat-ie wil, maar ik was niet waanzinnig verrast. Ik was echt niet waanzinnig verrast. Ik had het niet meteen geweten, maar ik had zo'n gevoel gehad, serieus. Toen Tsjik al tijdens ons eerste ritje met de Lada over z'n oom in Moskou was begonnen en ook die kwestie met het drakenjack en hoe hij Isa de hele tijd had behandeld – echt geweten had ik het natuurlijk niet. Maar achteraf had ik het idee dat ik zo'n gevoel had gehad.

Tsjik had z'n hoofd op het dashboard laten zakken. Ik legde een hand in zijn nek, en toen zaten we daar en luisterden naar 'Ballade pour Adeline' en ik dacht er even over ook homo te worden. Dat zou nu echt de oplossing voor alle problemen zijn geweest, maar ik kreeg het niet voor elkaar. Ik mocht Tsjik waanzinnig graag, maar op de een of andere manier mocht ik meisjes liever. En toen schakelde ik naar de eerste versnelling en reed weg. Het was zo treurig geweest de hele nacht in het ziekenhuis te zitten en te denken dat alles voorbij was, en het was zo fantastisch om weer door de voorruit van de Lada te kijken en het stuur in m'n handen te hebben. Ik reed een proefrondje op de parkeerplaats. Het grootste probleem had ik nog met schakelen, maar als Tsjik dat overnam en ik alleen maar op commando de koppeling hoefde in te trappen, ging het, en toen reden we met een gangetje de snelweg op. Reden op de vluchtstrook en stonden stil.

'Heel rustig,' zei Tsjik, 'rustig. We doen het zo nog een keer.'

We wachtten het volgende grotere gat in het verkeer af, en met een groter gat bedoel ik: geen auto tot aan de horizon, en toen startte ik weer en trok op.

'Koppeling!' riep Tsjik en ik trapte het pedaal in en hij schakelde naar de tweede versnelling.

Ik was kletsnat.

'Alles vrij, invoegen!' Tsjik schakelde naar z'n drie en toen naar z'n vier en langzaam namen mijn zenuwen af.

Toen de eerste dikke Audi met vijfhonderd kilometer per uur langs ons heen raasde, schrok ik nog, maar na een tijdje was ik tot rust gekomen, en in feite was op de snelweg rijden veel makkelijker dan bochten maken en remmen en schakelen en optrekken. Ik had een rijbaan voor mij alleen en hoefde alleen maar rechtdoor. Ik zag de witte strepen net als bij PlayStation op me afkomen – wat er verdomd anders uitziet als je in een echte auto op een echte bestuurdersplaats zit, dat kan geen videokaart bijhouden. Het zweet stroomde in beekjes omlaag en m'n rug plakte aan de stoel vast. Tsjik kleefde me uiteindelijk nog een stukje zwart isolatietape op m'n bovenlip en toen reden we en reden.

Clayderman tingelde en dat hij daar zo tingelde en daarbij het ingedeukte dak, Tsjiks kapotte voet en dat we met honderd kilometer in een rijdende vuilnisbak op weg waren, maakte een heel vreemd gevoel in me los. Het was een euforisch gevoel, een gevoel van onverwoestbaarheid. Geen ongeluk, geen instantie of natuurkundige wet kon ons tegenhouden. We waren onderweg en we zouden altijd onderweg zijn, en we zongen van enthousiasme mee, voorzover je met dat getingel mee kon zingen.

42

We reden tot de schemering op de snelweg en sloegen toen weer af, het land in, ergens diep in de provincie. Ik reed zonder te schakelen in de derde versnelling door de velden en alles was heel stil en de avond was stil en de velden waren geel en groen en bruin en ze werden steeds kleurlozer. Tsjik had zijn ellebogen aan zijn kant uit het raampje gehangen en z'n hoofd erop gelegd en ook ik had mijn linkerarm uit het raampje hangen alsof ik 'm bij een boottochtje in het water hield. Takjes van bomen en struiken veegden langs m'n hand en met de andere hand stuurde ik de Lada door het avondlijke landschap.

Het laatste licht verdween achter de horizon. Het werd een nacht zonder maan, en ik dacht aan de keer dat ik voor het eerst een nacht had gezien of dat het me voor het eerst was opgevallen wat dat eigenlijk was, de nacht. Wat nacht eigenlijk betekende. Toen was ik acht of negen en ik had het aan meneer Klever te danken. Meneer Klever woonde in een huurhuis tegenover ons, wij woonden ook nog in een huurhuis, en aan het eind van de straat begon een korenveld. In dat korenveld had ik 's avonds met Maria gespeeld. We waren op handen en voeten door het veld gekropen en hadden gangen gemaakt, een gigantisch dool- hof. En toen kwam Klever, een oude man met een teckel en een zaklamp. Klever woonde op de derde verdieping en schreeuwde altijd tegen ons. En die was daar met z'n teckel aan het rondlopen en scheen met zijn zaklamp in het korenveld en schreeuwde dat we de boeren ruïneerden. En dat we er meteen uit moesten komen en dat hij de politie zou roepen om ons aan te geven en dat dat duizenden euro's kostte. We waren toen acht of negen, zoals gezegd, en wisten nog niet dat dat alleen maar stom ouweman- nengeschreeuw was en we renden bang het veld uit. Maria was zo slim in de richting van ons woonblok te lopen, maar ik liep eerst de andere kant op en daar stond die ouwe toen met z'n teckel en versperde me de doorgang. En hij ging daar ook niet weg, hij bleef maar met z'n lamp schijnen en schreeuwde dat ik mijn naam moest zeggen, zodat hij het kon rapporteren en toen hij daar maar bleef staan, ben ik uiteindelijk de andere kant op gelopen.

Ik ben door de velden gelopen en toen Hogenkamp in, omdat ik dacht misschien helemaal buitenom te kunnen. Die weg kende ik van overdag. Maar nu was Hogenkamp donker en dichtgegroeid met enorme struiken. Daarach- ter de Hogenkamp-speelplaats, waar wij nooit kwamen, omdat daar altijd groten waren, maar nu 's avonds was natuurlijk alles leeg. De reusachtige kabelbaan was vrij. Dat was een heel raar gevoel. Ik zou nu alles voor mezelf kunnen hebben, ik had sowieso alles kunnen doen, maar ik bleef niet staan en rende maar door. En de hele weg geen mens. Naast de voordeuren van de kleine huizen brandden lampen, toen op een drafje door de Lönsstraße, en ook daar geen mens. Het was een enorme omweg, een bocht van minstens vier kilometer, maar rennen kon ik toen als een wereldkampioen. En plotseling beviel het me heel goed hoe ik daar door die donkere, verlaten wereld liep, ik wist zelfs niet meer of ik nog bang was of niet, en aan Klever dacht ik helemaal niet meer.

Natuurlijk was ik ook vroeger 's avonds wel buiten geweest, maar dat was niet hetzelfde. Dat was altijd met m'n ouders of in de auto op de terugweg van familie ofzo. Nu was het een heel nieuwe wereld, een volslagen andere wereld dan overdag, het was alsof ik ineens Amerika had ontdekt. Ik zag de hele weg niemand en toen zag ik plotseling twee vrouwen. Die zaten op de trap voor een Chinees restaurant en ik begreep niet wat ze daar deden. De een snikte en schreeuwde: 'Ik ga daar niet naar binnen! Ik ga daar niet meer naar binnen!' En de ander probeerde haar te troosten, maar dat lukte niet. Boven hen schenen de Chinese karakters geel en rood in de avond, het huis was overschaduwd door donkere bomen en op de voorgrond jogde een achtjarige langs. Ik was volkomen van m'n stuk. De vrouwen waren waarschijnlijk ook van hun stuk, en moeten zich afgevraagd hebben wat een achtjarige daar laat op de avond rond liep te joggen, en we keken elkaar even aan, zij snikkend en ik lopend, en ik weet ook niet waarom dat zo'n sterke indruk op me heeft gemaakt. Maar ik had nog nooit van m'n leven volwassen vrouwen zien huilen en dat heeft me destijds waanzinnig lang beziggehouden. En zo'n avond is het nu weer.

Ik draai m'n hoofd een beetje en kijk naar buiten, en de Lada glijdt over de bochtige straat door het blauwgroene korenveld van de zomer. Op een gegeven moment zeg ik dat ik even wil stoppen en ik stop. In het donker ligt het land, liggen weilanden en wegen, en wij staan voor een grote vlakte waarop in de verte de zwarte omtrek van een boerderij te zien is. En net als ik iets wil zeggen, gaat links achter een klein raam van de boerderij een groen licht aan, en ik zeg niks meer. Ik kan niet meer. Ten slotte legt Tsjik z'n arm om m'n schouders en zegt: 'We moeten verder.'

En we stappen in en rijden verder.

43

De volgende dag waren we weer op de snelweg. We werden ingehaald door een enorme vrachtwagen die eruitzag als aan elkaar gespijkerde varkenshokken. Een paar wielen eronder, een roestige stuurcabine, een nummerplaat uit, weet ik veel, Albanië. Pas in tweede instantie was te zien dat de varkenshokken echt varkenshokken waren. Naast en boven elkaar stapelden de kooien zich op en uit elke kooi keek een varken naar buiten.

'Kutleven,' zei Tsjik.

Het ging licht bergop en de vrachtwagen had een halfuur nodig om ons in te halen. Toen we net zijn achterbanden konden zien, zakte hij weer terug. Na een tijdje dook naast ons opnieuw de stuurcabine op. Iemand draaide het bij-rijdersraampje naar beneden.

'Heeft hij je gezien?' vroeg Tsjik. 'Of bekijkt hij de deuk in ons dak?'

Ik nam gas terug om het hem makkelijker te maken te passeren. De vrachtwagen gaf richting aan, ging naar de rijbaan voor ons en werd nog langzamer.

'Wat is dat voor klote-idioot?' zei Tsjik.

We reden nog hooguit zestig. Vijfenvijftig.

'Ga hem gewoon voorbij.'

Ik ging naar de linkerrijbaan. De vrachtwagen voor ons ging ook naar de linkerrijbaan.

'Dan ga er rechts langs.'

Ik ging naar rechts. De vrachtwagen slingerde naar het midden en ik weet niet, ik weet tot vandaag niet, of die gast ons tot remmen wilde dwingen of gewoon alleen maar zat te suffen. Tsjik vond dat ik moest wachten tot er een andere auto kwam en daar achter moest gaan hangen. Maar er kwam geen andere auto. De snelweg was leeg als nooit tevoren.

'Zal ik de vluchtstrook nemen?'

'Met een aanloopje misschien,' zei Tsjik. 'Als je dat durft. Je moet koppelen.'

We lieten ons terugvallen, ik trapte de koppeling in en Tsjik schakelde naar de derde versnelling. De versnellingsbak loeide.

'En nu vol gas. Dan schiet-ie als een raket vooruit.'

Raket was niet helemaal het goeie woord. Een wandelend duin zou raker zijn geweest. We waren ondertussen honderdvijftig of tweehonderd meter achter de truck teruggezakt en met plankgas hadden we een minuut nodig om weer vlak achter hem te komen. De snelheidsmeter was ondertussen langzaam omhoog getrild. Ik koerste om hem te misleiden recht op de vrachtwagen af. Hij zigzagde licht en ik wist niet aan welke kant ik er voorbij moest gaan.

'Rij ook zigzag,' zei Tsjik. 'En op het allerlaatst: tsjak.'

Ik reed nog steeds plankgas en ik moet erbij zeggen dat ik op dat moment helemaal niet waanzinnig gespannen was. Dat zigzaggen kende ik van PlayStation. Zigzaggen leek me veel normaler dan rechtdoor rijden, en het varkenstransport gedroeg zich als een typische hindernis. Ik koerste dus op de hindernis af om op het laatste moment de vluchtstrook te nemen, en ik neem aan dat ik precies dát ook had gedaan, als Tsjik er niet was geweest. Als Tsjik er niet was geweest, had ik het niet overleefd.

'REMMEN!' schreeuwde hij. 'REEEEEEM!' en mijn voet remde, en ik denk dat ik die schreeuw pas veel later hoorde en begreep. M'n voet remde uit zichzelf, omdat ik namelijk ook eerder al steeds deed wat Tsjik zei, en nu schreeuwde hij 'remmen', en ik remde, zonder te weten waarom. Want er was eigenlijk geen reden om te remmen.

Tussen de truck en de vangrail was minstens plaats voor vijf auto's, en het zou me pas in het hiernamaals duidelijk zijn geworden dat de vrachtwagen die kant van de snelweg helemaal niet vrij had gemaakt, maar weg was geróetsjt. Z'n achterkant was naar links gegleden, en hoewel we recht achter de truck reden zag ik ineens recht voor me de stuurcabine op het midden van de snelweg – en dat die door de achterkant werd ingehaald. De vrachtwagen ver-anderde in een kast. De kast roetsjte voor ons weg over de hele breedte van de snelweg en wij roetsjten erachteraan. Het was een zo ongewone aanblik dat ik achteraf dacht dat het wel een paar minuten had geduurd. In het echt duurde het zelfs niet eens zo lang dat Tsjik voor de derde keer 'REM!' kon schreeuwen.

De Lada draaide een beetje naar opzij. De kast voor ons neigde besluiteloos achterover, kantelde krakend en hield twaalf draaiende wielen voor onze neus. Dertig meter voor ons. In absolute stilte gleden we naar die wielen toe, en ik dacht: nu gaan we dus dood. Ik dacht: nu kom ik nooit meer in Berlijn, nu zie ik Tatjana nooit meer, en ik zal nooit horen of ze m'n tekening mooi vond of niet. Ik dacht: ik moet me bij m'n ouders verontschuldigen, en ik dacht: kut, ik heb niet gesaved.

Ik dacht ook dat ik Tsjik moest zeggen dat ik vanwege hem bijna homo was geworden, ik dacht: doodgaan moet ik sowieso, waarom niet nu, en zo roetsjten we op die vrachtwagen af – en er gebeurde niks. Er was geen knal. In m'n herinnering was er geen knal. Terwijl het waanzinnig geknald moet hebben. Want we denderden in volle vaart de vrachtwagen in.

44

Een moment lang voelde ik niks. Het eerste wat ik weer voelde was dat ik geen lucht kreeg. De veiligheidsgordel sneed m'n middel doormidden en m'n hoofd lag bijna op het gaspedaal. Daar ergens lag ook Tsjiks gipsbeen. Ik kwam overeind. Of ik draaide in elk geval m'n hoofd om. Boven de gesprongen voorruit hing een vrachtwagenwiel en verduisterde de lucht. Het wiel draaide geluidloos. Op de naaf zat een vies bliksemvormig stickertje, een rode bliksem op gele achtergrond. Een klomp modder zo groot als een vuist bungelde aan de as, kwam heel langzaam los en kwakte op de voorruit.

'Dat was 't dan,' zei Tsjik. Hij had het dus ook overleefd.

Een daverend applaus brak los. Het klonk alsof een enorme massa gilde, floot, joelde en met de voeten stampte, en dat vond ik niet helemaal onterecht, want voor een amateurchauffeur was mijn remprestatie een eersteklas remprestatie geweest. Dat vond ik in elk geval van dat onderwerp en het verbaasde me niet dat ook anderen dat vonden. Alleen was er helemaal geen publiek.

'Ben je oké?' vroeg Tsjik en schudde aan m'n arm.

'Ja. En jij?'

De passagiersplaats naast Tsjik was twintig centimeter dieper in de auto gedrukt, maar heel gelijkmatig. Alles lag vol scherven.

'Ik heb me geloof ik gesneden.' Hij hield een bebloede hand omhoog. Het publiek schreeuwde en floot nog steeds, maar er was ook al gegrom te horen.

Ik bevrijdde me uit de veiligheidsgordel en kantelde op m'n zij. De auto lag blijkbaar scheef, ik moest door het zijraampje uitstappen. Toen struikelde ik meteen over iets op straat. Ik kwam weer overeind, viel weer neer en landde in een bloederige smurrie. Een dood varken. Een paar meter achter ons remde een rode Opel Astra. Er zaten een vrouw en een man in, ze hielden met hun wijsvingers de knoppen van de portieren naar beneden gedrukt. Ik ging op hun motorkap zitten en pakte met een hand de antenne vast. Ik kon niet meer staan en die antenne voelde echt heel goed. Nooit van m'n leven wou ik die antenne meer loslaten. 'Ben je oké?' riep Tsjik nog een keer toen hij achter me aan de auto uit was geklauterd.

Op dat moment kwam een varken gillend om de gekantelde truck gerend. Achter hem aan een heleboel andere varkens. De voorste rende bloedend over de snelweg naar de berm. Een paar galoppeerden erachteraan. Maar de meeste bleven staan en stonden tussen dode varkens en vernielde kooien en krijsten wanhopig. En toen zag ik aan de horizon de politie opduiken. Ik wou eerst wegrennen, maar ik wist dat het geen zin had, en de laatste twee beelden die ik me herinner zijn: Tsjik, die met zijn gipsen voet het talud af strompelt. En de snelwegpolitie, die met een vriendelijk gezicht naast me staat, mijn hand van de antenne losmaakt en zegt: 'Die redt het ook zonder jou wel.'

En de rest heb ik dus al verteld.

45

'Hij begrijpt het niet.' M'n vader draaide zich naar m'n moeder om en zei: 'Hij begrijpt het niet, hij is te stom!'

Ik zat op een stoel, hij zat tegenover me en boog zo ver naar voren dat z'n gezicht vlak voor mijn gezicht was en z'n knieën aan de buitenkant tegen de mijne drukten en ik kon bij elk woord dat hij schreeuwde z'n aftershave ruiken. Aramis. Cadeautje van m'n moeder, voor z'n honderdzeventigste verjaardag.

'Je hebt er een gigantische klerezooi van gemaakt, is je dat duidelijk!'

Ik gaf geen antwoord. Wat moest ik antwoorden? Duidelijk dat het me duidelijk was. En hij zei het ook niet voor het eerst, maar ongeveer voor de honderdste keer vandaag, en wat hij nu nog van me wou horen, wist ik ook niet.

Hij keek m'n moeder aan en m'n moeder hoestte.

'Ik geloof wel dat hij het begrijpt,' zei ze. Ze zat met een rietje in haar Amaretto te roeren.

M'n vader pakte me bij m'n schouders en schudde me door elkaar. 'Weet je waar ik het over heb? Zeg tenminste wat!'

'Wat moet ik dan zeggen? Ik heb toch ja gezegd, ja, het is me duidelijk. Ik heb het begrepen.'

'Helemaal niks heb je begrepen! Helemaal niks is je duidelijk! Hij denkt dat het om woorden gaat. De idioot!'

'Ik ben geen idioot, alleen omdat ik voor de honderdste keer –'

Tsjak, gaf hij me een draai om de oren.

'Josef, laat toch.' M'n moeder probeerde op te staan, maar verloor meteen haar evenwicht en liet zich weer achterover in de stoel naast de Amarettofles vallen.

M'n vader boog zich voorover tot vlak voor me. Hij trilde van opwinding. Toen sloeg hij z'n armen over elkaar en ik probeerde met m'n gezicht iets van berouw uit te drukken, omdat m'n vader dat waarschijnlijk verwachtte en omdat ik wist dat hij z'n armen alleen maar over elkaar sloeg omdat hij op het punt stond me nog een mep te geven. Tot dan toe had ik gewoon alleen maar gezegd wat ik dacht. Ik wou niet liegen. Dat berouw was de eerste leugen die ik me op deze dag permitteerde, om de zaak te bekorten.

'Ik weet dat we er een klerezooi van hebben gemaakt en ik weet –'

M'n vader haalde z'n arm uit en ik trok m'n hoofd in. Maar dit keer schreeuwde hij alleen maar: 'Nee, nee, nee! Júllie hebben er helemaal geen klerezooi van gemaakt, imbeciel die je bent! Die aso van een Russische vriend van je heeft er een klerezooi van gemaakt! En jij bent zo achterlijk je erin mee te laten sleuren. Je bent in je eentje nog te stom om de achteruitkijkspiegel van onze auto te verstellen!' riep m'n vader en ik trok een geërgerd gezicht, omdat ik al ongeveer tienduizend keer had uitgelegd hoe het in werkelijkheid was gegaan, ook al wou hij dat niet horen.

'Geloof je dat je alleen op de wereld bent? Geloof je dat het geen repercussies voor ons heeft? Hoe denk je dat ik er nu voor sta? Hoe moet ik de mensen huizen verkopen als mijn zoon hun auto's jat?'

'Je verkoopt toch al geen huizen meer. Je bedrijf is toch –'

Tsjak, dreunde het in m'n gezicht en ik viel op de grond. Jezus christus. Op school is het motto dus altijd: geweld is geen oplossing. Maar oplossing aan m'n reet. Als je eenmaal zo'n hand vol in je snufferd hebt, weet je dat dat echt wel een oplossing is.

M'n moeder gilde, ik krabbelde overeind en m'n vader keek naar m'n moeder en toen ergens de ruimte in en toen zei hij: 'Duidelijk. Volkomen duidelijk. Maakt ook niet uit. Ga zitten. Ik zeg, ga zitten, idioot die je bent. En luister heel goed. Je hebt namelijk een goede kans er met een blauw oog vanaf te komen. Dat weet ik van Schuback. Behalve als je je zo achterlijk aanstelt als nu en de rechter vertelt hoe goed je een auto kunt kortsluiten met de dertig op de vijftig en hopla. Dat doen ze graag bij jeugdstrafzaken, dat ze de zaak seponeren om te zorgen dat de verdachte als getuige een verklaring tegen de anderen aflegt. En normaal ben jij degene wiens zaak geseponeerd wordt, behalve wanneer je te fucking achterlijk bent. Maar reken er maar op: jouw aso-Rus is niet zo achterlijk als jij. Die kent dat. Die heeft al een echte criminele carrière achter de rug, winkeldiefstal met z'n broer, zwartrijden, oplichterij en heling. Ja, daar kijk je van op. Die hele aso-familie is zo. Heeft-ie je natuurlijk niet verteld. En hij heeft ook niet zo'n ouderlijk huis waar hij mee aan kan komen zetten, hij woont in de stront. In zijn zeven vierkante meter stront, waar hij ook thuishoort. Die kan blij zijn als hij in een inrichting komt. Maar ze kunnen hem ook uitwijzen, zegt Schuback. En hij zal morgen koste wat kost proberen het vege lijf te redden – is je dat duidelijk? Die heeft z'n verklaring al afgelegd. Die geeft jou alle schuld. Dat is altijd zo, iedere idioot geeft de andere de schuld.

'En dat moet ik dus ook doen?'

'Dat moet je niet, dat gá je doen. Omdat ze je namelijk geloven. Begrijp je? Je kunt van geluk spreken dat dat type van de kinderbescherming hier zo enthousiast was. Hoe hij naar het huis keek. Hoe hij alleen al naar het zwembad keek! Dat heeft hij immers ook meteen gezegd, dat dit hier een ouderlijk huis is met de beste mogelijkheden en de hele mikmak.' M'n vader draaide zich om naar m'n moeder en m'n moeder loerde in haar glas. 'Je bent erin meegesleurd door die Russische aso. En dat ga je de rechter vertellen, wat je de politie eerder ook verteld hebt, *capisce*? Capisce?'

'Ik vertel de rechter wat er gebeurd is,' zei ik. 'Die is toch niet stom.'

M'n vader staarde me ongeveer vier seconden aan. Dat was het einde. Ik zag het nog bliksemen in z'n ogen, toen zag ik eerst niks meer. De klappen raakten me overal, ik viel van m'n stoel en schoof heen en weer over de vloer, m'n armen voor m'n gezicht. Ik hoorde m'n moeder gillen en omvallen en 'Josef!' roepen, en op het laatst lag ik zo dat ik tussen m'n armen door naar buiten op het terras keek. Ik voelde de trappen nog steeds, maar het werd langzaam minder. M'n rug deed pijn. Ik zag de blauwe lucht boven de tuin en snotterde. Ik zag de parasol boven de eenzame ligstoel in de wind. Daarnaast stond een bruine jongen met een schepnet de bladeren uit het zwembad te vissen. Ze hadden de Indiër weer aangenomen.

'O god, o god,' zei m'n moeder en hoestte.

De rest van de dag bleef ik in bed. Ik lag op m'n zij en prutste aan het rolgordijn dat boven me in de middagzon schommelde. Het rolgordijn was oeroud. Ik had het al toen ik drie was. We hadden het vijf keer mee verhuisd en het was er altijd geweest. Dat viel me nu voor het eerst op, nu ik eraan prutste. Ik hoorde in de tuin de stemmen van m'n ouders. De Indiër kreeg er ook nog van langs. Waarschijnlijk had hij in het zwembad een verwelkt blad over het hoofd gezien. Het was grote schreeuwdag voor m'n vader. Later hoorde ik de vogels in de tuin, toen begon het te schemeren en werd het rustig.

Ik lag daar, terwijl het steeds donkerder werd, naar het rolgordijn te kijken en dacht erover na hoe lang alles nog zo zou blijven. Hoe lang ik hier nog kon liggen, hoe lang we nog in dit huis zouden wonen, hoe lang m'n ouders nog getrouwd zouden zijn.

En ik verheugde me erop Tsjik weer te zien. Dat was het enige waarop ik me verheugde. Ik had hem niet meer gezien sinds ons ongeluk op de snelweg en dat was nu al vier weken geleden. Ik wist dat ze hem in een inrichting hadden gestopt, maar het was een inrichting waar je in het begin geen contact mocht hebben, zelfs brieven kreeg je daar niet.

46

En toen was de rechtszitting. Ik was, logisch, bloednerveus. Alleen al de ruimtes in de rechtbank waren je reinste terreur. Gigantische trappenhuizen, zuilen, beelden aan de muren zoals in een kerk. Dat zie je bij rechter Barbara Salesch ook niet,* dat je eerst uren ergens moet wachten, waar je denkt op je eigen begrafenis te zijn. En precies dat dacht ik terwijl ik daar wachtte en ik dacht ook dat ik in mijn leven nooit meer kauwgum zou jatten.

Toen ik de rechtszaal binnenkwam, zat de rechter al achter zijn tafel en wees me waar ik plaats moest nemen, aan een tafeltje bijna net zoals op school. De rechter had een zwarte poncho aan en rechts van hem zat een vrouw die de hele tijd op internet zat te surfen, in elk geval zag het er zo uit. Af en toe typte ze wat, maar ze keek een uur lang niet van haar computer op. En helemaal links zat er nog een in een zwarte poncho. Dat bleek de officier van justitie te zijn. De zwarte kleding is blijkbaar een belangrijk bestanddeel van

* *Richterin Barbara Salesch* is een pseudo-documentaire rechtbankshow op Sat.1 over fictieve strafrechtzaken (vert.)

de rechtbank. Ook buiten liepen alleen maar mensen in het zwart rond en ik moest aan de witte jassen in het ziekenhuis denken en aan verpleegster Hanna, en ik was blij dat je onder het zwart in elk geval geen ondergoed kon zien.

Tsjik was er nog niet, maar kwam een minuut later onder begeleiding van een man van de jeugdinrichting. We vielen elkaar in de armen en niemand had daar iets op tegen. Maar veel tijd om te praten hadden we niet. De rechter stak meteen van wal, ik moest m'n naam zeggen en waar ik woonde en alles, en Tsjik net zo, en toen stelde de rechter nog een keer alle vragen die de politieagenten ook al hadden gesteld. Waarom weet ik niet, want hij kende onze antwoorden toch al uit de processtukken en aan de 'toedracht van de feiten', zoals de rechter het noemde, bestond dan ook geen grote twijfel meer. Ik vertelde gewoon altijd min of meer de waarheid, zoals ik die ook al aan de politie had verteld – nou ja, afgezien van een paar piepkleine details. Dat we in het ziekenhuis de naam van André Langin opgegeven hadden en zulke onzin. Dat kon je makkelijk laten zitten, dat interesseerde sowieso niemand. Wat de rechter vooral interesseerde was wannéér we voor het eerst de auto genomen hadden, wáár we er allemaal mee rondgereden hadden en waaróm we dat gedaan hadden. Dat was de enige moeilijke vraag: waarom? Daar hadden de politieagenten ook steeds over doorgevraagd en dat wou de rechter nu ook nog een keer heel precies weten, en toen wist ik echt niet wat ik moest antwoorden. Gelukkig bood hij ons toen meteen zelf wat antwoorden aan. Bijvoorbeeld of we gewoon fún hadden willen hebben. Fun. Nou ja, jawel, fun, dat leek mezelf ook het meest waarschijnlijk, al zou ik dat zo niet geformuleerd hebben. Maar ik kon ook moeilijk zeggen wat ik in Walachije wou. Ik wist het niet. En ik betwijfelde of de rechter in plaats daarvan geïnteresseerd zou zijn in mijn geschiedenis met Tatjana Cosic. Dat ik die tekening voor haar had gemaakt en dat ik gigantisch bang was de saaiste lul onder de zon te zijn en dat ik één keer in m'n leven tenminste geen lafaard wou zijn, en daarom, zei ik, dat het met die fun ergens wel klopte.

Waarbij me te binnen schiet dat ik op één punt toch heb gelogen. En dat was dat met de spraaktherapeute. Ik wou niet dat de spraaktherapeute door ons in moeilijkheden zou komen, omdat ze zo waanzinnig aardig was geweest, en daarom heb ik haar en haar brandblusser gewoon nooit genoemd. Ik heb de rechter alleen verteld, wat ik ook de politie al vertelde, namelijk dat Tsjik z'n voet had gebroken toen de Lada bij de steile helling ongeveer vijfmaal over de kop was geslagen en dat we daarna rechtstreeks over het veld naar het ziekenhuis waren gestrompeld en geen spraaktherapeute of niks.

Eigenlijk een heel oké leugen, maar al toen ik hem de snelwegpolitie voor het eerst opdiste, bedacht ik dat hij zou worden doorgeprikt. Omdat Tsjik de snelwegpolitie natuurlijk heel wat anders zou vertellen als ze hem ernaar vroegen. En ze zouden het hem vragen. Grappig genoeg is het toch niet uitgekomen, omdat Tsjik namelijk precies hetzelfde heeft gedacht, dat hij de spraaktherapeute er niet in mee wilde sleuren, en omdat het een zo voor de hand liggende leugen was, zo bleek in de rechtszaal, was Tsjik bij zijn verhoor op precies dezelfde oplossing gekomen als ik: voet gebroken bij het over-de-kopslaan, toen over het veld naar het ziekenhuis gestrompeld – en niemand heeft gemerkt dat dat een logische fout was. Want, wanneer je ergens in de steppe, waar je nog nooit bent geweest, een ongeluk veroorzaakt en rondom zijn alleen velden en ergens aan de horizon een paar bomen en één enkel gebouw – hoe hadden we dan kunnen vermoeden dat dat grote witte ding, waar we naar eigen zeggen doelgericht op afgestrompeld waren, een ziekenhuis was?

Maar, zoals gezegd, de rechter was sowieso meer in andere dingen geïnteresseerd.

'Wat mij nu zou interesseren is: wie van jullie twee kwam met het idee voor die reis?' De vraag was voor mij.

'Nou, die Rus, wie anders!' klonk het gedempt van achteren. Mijn vader, de idioot.

'De vraag is voor de verdachte!' zei de rechter. 'Als ik uw mening wilde weten, zou ik het u vragen.'

'Het idee kwam van óns,' zei ik. 'Van ons beiden.'

'Gelul!' nam Tsjik het woord.

'We wilden gewoon een beetje toeren,' zei ik, 'vakantie, zoals normale mensen en –'

'Gelul,' onderbrak Tsjik weer.

'Jij bent niet aan de beurt,' zei de rechter. 'Wacht tot ik bij jou kom.'

Daar was hij heel onvermurwbaar in, deze rechter. Praten mocht alleen degene die aan de beurt was. En toen Tsjik aan de beurt was, verklaarde hij meteen dat dat met Walachije zijn idee was en dat hij me juist de auto in had moeten sleuren. Hij vertelde waar hij het vandaan had hoe je een gejatte auto start, terwijl ik geen idee had en het gaspedaal niet van de rem kon onderscheiden. Hij vertelde complete bullshit en ik zei de rechter dat het complete bullshit was, en toen zei de rechter – nu tegen mij – dat ik niet aan de beurt was, en op de achtergrond kermde mijn vader.

En toen we ten slotte genoeg over de auto hadden gepraat, kwam het ergste deel en werd er over óns gepraat. Met name die gast van de jeugdinrichting vertelde uitvoerig uit wat voor milieu Tsjik kwam en hij sprak over Tsjik alsof die er helemaal niet bij was en zei dat zijn familie zo'n soort asociale stronthoop was, al gebruikte hij een ander woord. En toen verklaarde die gast van de kinderbescherming, die mij en m'n ouders thuis had bezocht, uit wat voor stinkend rijk ouderlijk huis ik kwam en dat ik daar aan m'n lot werd overgelaten en verwaarloosd was en dat mijn familie uiteindelijk net zo'n soort asociale stronthoop was, en toen het vonnis werd uitgesproken, was ik verbaasd dat ze me niet levenslang opsloten. Integendeel, milder kon een vonnis niet uitvallen. Tsjik moest in de inrichting blijven waar hij nu al was, en ik kreeg een taakstraf opgelegd, ik moest 'onbetaalde arbeidsprestaties leveren'. Serieus, dat zei de rechter. Hij legde gelukkig ook meteen uit wat hij daarmee bedoelde en in mijn geval bedoelde hij dat ik dertig uur mongolen hun kont moest afvegen. Ten slotte kwamen nog urenlange morele vermaningen, maar het waren eigenlijk heel oké vermaningen. Niet zoals altijd bij mijn vader of op school, maar eigenlijk eerder van die dingen waarbij je dacht, het gaat uiteindelijk om leven en dood, en ik luisterde er goed naar, omdat die rechter niet bepaald totaal geschift was. Integendeel. Hij leek tamelijk verstandig. En hij heette Burgmüller, voor het geval dat iemand interesseert.

47

En dat was dan deze zomer. De school begon weer. In plaats van 2c nu 3c op de deur van ons klaslokaal. Verder was er niet veel veranderd. We zaten nog op dezelfde plaatsen als in de tweede. Iedereen zat waar hij voorheen zat, behalve dat aan het tafeltje helemaal achterin niemand meer zat. Geen Tsjik.

Het eerste uur op de eerste dag na de zomervakantie: Wagenbach. Ik was een minuut te laat, maar kreeg bij uitzondering geen uitbrander. Ik hinkte nog een beetje en had schrammen in m'n gezicht en overal. Wagenbach trok alleen een wenkbrauw op en schreef het woord 'Bismarck' op het bord.

'Leerling Tsjichatsjov' zou vandaag niet naar de les komen, verklaarde hij heel terloops, en waarom dat zo was wist hij niet of hij zei het niet. Ik denk dat hij het niet wist.

Ik werd een beetje treurig toen ik de lege plaats zag en ik werd nog treuriger toen ik naar Tatjana keek, die een potlood in haar mond had en helemaal bruinverbrand was. Ze luisterde naar Wagenbach en aan haar gezicht was niet te zien of ze nu de trotse eigenares van een potlood-Beyoncé was of dat ze de tekening gewoon verfrommeld had en in de prullenmand had gegooid. Tatjana was deze ochtend zo mooi dat het me moeite kostte niet onafgebroken naar haar te kijken. Maar met ijzeren wilskracht lukte het me.

Ik probeerde me net een beetje voor de zaken van die Bismarck te interesseren, toen ik van Hans een briefje op mijn dijbeen gelegd kreeg. Ik hield het een tijdje in m'n vuist, omdat Wagenbach mijn kant op keek, en toen ik het bekeek om vast te stellen aan wie ik het door moest geven, stond er *Maik* op het briefje. Ik kon me niet herinneren de laatste jaren een briefje te hebben gekregen. Behalve van die briefjes die iedereen kreeg. Waarop dan stond *Niet omhoogkijken, er zitten voetsporen op het plafond!* of zo'n soort kul voor eersteklassers.

Ik wachtte even, vouwde het briefje open en las. Ik las het vijf keer achter elkaar. Het was geen supergecompliceerde tekst, het waren zelfs maar negen woorden, maar ik moest ze desondanks vijf keer lezen om ze te begrijpen. Er stond: *Mijn god, wat is er met jou gebeurd?!? Tatjana.*

Vooral dat laatste woord blokkeerde iets in m'n hersens. Ik keek niet rond.

De kans dat iemand me wou verneuken was relatief groot. Dat was vroeger ooit heel populair geweest: briefjes met verkeerde afzenders waar *Ik hou van jou* of dergelijke lul-koek op stond. Maar er was toch meestal makkelijk achter te komen wie de echte afzender was, omdat die je heimelijk in de gaten hield.

Ik keek in de richting waar het briefje vandaan was ge-komen en waar ook Tatjana zat. Niemand keek naar me. Ook Tatjana niet. Ik las het briefje voor de zesde keer. Het was in Tatjana's handschrift geschreven, dat kende ik heel goed. De a met de ronde boog, de krul in de g – ik kon die stuk voor stuk namaken. Maar als ik het kon, kon iedereen dat waarschijnlijk. Stel – alleen maar stel – dat het briefje écht van haar kwam. Stel even dat het meisje dat mij niet voor haar verjaardagsfeest had uitgenodigd, wilde weten wat er met mij was gebeurd.

Van alles. Wat moest ik daarop antwoorden? Vooropgesteld dat ik antwoordde? Want, er was behoorlijk wat gebeurd en ik moest wel honderd bladzijden volschrijven om dat allemaal uit te leggen. Al had ik precies dat natuurlijk het liefst gedaan. Hoe we rondgereden waren, hoe we met de Lada over de kop waren geslagen, hoe Horst Fricke op ons geschoten had. De kwestie met het maanlandschap, de kwestie met de varkens en honderdduizend andere dingen. En dat ik me steeds had voorgesteld dat Tatjana ons daarbij kon zien. Maar ik was er tamelijk zeker van dat ze het zo precies nu ook weer niet wilde weten. Dat het allemaal eerder een soort navraag uit beleefdheid was, en ik dacht nog een tijdje na, en toen vermande ik me eindelijk en schreef: *Ach, niks bijzonders* op het briefje en stuurde het terug.

Ik keek niet toen Tatjana het las, maar dertig seconden later was het briefje er weer. Dit keer waren het maar zeven woorden: *Zeg nou maar! Het interesseert me echt.*

Het interesseerde haar echt. Voor het volgende antwoord had ik een eeuwigheid nodig. Hoewel het weer niet erg uitvoerig was. Stiekem wou ik natuurlijk nog steeds mijn roman kwijt, maar op zo'n briefje is ook niet veel plaats en ik deed waanzinnig m'n best. Het lesuur was al bijna ten einde toen ik voor de tweede keer Tatjana's naam op het briefje schreef en het aan Hans doorgaf. Hans schoof het met z'n elleboog naar Jasmin. Jasmin liet het een tijdje naast zich liggen, alsof het haar niks aanging, en knipte het toen naar Anja. Anja gooide het over het pad op Olafs tafeltje, en Olaf, die stom was als het achtereind van een varken, gooide het briefje net over Andrés schouder naar voren toen Wagenbach zich omdraaide.

'O!' zei Wagenbach en raapte het briefje op. André deed niet de minste poging het te verdedigen.

'Geheime boodschappen!' riep Wagenbach en hield het briefje omhoog en de klas lachte. Ze lachten omdat ze wisten wat er nu ging komen, en ik wist het ook. Op dit moment wou ik dat ik Horst Frickes geweer had gehad.

Wagenbach pakte z'n leesbril en las: 'Maik – Tatjana. Tatjana – Maik.' Hij keek eerst Tatjana aan en toen mij.

'Ik waardeer jullie actieve deelname aan de les. Maar als jullie vragen over de buitenlandpolitiek van Bismarck hebben, kunnen jullie dat toch gewoon laten weten,' zei hij. 'Jullie hoeven je vragen niet op piepkleine briefjes te schrijven in de hoop dat ik ze toevallig vind.'

Die grap maakte hij niet voor het eerst. Hij maakte die grap elke keer. De klas kon het niet schelen. Ze vonden deze poppenkast altijd prachtig.

En je hoefde geen hoop te koesteren dat het daarmee afgelopen was. Je had leraren die de briefjes gewoon ver-scheurden, je had er die ze in de prullenbak gooiden of bij zich stopten, maar je had ook Wagenbach. En Wagenbach was een eikel. Hij was de enige leraar van de hele school die ertoe in staat was van geconfisqueerde mobieltjes alle opgeslagen sms'jes voor te lezen. Dan kon je smeken en jammeren, Wagenbach las álles voor.

Hij vouwde het briefje plechtig open en ik hoopte op een wonder, dat er een meteoriet uit de lucht zou vallen die Wagenbachs reet in tweeën spleet. Of dat op z'n minst de bel voor de pauze zou gaan, dat was genoeg geweest.

Maar natuurlijk ging de bel niet en natuurlijk viel er ook geen meteoriet uit de lucht. Wagenbach liet z'n blik een keer over de klas dwalen en ging er eens goed voor staan. Ik denk dat hij waanzinnig graag acteur was geworden of cabaretier. Maar hij had het niet verder geschopt dan eikel. En ik bedoel, als het nu gewoon een of ander briefje was geweest met de een of andere lulkoek erop. Maar het waren de eerste serieuze woorden die ik in mijn leven met Tatjana wisselde – en misschien ook de laatste – en Wagenbach had niet het récht die voor te lezen.

'Hier schrijft dus mejuffrouw Cosic,' zei Wagenbach en wees met z'n kin in de richting van Tatjana, alsof wij haar allemaal niet kenden, 'onze betoverende aanstormende schrijfster mejuffrouw Cosic schrijft: *Mijn god!*' De twee laatste woorden op muizige pieptoon.

Een gigantische knaller. Gelachen werd er bij Wagenbach anders nooit, maar als hij zelf de grappen maakte, dan wel. Ook als het alleen maar belabberde grappen waren. Dat hij bijvoorbeeld 'aanstormende schrijfster' zei, was een van die belabberde grappen.

'*Mijn god!*' piepte Wagenbach verder. '*Wat is er met jou gebeurd?*'

'Klootzak,' zei ik gedempt, het ging in gejoel ten onder. Tatjana staarde naar het tafelblad voor zich. En daar bleef ze de hele tijd naar staren. Wagenbach wendde zich tot mij.

'En wat antwoordde meneer Klingenberg?'

Hij liet z'n kin op z'n borst zakken en zei met een stem als van een geestelijk gehandicapte tekenfilmbeer: '*Och, niks bêsondêrs.*'

De klas brulde. Zelfs Olaf, die alles verprutst had door z'n stompzinnigheid, begon mee te lachen. Het was bijna niet te verdragen.

'Een spitse dialoog,' zei Wagenbach. 'Maar zal de weetgierige mejuffrouw Cosic met dit antwoord genoegen nemen? Of verlangt ze meer?'

Muizige piepstem: '*Zeg nou maar! Het interesseert me echt.*'

Geestelijk gehandicapte tekenfilmbeer: '*Oké, 't was sô.*'

Wagenbach kneep z'n ogen achter z'n brillenglazen samen alsof hij zelf niet kon geloven wat er nu kwam. Tatjana hief haar hoofd een beetje op, omdat ze mijn antwoord immers ook nog niet kende, en ik keek uit het raam en vroeg me af wat Tsjik in mijn plaats gedaan zou hebben. Een uitdrukkingsloos gezicht trekken waarschijnlijk. '*Tsjik 'n ik sijn met dê ôtô rondgêréjê. Êg'lêk wou'ên wê naar Walachijê, maar toen sijn wê vijf keer ovêr dê kop gêslagê, nadat êr ééntjê op ons had gêschotê.*' Wagenbach stopte even en ging met normale stem verder: '*Dan achtervolging door de politie, ziekenhuis, ik ben later nog op een truck geknald met alleen maar varkens erin en toen is m'n kuit gescheurd, maar goed – allemaal niet zo erg.*'

Een enkeling lachte nog steeds. Met name de drie lui die niet op Tatjana's verjaarspartij waren geweest. Degenen die Tsjik en mij met de Lada hadden gezien, waren min of meer stilgevallen.

'Kijk aan,' zei Wagenbach. 'Die keurige meneer Klingenberg! Ongelukken, achtervolgingen, schietpartijen. En bij een moord is hij niet betrokken? Nou ja, je kunt niet alles hebben.'

Hij geloofde duidelijk geen woord van wat hij daar voorlas. Klonk ook niet erg geloofwaardig. En ik was er niet waanzinnig op gebeten het hem uit te leggen.

'Wat me trouwens het allermeest verrukt aan het opwindende leven van meneer Klingenberg, is niet dat indianenverhaal. Dat hij achtervolgingen geleverd wil hebben met

een – als ik me niet vergis – met een áuto en meneer Tsjichatsjov samen, nee... Het meest verrukt ben ik natuurlijk
door zijn formuleerkunst. Hoe bondig, hoe aanschouwelijk!
Want hoe heet ook weer zijn samenvatting van heel dit
zware vergrijp?' Hij keek eerst mij aan en toen de klas en
riep: '*Al'mal niet so errug!*'

Wagenbach stond voor Jennifer en Luisa met het briefje
te zwaaien, die de pech hadden op de eerste rij te zitten.

'*Allemaal niet zo erg!*' herhaalde hij en begon zelf te lachen. Zo goed had hij zich waarschijnlijk allang niet meer
vermaakt. Wie zich daarentegen helemaal niet vermaakte
was Tatjana. Dat kon je zien. En niet alleen omdat zij mij
het briefje had geschreven. Ze vermoedde waarschijnlijk
dat het geen indianenverhaal was en zo keek ze ook.

Maar tot nog toe had Wagenbach ons alleen maar belachelijk gemaakt. Wat nu nog ontbrak was de vernedering.
De preek. Het stomme geschreeuw. Iedereen wist dat, iedereen wachtte erop, en toen Wagenbach z'n hand hief
om tot stilte te manen – kwam er vreemd genoeg helemaal
geen geschreeuw, geen preek, geen straf. In plaats daarvan
viel de meteoriet uit de lucht. Er werd op de deur geklopt.

'Ja!' zei Wagenbach.

Voormann deed de deur open, de directeur.

'Ik moet even storen,' zei hij. Hij keek met een ernstig
gezicht rond. 'Zijn de leerlingen Klingenberg en Tsjichatsjov aanwezig?'

'Alleen Klingenberg,' zei Wagenbach.

Iedereen had zich naar de deur gedraaid en daar in de
open deur was niet alleen Voormann te zien. In het donker
achter Voormann kon je twee uniformen onderscheiden.
Breedgeschouderde politieagenten in volle uitrusting,
handboeien, pistolen, alles.

'Dan moet Klingenberg even meekomen,' zei Voormann.

Ik stond zo nonchalant mogelijk op, voor zover je met trillende knieën nonchalant op kon staan, en wierp Wagenbach een laatste blik toe. Zijn stomme grijns was weg. Hij zag er weliswaar nog steeds een beetje uit als de debiele tekenfilmbeer, maar in een echte tekenfilm hadden ze hem nu moeten tekenen met twee kruisen als ogen en een verkreukelde golflijn als mond. Ik voelde me, ondanks trillende knieën, grandioos. Dat hield overigens meteen op toen ik op de gang tegenover de politieagenten stond.

48

Voormann wist overduidelijk niet wat hij moest zeggen. De beide agenten hadden uitdrukkingsloze gezichten opgezet. Eentje kauwde kauwgum.

'Wilt u alleen met hem praten?' vroeg Voormann. Die met de kauwgum keek Voormann verbaasd aan, hield even op met kauwen en haalde z'n schouders op. Alsof hij wou zeggen: kan ons dat bommen.

'Wilt u een ruimte waar u niet gestoord wordt?' zei Voormann erachteraan.

''t Duurt maar even,' zei politieagent nummer twee. 'Is immers geen dagvaarding. We komen eigenlijk alleen langs omdat we toch al langskomen.'

Zwijgen, blikken. Ik krabde achter m'n oor.

'Ik zat aan de telefoon,' zei Voormann ten slotte onzeker. En onder het lopen riep hij nog: 'Ik hoop dat het allemaal opgehelderd wordt!'

En toen begon het. Nummer een vroeg: 'Maik Klingenberg?'

'Ja.'

'Nauenstraße 45?'

'Ja.'

'Je kent Andrej Tsjichatsjov?'

'Ja. Is een vriend van me.'

'Waar is hij?'

'In Bleyen. Bleyense Inrichtingen.'

'In het tehuis?'

'Ja.'

'Zei ik toch,' zei nummer twee.

'Sinds wanneer?' vroeg nummer een en keek me aan.

'Sinds het proces – vlak daarvoor. Dus sinds twee weken ofzo.'

'Hebben jullie contact?'

'Is er iets gebeurd?'

'De vraag luidt: hebben jullie contact?'

'Nee.'

'Ik dacht dat het je vriend was?'

'Ja.'

'En?'

Joost mag weten waar ze heen wilden. 'Dat is zo'n inrichting waar je de eerste vier weken geen contact mag hebben. De eerste vier weken zijn ze afgesneden van de buitenwereld. Moest ú toch eigenlijk meer van weten.'

Nummer een kauwde met z'n mond open. Na de geestelijk gestoorde animatiefilmbeer was dat een opluchting.

'Wat is er dan gebeurd?' vroeg ik.

'Een Lada,' zei nummer twee. Hij liet het op me inwerken. Een Lada. 'Er is een Lada verdwenen in de Annenstraße.'

'Kerstingstraße,' zei ik.

'Wat?'

'Wij hebben hem in de Kerstingstraße gejat.'

'Annenstraße,' zei de politieagent. 'Eergisteren. Een oude roestbak. Kortgesloten. Vannacht bij Königs Wusterhausen teruggevonden. Total loss.'

'Gisteren,' zei nummer een. Hij kauwde tweemaal op z'n kauwgum. 'Gísteren gevonden. Eergisteren gejat.'

'Dus het gaat hier niet om ónze Lada?'

'Wat bedoel je met ónze?'

'Dat weet u toch.'

De kauwgum knalde in z'n mond. 'Het gaat om de Annenstraße.'

'En wat heb ik daarmee te maken?'

'Dat is de vraag.'

En toen begon het me langzaam te dagen dat Tsjik en ik nu waarschijnlijk voor de volgende honderd jaar verantwoordelijk zouden zijn voor elke klote-auto die iemand in Marzahn kortsloot.

Maar dat in de Annenstraße kon ik niet geweest zijn, omdat ik de hele dag met die mongolen opgescheept had gezeten en 's avonds voetbaltraining had, en het was niet zo moeilijk de politie ervan te overtuigen dat ook Tsjik er in zijn gesloten inrichting niets mee te maken had. Leken ze merkwaardig genoeg ook vooraf al gedacht te hebben. Met name nummer twee zei de hele tijd dat ze zich alleen de dagvaarding maar hadden willen besparen en gewoon even langs wilden komen, ze maakten niet eens aantekeningen. Ik was bijna een beetje teleurgesteld. Want op dat moment ging de bel voor het einde van de les en de deur van de klas ging open. Dertig stel ogen, inclusief die van de tekenfilmbeer, staarden naar buiten en ergens was het toch mooier geweest als ze me net met hun knuppel hadden gewurgd. Maik Klingenberg, de zware crimineel. Maar ze wilden alleen afscheid nemen en gaan.

'Moet ik u nog naar de auto begeleiden?' vroeg ik, waarop nummer twee meteen ontplofte: 'Vind je dat cool ten overstaan van je medeleerlingen, of wat? Wil je nog handboeien om?'

Weer zo'n volwassene. Hoe snel die je doorhebben. Het leek me het makkelijkst het niet te ontkennen. Er was niets tegen te doen. En ik wilde ook helemaal niet lastig zijn. Ze hadden al genoeg voor me gedaan.

49

Op een dag moest ik naar het secretariaat om een brief af te halen. Een echte brief. Ik heb in m'n leven misschien drie brieven gehad. Een die ik op de basisschool aan mezelf moest schrijven, omdat we dat moesten leren, en verder nog een of twee van m'n oma voor ze internet had. De secretaresse hield de brief in haar hand en ik zag dat voorop een grappige kleine balpentekening van een auto stond met twee poppetjes erin en om de auto een paar stralen alsof de auto de zon was, en daaronder stond:

Maik Klingenburg
leerling aan het Hagecius Lyceum
derde klas ongeveer
Berlijn

Dat dat was aangekomen is al een wonder. Maar omdat ik geen Klingenburg heette en er in de eerste klas ook nog een Maik Klinger zat, wou de secretaresse eerst weten of ik de afzender kende.

'Andrej Tsjichatsjov,' zei ik, want de brief kon, logisch,

alleen van Tsjik zijn die het op een of andere manier voor elkaar had gekregen de contactbeperking te omzeilen en ik was waanzinnig blij.

'Anselm,' zei de secretaresse.

'Anselm,' zei ik. Ik kende geen Anselm. De secretaresse hield haar hoofd schuin en na een tijdje zei ik: 'Anselm Wail?' waarop de secretaresse me de brief gaf. *Anselm Wail, Op de hoge berg*. Ik scheurde hem meteen open om te kijken wie de echte afzender was en toen was ik veel te opgewonden om te lezen en ik stopte hem terug en las hem pas een paar uur later toen ik thuis op m'n bed lag.

Want, hij was natuurlijk van Isa. En ik was gigantisch blij. Ik was bijna net zo blij als wanneer de brief van Tsjik was geweest. Ik lag er de hele middag mee op bed en dacht erover na of ik nu eigenlijk verliefder was op Tatjana of op Isa en ik wist het niet. Serieus, ik wist het niet.

Hallo halvegare,

Hebben jullie het nog gehaald naar Walachije? Ik wed van niet. Ik ben bij m'n halfzus geweest en kan je nu het geld teruggeven. Ik heb een vrachtwagenchauffeur afgerost en m'n houten kistje verloren. Ik vond het goed met jullie. Ik vond het jammer dat we niet gekust hebben. Ik vond de bramen het beste. Volgende week kom ik naar Berlijn. Zondag de 29ᵉ om 17 uur onder de wereldklok als je niet nog vijftig jaar wil wachten.
Kus – Isa.

Van beneden kwamen geluiden. Er klonk een gil, het kraakte en rommelde. Lang luisterde ik niet, omdat ik dacht dat m'n ouders weer ruzie hadden en ik draaide me met de brief op m'n rug. Maar toen schoot me te binnen dat m'n vader er helemaal niet was, omdat hij vandaag samen met Mona naar een nieuw huis ging kijken.

Ik hoorde nog meer gekraak en keek uit het raam. In de tuin was niemand te zien, maar in ons zwembad dreef een stoel ondersteboven. Iets kleiners viel er spetterend naast in het water en zonk. 't Leek een mobieltje. Ik ging naar beneden.

Daar stond m'n moeder op de drempel van de terrasdeur en had weer eens de hik. In de ene hand hield ze een primula in een pot zoals je mensen aan hun haren houdt, en in de andere een glas whisky.

'Zo gaat dat al weer een uur lang,' zei ze wanhopig. 'Die kuthik gaat maar niet weg.'

Ze ging op haar tenen staan en gooide de primula in het zwembad.

'Wat doe je daar eigenlijk?' vroeg ik.

'Wat denk je?' zei ze. 'Ik geef niks om die troep. Bovendien lijk ik wel gek geweest – kijk dat patroon toch eens.'

Ze hield een roodgroen geblokt kussen omhoog en gooide het over haar schouder in het zwembad.

'Onthou in je leven één ding! Heb ik eigenlijk al eens met je over fundamentele dingen gesproken? En dan bedoel ik niet die onzin met die auto ofzo. Ik bedoel écht fundamentele dingen.'

Ik haalde m'n schouders op.

Ze gebaarde in het rond. 'Dat allemaal kan me geen moer schelen. Wat me wel kan schelen: ben je er gelukkig mee? Dat. En alleen dat.' Korte pauze. 'Ben je eigenlijk verliefd?'

Ik dacht na.

'Ja dus,' zei m'n moeder. 'Vergeet die andere klotezooi.'

Ze had er de hele tijd belazerd uitgezien en ze zag er ook nu nog belazerd uit, maar ook een beetje verrast. 'Je bent dus verliefd, hè? En is dat meisje – zij ook op jou?'

Ik schudde het hoofd (voor Tatjana) en haalde m'n schouders op (voor Isa).

M'n moeder werd heel serieus, schonk zich nog een glas in en smeet de lege whiskyfles in het zwembad. Toen omarmde ze me. Ze trok de kabel van de dvd-speler eruit en slingerde hem in het water. De afstandsbediening volgde en de grote kuip met de fuchsia. Een enorme fontein spoot boven de kuip op, donkere zandwolken verrezen op de plaats van de inslag en rode bloemblaadjes dreven op de golven.

'O, wat heerlijk,' zei m'n moeder en huilde. Toen vroeg ze of ik ook wat wou drinken en ik zei dat ik waarschijnlijk liever ook iets in het zwembad wou gooien.

'Help me even.' Ze liep naar de bank. We sleepten de bank naar de rand van het bassin. Hij maakte een eskimorol en schommelde toen met de poten naar boven net onder de waterspiegel. M'n moeder kantelde de ronde tafel op z'n zij en liet hem in een grote halve cirkel over het terras rollen. Hij viel helemaal achteraan in het water. Toen haalde ze de Chinese lamp uit elkaar, zette de kap op haar hoofd en zond de lampvoet als een kogelstoter het zwembad in. Tv, cd-rek, bijzettafeltje.

M'n moeder knalde net een champagnekurk over het terras en bracht de bruisende fles naar haar mond toen de eerste politieagent de hoek om kwam. Hij kromp ineen, maar ontspande meteen toen m'n moeder de lampenkap afzette en ermee groette als d'Artagnan met zijn vederhoed. Ze kon nauwelijks nog op haar benen staan. Ik stond aan de rand van het bassin, de grote fauteuil in m'n armen.

'De buren hebben ons gewaarschuwd,' zei de politieagent.

'Die kutstasi-eikels,' zei m'n moeder en zette de lampenkap weer op.

'Woont u hier?' vroeg de politieagent.

'Jazeker,' zei m'n moeder. 'En u bevindt zich op ons ter-rein.' Ze ging de woonkamer binnen en kwam er met het olieverfschilderij weer uit.

De politieagent zei iets over buren, verstoring van de rust en verdenking van vandalisme, en ondertussen tilde m'n moeder het enorme klodderwerk met beide handen boven haar hoofd en zeilde er als een vliegeraar mee het zwembad in. Dat kon ze nog altijd even goed als vroeger. Ze zag er te gek uit. Ze zag eruit als iemand die op deze wereld echt niets liever deed dan onder een olieverfklod-derwerk een zwembad in zeilen. Ik durf erom te wedden dat de politieagenten enthousiast achter haar aan gezeild waren als ze niet toevallig dienst hadden gehad. Ik liet me in elk geval met de fauteuil voorovervallen. Het water was lauw. Toen ik kopje onder ging, voelde ik dat m'n moeder naar m'n hand greep. Samen met de fauteuil zonken we naar de bodem en keken vandaar naar de glinsterende, blinkende waterspiegel met de drijvende meubels erop, donkere blokken, en ik weet nog precies wat ik dacht toen ik daar beneden m'n adem inhield en omhoogkeek. Ik dacht namelijk dat ze me nu waarschijnlijk weer Psycho gingen noemen. En dat het me een zorg zou zijn. Ik dacht dat er ergere dingen waren dan een moeder die alcoholist was. Ik dacht dat het nu niet lang meer zou duren voor ik Tsjik in de inrichting kon bezoeken en ik dacht aan Isa's brief. Ook aan Horst Fricke en zijn carpe diem moest ik denken. Ik dacht aan het onweer boven het korenveld, aan verpleegster Hanna en de geur van grijs linoleum. Ik dacht eraan dat ik dat alles zonder Tsjik nooit meegemaakt zou hebben deze zomer en dat het een te gekke zomer was geweest, de beste zomer ooit, en aan dat alles dacht ik terwijl we daar onze adem inhielden en door het zilveren geglinster en de luchtbellen heen naar boven keken, waar twee uniformen radeloos over het water gebogen stonden en in een stomme verre taal met elkaar spraken, in een andere wereld – en ik was waanzinnig blij. Want, je kunt niet eeuwig je adem inhouden. Maar toch tamelijk lang.

Meer informatie over Wolfgang Herrndorf
en de boeken van Uitgeverij Cossee
vindt u op onze website www.cossee.com

Wilt u op de hoogte blijven van alle uitgaven
en activiteiten van Uitgeverij Cossee, meld u dan aan
voor de nieuwsbrief op www.cossee.com
en volg ons op Facebook en Twitter.